FIONA BRAND

Tentée par un héritier

Traduction française de
ROSA BACHIR

PASSIONS

HARLEQUIN

Collection : PASSIONS

Ce roman a déjà été publié en 2021

Titre original :
HOW TO LIVE WITH TEMPTATION

HARPERCOLLINS FRANCE
83-85, boulevard Vincent-Auriol, 75646 PARIS CEDEX 13
Service Clients — https://www.harlequin.fr/contenu/contactez-nous
ISBN 978-2-2805-1337-1 — ISSN 1950-2761

Édité par HarperCollins France.
Composition et mise en pages Nord Compo.
Imprimé en avril 2025 par CPI Black Print (Barcelone)
en utilisant 100% d'électricité renouvelable.
Dépôt légal : mai 2025.

FSC
www.fsc.org
MIXTE
Papier issu de sources responsables
FSC® C159065

Pour limiter l'empreinte environnementale de ses livres, HarperCollins France s'engage à n'utiliser que du papier fabriqué à partir de bois provenant de forêts gérées durablement et de manière responsable.

1

Allegra Mallory jeta un coup d'œil dans le rétroviseur de sa superbe décapotable lorsqu'elle tourna à l'angle de Biscayne Boulevard et de la 6e Rue. Son cœur s'emballa quand le pick-up noir rutilant qui, elle en était certaine, appartenait au milliardaire Tobias Hunt, se retrouva juste derrière elle.

Tobias. Un beau brun ténébreux, grand, musclé, avec un regard gris fascinant, des pommettes saillantes à se damner et une mâchoire solide comme le roc. L'homme avec lequel elle avait partagé une unique nuit de passion deux ans plus tôt.

Soudain contrariée et tendue, elle serra le volant. La dernière fois qu'elle avait vu Tobias Hunt, c'était lors de l'enterrement de sa grand-tante Esmae, il y avait à peine quelques jours. Bien évidemment, elle avait évité Tobias, ce qui avait été facile puisque beaucoup de gens avaient assisté à la cérémonie, dans la magnifique demeure de style espagnol en bord de mer d'Esmae. Cependant, lorsque l'avocat de sa grand-tante lui avait téléphoné pour lui communiquer l'heure de la lecture du testament, à laquelle assisterait aussi Tobias puisqu'il était le petit-fils par alliance d'Esmae, elle avait su qu'elle ne pourrait pas fuir son ancien amant éternellement.

Allegra s'arrêta à un feu rouge. Un autre coup d'œil dans son rétroviseur lui confirma que Tobias était toujours derrière elle. Et des souvenirs inopportuns l'assaillirent.

Elle s'était fait le serment de ne jamais avoir d'aventure d'un soir. Pourtant, elle avait failli à sa promesse, avec un homme qu'elle n'aurait jamais dû approcher. Aujourd'hui encore, elle s'en voulait d'avoir commis cette erreur.

À sa décharge, elle ignorait que sa nuit avec Tobias resterait sans lendemain.

À l'époque, elle avait été assez bête pour penser que, parce qu'elle avait un faible pour Tobias depuis quatre ans, il était *l'élu de son cœur*, et que leur aventure marquerait le début d'une histoire d'amour durable. Comme celle que connaissaient les parents d'Allegra. Elle avait toujours cru qu'elle trouverait l'amour parce qu'elle était une fille bien et qu'elle méritait d'être aimée.

Le grand véhicule noir se rapprocha davantage, et Allegra eut l'impression que sa propre voiture était encore plus petite. Les vitres teintées du pick-up cachaient le visage du conducteur, mais Allegra avait vu le nom inscrit sur la plaque d'immatriculation. *Hunts*, allusion au groupe Hunt Security, dont Tobias était le P-DG.

Tobias ne la suivait pas délibérément, se dit-elle. En temps normal, ils étaient très doués pour s'éviter. S'il était derrière elle, c'était parce qu'ils allaient tous les deux au même endroit : le cabinet de l'avocat d'Esmae, pour la lecture du testament.

Malgré elle, Allegra regarda de nouveau dans son rétroviseur. Cette fois, malgré le pare-brise sombre, elle vit la lumière du soleil matinal de Miami se refléter sur des lunettes noires. Un petit frisson électrisant la traversa. Elle avait la preuve que Tobias avait croisé son regard. Il savait donc qu'elle l'avait repéré.

Soudain consciente d'être trop exposée dans sa décapotable, tandis que Tobias était bien à l'abri derrière ses vitres fumées, elle porta obstinément son attention sur le flot de voitures devant elle. À cette heure-ci, la circulation était dense.

Si elle se sentait encore nerveuse, c'était seulement parce qu'elle devait composer avec le chagrin d'avoir perdu Esmae, et qu'elle appréhendait la lecture du testament, tenta-t-elle de se rassurer. Une chose était sûre : elle n'était *pas* attirée par Tobias.

Quelques jours après avoir passé la nuit avec elle, Tobias avait été photographié avec la magnifique héritière Francesca

Messena. La mère d'Allegra, inquiète des conséquences de cette déception amoureuse, avait payé une thérapie à sa fille. Pour se remettre plus vite, Allegra avait aussi suivi un certain nombre de thérapies alternatives afin de se débarrasser de ses souvenirs et de sa colère.

L'une de ces thérapies, centrée sur le pardon, consistait à écrire des déclarations de pardon et à les brûler. Les mots avaient été difficiles à écrire, mais les flammes avaient été plaisantes à regarder. Après plusieurs séances, elle avait atteint son but : elle n'était plus attirée par Tobias.

Le feu passa au vert. Allegra accéléra, appréciant le ronronnement du moteur, et tâcha de suivre les indications de son système de navigation, prononcées par une agréable voix masculine. Le problème, c'était qu'Allegra aimait tant écouter cette voix qu'elle ne cessait d'oublier les instructions. Heureusement, elle avait une très bonne vision périphérique, ce qui lui permit de repérer la rue dans laquelle elle devait tourner. Quelques secondes plus tard, elle s'engouffra dans le parking souterrain d'un immeuble haut de gamme.

Consciente que Tobias était, une fois de plus, pratiquement collé à son pare-chocs, elle s'arrêta le temps de prendre son ticket puis accéléra un peu trop fort et se mit en quête d'une place. Comme il fallait s'y attendre à cette heure de la journée, le parking était plein.

Du coin de l'œil, Allegra vit un mouvement sur la droite. Elle ignorait s'il s'agissait d'un véhicule qui arrivait ou qui partait, mais, espérant que ce soit la seconde hypothèse, elle tourna à droite. Tobias continua tout droit, ce dont elle se réjouit.

Mais son soulagement fut de courte durée, car, quelques secondes plus tard, une femme et sa petite fille, habillée d'un justaucorps rose et coiffée d'un chignon orné de strass, sortirent d'une voiture. Elles venaient de se garer, manifestement.

Sur la route, Allegra avait vu les affiches publicitaires du concours de beauté pour enfants qui avait lieu dans l'immeuble ; la petite fille était sûrement une concurrente. Allegra repensa aux concours auxquels elle-même avait participé. Elle avait arrêté les compétitions à seize ans, parce qu'elle n'en pouvait plus de porter du rose et des strass.

Sur les conseils de sa mère, elle avait tout de même participé à un dernier concours à l'université. La possibilité de gagner une bourse d'études, une voiture et des diamants avait suffi à la convaincre. Et elle avait bien fait de concourir, car elle avait remporté l'argent, la voiture *et* les diamants.

Agacée de ne pas trouver de place, mais restant optimiste, Allegra continua ses recherches. Sa mère, à ce stade, demanderait à Dieu de l'aider. Pour sa part, Allegra pensait que Dieu était bien trop occupé à régler les problèmes du monde pour lui trouver une place de parking. Alors, elle en trouverait une elle-même.

Il y avait forcément un emplacement vacant quelque part, sinon, la machine à l'entrée ne lui aurait pas délivré de ticket.

Elle devait simplement le trouver avant Tobias.

Lorsqu'elle fut presque au bout de l'allée, elle vit des phares s'allumer sur sa droite. Puisque aucune autre voiture n'était entrée ces dernières secondes, cela signifiait que quelqu'un s'en allait. Au même instant, elle aperçut un mouvement sur la gauche. Mince. Tobias aussi avait repéré la place et il se dirigeait droit vers l'espace à présent vacant.

Allegra sentit monter l'adrénaline dans ses veines. Dans sa famille, les règles étaient les règles, et les convenances étaient primordiales. Les invitations étaient envoyées par courrier, et non par SMS ; le dîner se prenait à table, avec des serviettes en tissu ; les conversations importantes se tenaient de manière civilisée, en face à face.

Allegra devrait agir de manière courtoise, autrement dit, attendre poliment et laisser Tobias prendre la place de parking.

Mais, deux ans plus tôt, Tobias n'avait pas été courtois avec elle. Il avait transformé leur nuit de passion en une aventure insignifiante, puis, deux jours plus tard, il avait aggravé son cas en rompant avec elle *par téléphone*.

Elle serra les lèvres.

Sans se laisser le temps de réfléchir, elle écrasa la pédale de l'accélérateur.

Tobias Hunt freina fort quand une décapotable blanche lui barra le passage et prit la place vacante qui était à *lui*.

Quand bien même il n'aurait pas reconnu la voiture clinquante tout à l'heure, il aurait fallu qu'il soit aveugle pour ne pas reconnaître cette chevelure soyeuse rassemblée en un chignon désordonné, ces pommettes délicates et ce nez légèrement impérieux à moitié caché par une paire d'immenses lunettes de soleil.

Allegra Mallory.

Ancienne reine de beauté, elle figurait en seconde position sur la liste de la célèbre influenceuse Buffy Hamilton. Une liste intitulée : « Qui va épouser un milliardaire ? », et dont la première place était tenue par Buffy elle-même.

Ce n'était peut-être pas une information qu'un ancien agent des forces spéciales devenu P-DG d'un conglomérat spécialisé dans la sécurité devrait connaître. Mais il s'avérait que Tobias connaissait personnellement les deux jeunes femmes.

Six mois plus tôt, quand Tobias avait enfin touché l'argent du trust familial, il avait atteint la stratosphère des milliardaires. Peu de temps après, Buffy l'avait invité à passer un week-end avec elle sur le luxueux yacht de son père. Il avait décliné poliment.

Allegra, en revanche, ne l'avait jamais invité nulle part. Tout ce qu'elle avait eu à faire, c'était arriver à Miami avec son regard intense, son élégance et sa beauté éclatante pour bouleverser son existence.

Tandis qu'il se remettait à avancer, Tobias eut un aperçu de ses longues jambes hâlées et de ses escarpins sexy lorsqu'elle sortit de sa voiture. Sa robe vert émeraude et sa petite veste assortie flattaient sa silhouette et offraient un aperçu tentant sur son décolleté. L'espace d'un instant, Tobias oublia le fait qu'il allait être en retard à cause d'elle.

Serrant la mâchoire, il tenta d'étouffer son intérêt masculin bien trop familier.

Depuis plus de six ans, il s'évertuait à réprimer l'attirance que la petite-nièce d'Esmae exerçait sur lui depuis leur première rencontre. Une attirance qui semblait aussi forte et puissante qu'il y avait deux ans, lorsque, après avoir rompu avec sa petite amie de longue date, Lindsay, *parce qu'il ne pouvait pas oublier Allegra*, il avait enfin cédé à la tentation et partagé une nuit passionnée avec Allegra.

Ce soir-là, il avait eu conscience de franchir une limite. Il était devenu comme son père, qu'il avait passé l'essentiel de sa vie à essayer d'oublier.

James Hunt avait collectionné les jeunes et jolies maîtresses, laissant sa femme se morfondre tandis qu'il passait de liaison en liaison. Quinze ans plus tard, il avait fini par mourir dans un accident de voiture, les laissant sa mère et lui recoller les morceaux de leur vie brisée. Malheureusement, Alicia Hunt était décédée à peine six mois plus tard d'une crise cardiaque.

Tobias avait lu les rapports médicaux. Mais, selon lui, elle était morte de chagrin, et non d'un arrêt cardiaque.

Il continua à avancer, mais les souvenirs de sa nuit avec Allegra ne cessaient de le distraire.

Une nuit claire et chaude, le ciel parsemé d'étoiles, les portes de la petite maison de plage d'Esmae grandes ouvertes pour laisser circuler la brise océane. Le bruit des vagues qui s'écrasaient sur la plage, et Allegra Mallory, encore plus belle nue, dormant à poings fermés dans le lit défait qu'ils venaient de partager.

Serrant le volant, il chassa les images trop vivaces qui lui rappelaient qu'il avait commis la seule chose qu'il s'était promis de ne pas faire ; suivre la tradition des hommes de la famille Hunt, en tombant sous le charme d'une Mallory. Après avoir rompu avec sa fiancée Lindsay, il avait jeté sa prudence aux orties et courtisé une noceuse superficielle et vénale.

Et l'erreur qu'il avait commise avait eu des répercussions qui le hantaient encore. Quand il avait quitté Lindsay, celle-ci était enceinte sans le savoir. Le lendemain de sa nuit avec

Allegra, Tobias avait appris qu'elle avait perdu le bébé dont il ignorait jusqu'alors l'existence. Bien que Lindsay ne l'ait pas rendu responsable de cette fausse couche, Tobias savait que s'il était resté avec elle, s'il avait ignoré son attirance pour Allegra, ce bébé, *son enfant*, aurait peut-être vécu.

Accablé par les remords, il avait coupé les ponts avec Allegra. Leur unique nuit de passion était de l'histoire ancienne. Ce qui l'inquiétait pour le moment, c'était qu'Allegra soit présente pour la lecture du testament.

Elle venait récolter ses deniers.

Quels biens Esmae avait-elle pu léguer à son unique petite-nièce ?

Un appel téléphonique rompit le fil de ses pensées. Tapant sur l'écran tactile de son tableau de bord, Tobias décrocha. C'était JT, son ami et avocat.

— Je sais, je devrais déjà être là, gronda JT. Mon avion a eu du retard. Fais patienter Phillips jusqu'à ce que j'arrive.

Tobias en avait bien l'intention. JT ne devait pas manquer la moindre minute de cette entrevue. Esmae détenait des actions de Hunt Security, qui représentaient cinq pour cent d'un groupe de plusieurs milliards, que la famille de Tobias avait bâti en partant de rien. Étant donné que les Mallory, des aristocrates d'ascendance anglaise, avaient plusieurs fois escroqué la famille autrefois pauvre de Tobias, il n'y avait pas à négocier. Il fallait absolument que JT soit présent.

— Tu penses sérieusement qu'Esmae aurait pu léguer ses actions à Allegra ? demanda JT. Après tout, ce sont des actions *Hunt*...

— Qui sont tombées entre les mains d'Esmae parce que mon grand-père a omis de rédiger un nouveau testament après l'avoir épousée, et qu'il a eu la malchance de mourir subitement dans un accident de bateau.

Mais la première escroquerie était plus ancienne. Jebediah Hunt, l'arrière-grand-père de Tobias travaillait dans le ranch d'Alexandra Mallory, la mère d'Esmae et l'arrière-grand-mère d'Allegra. Puis, Jebediah et Alexandra s'étaient associés pour acheter des terres. Trois ans plus tard, en pleine sécheresse, et alors que Jebediah et Alexandra entretenaient une liaison, Alexandra avait disparu du jour au lendemain. L'avocat qui avait divisé leurs terres en deux avait attribué à Alexandra la part qui, peu après, était devenue l'un des plus gros gisements de pétrole du Texas. En revanche, la famille de Tobias n'avait eu que des terres arides qui avaient failli les ruiner.

Tobias contint son irritation. JT était un requin et, bien qu'il soit un ami de longue date, il était nouveau dans son cabinet d'avocats et n'avait pas eu le temps d'assimiler tous les détails de la saga Hunt/Mallory.

— Si Esmae avait voulu être fair-play, elle aurait accepté l'offre de rachat de mon père il y a vingt ans, mais elle l'a refusée. Ce qui nous sauve, c'est que mon grand-père a eu la bonne idée de céder quatre-vingt-quinze pour cent de son empire à mon père deux ans avant sa mort, sinon Hunt Security serait devenu Mallory Security.

— Mais Esmae t'a donné une copie de son testament avant sa mort...

— Oui, quand j'étais le seul bénéficiaire du testament. Seulement, il y a deux ans, Allegra s'est installée à Miami, le testament a été modifié, et Esmae a décidé qu'il ne serait dévoilé qu'après son décès.

Tobias observa les rangées de voitures.

— Elle savait que les modifications n'allaient pas me plaire. Sinon, pourquoi tous ces mystères ?

Son cœur battit plus vite quand il vit Allegra monter dans un ascenseur. Elle tourna la tête et croisa son regard. Aussitôt, il comprit qu'elle avait fait exprès de prendre cette place de parking. Une seconde plus tard, les portes de l'ascenseur se fermèrent.

Tobias monta au niveau supérieur du parking, qui semblait aussi plein que celui qu'il venait de quitter.

— Les actions de Hunt Security devraient me revenir, reprit-il, mais je n'ai pas de lien de sang avec Esmae, contrairement à

Allegra Mallory. Et, quand un membre de la famille Mallory entre en scène, on ne sait jamais à quoi s'attendre.

Son arrière-grand-père Jebediah en avait fait l'amère expérience.

— N'oublie pas, Esmae a financé l'institut d'Allegra, et Allegra est restée à son chevet pendant des mois, ajouta-t-il.

— Tu crois vraiment qu'Allegra pourrait faire une chose pareille ? J'ai lu les rumeurs sur le web, mais rappelons-nous qui les écrit. Buffy Hamilton. Tu sais bien qu'elle n'est pas fiable.

Tobias contrôla sa colère avec difficulté, ce qui était inhabituel car il ne perdait jamais son sang-froid, et encore moins avec JT. Ils avaient combattu en Afghanistan ensemble. S'il y avait une personne en qui il avait confiance, c'était bien JT.

— Tu as fréquenté Buffy, alors j'imagine que tu sais de quoi tu parles, rétorqua-t-il.

— On croirait entendre Julia, marmonna JT. J'ai passé un week-end sur le yacht de son père, ce n'est pas la même chose.

Julia était la jeune femme avec laquelle JT avait récemment rompu.

— J'ignorais que c'était la raison de votre rupture.

— Ce n'est pas le cas. Disons simplement qu'il y a eu... d'autres facteurs, mais Julia a réussi à remettre le sujet Buffy sur le tapis.

— Tu veux dire qu'il y *avait* quelqu'un d'autre.

Ce qui n'était pas une surprise. Grand, blond et bronzé, JT avait l'allure d'un surfeur et il avait beaucoup de succès auprès de la gent féminine. Étant aussi le fils d'un magnat de l'immobilier, il ne manquait pas de soupirantes.

— Pas exactement... Ce que je veux dire, c'est que *l'autre femme* qui m'intéressait, ce n'était pas Buffy.

— Revenons-en au testament, trancha Tobias. Il y a six mois, Esmae a fait d'Allegra une bénéficiaire de son testament *secret*. Ça veut dire qu'Esmae a fait quelque chose que je ne vais pas aimer, et quoi que ça puisse être, Allegra est derrière tout cela.

— Esmae te cachait des choses, je l'entends. Simplement, je ne pense pas qu'Allegra soit du genre à manipuler une parente mourante.

Tobias se raidit. La dernière fois qu'il avait discuté du testament avec JT, ils étaient sur la même longueur d'onde. À présent, il semblait que JT ait rejoint le fan-club d'Allegra Mallory.

— J'ignorais que tu connaissais Allegra.

Et que tu étais tombé sous son charme.

Il y eut un bref silence.

— Il se trouve que nous... Eh bien, nous nous sommes croisés plusieurs fois. Julia était une cliente de son institut, elle ne jurait que par ses bains aux herbes. Et il se pourrait que nous l'ayons invitée à dîner avec d'autres amis.

Tobias serra la mâchoire. Donc, JT était effectivement tombé sous le charme d'Allegra.

Il renonça à trouver une place au niveau supérieur et retourna au niveau inférieur, passant en revue les rangées de véhicules. Enfin, il vit une voiture quitter son emplacement.

— J'imagine que c'était avant ta rupture avec Julia.

Il y eut un petit silence tendu.

— Je n'aurais pas invité Allegra à dîner, sinon.

— Non, car cela aurait été un rendez-vous galant.

JT et Julia avaient rompu depuis un mois. Tobias se demandait à présent si Allegra était à l'origine de cette rupture. La rumeur disait qu'elle aimait collectionner les amants richissimes, et il était possible que JT soit le prochain sur sa liste.

Tobias accéléra pour se rapprocher de la place de parking libre.

— La seule raison pour laquelle j'ai voulu que tu sois présent à la lecture du testament, dit-il c'est parce qu'il se trame quelque chose. Je n'aurais pas eu besoin de toi dans le cas contraire. Je te vois dans quelques minutes.

Sur quoi, il raccrocha.

JT et Allegra. Il n'avait rien vu venir.

Et il était hors de question que ces deux-là se rapprochent.

Il constata que la place libre était située tout près de l'élégante décapotable d'Allegra.

Il consulta sa montre. Son irritation augmenta d'un cran quand il remarqua qu'il avait maintenant dix bonnes minutes de retard. Sortant du véhicule, il se dirigea d'un pas décidé vers l'ascenseur et appuya rageusement sur le bouton d'appel. Tandis que la cabine montait, il se rappela sa dernière conversation avec Esmae, qui, à quatre-vingt-douze ans, était toujours aussi déterminée, autoritaire, et dans une moindre mesure, manipulatrice.

Des traits de caractère communs aux Mallory.

Sa grand-mère par alliance avait laissé échapper quelques informations, et Tobias avait deviné qu'Esmae avait ajouté des clauses étranges à son testament. Le fait qu'elle n'ait pas voulu lui montrer la nouvelle version avait contribué à éveiller ses soupçons.

Allegra étant convoquée pour la lecture du testament, les modifications la concernaient sûrement.

Les portes de l'ascenseur s'ouvrirent enfin. Une hôtesse le conduisit jusqu'au bureau de Phillips, l'avocat d'Esmae. Dès qu'il entra dans l'espace luxueux, Tobias porta son attention sur Allegra. Elle plongea ses yeux sombres dans les siens. Bien qu'il se soit préparé à cette rencontre, chaque muscle de son corps se contracta.

Ni le temps, ni la distance, ni la culpabilité qui l'avait rongé n'avaient eu d'effet. Bien qu'il ait fréquenté d'autres femmes, qui auraient dû être parfaites pour lui, tout comme son ex Lindsay l'avait été, il désirait encore Allegra Mallory.

Bienvenue au club, et qui sait combien de membres il compte, en plus de JT.

Les histoires entre les Mallory et les Hunt ne dataient pas d'hier, songea-t-il, se remémorant la chronologie des événements.

Alexandra Mallory avait couché avec Jebediah, puis l'avait escroqué. Acte un.

Soixante-dix ans plus tôt, Esmae avait échappé au krach financier qui avait anéanti la fortune légendaire des Mallory et résolu le problème de pauvreté de la famille en épousant un homme ayant récemment fait fortune, Michael Hunt, le grand-père de Tobias. Acte deux.

Esmae était belle, mais Allegra, avec sa chevelure soyeuse,

ses pommettes délicatement taillées, son menton décidé et sa bouche pulpeuse, était d'une beauté encore plus éclatante.

Malgré cela, il était hors de question que Tobias laisse Allegra Mallory perpétuer la tradition familiale avec lui.

Il n'y aurait pas d'acte trois.

2

Allegra détacha son regard des yeux gris et fascinants de Tobias. Apparemment, en prenant la place de parking qu'il convoitait et en le mettant en retard d'un bon quart d'heure, elle avait lancé le gant.

Un gant qu'il avait relevé.

La culpabilité, et d'autres sensations moins distinctes et plus dérangeantes furent presque aussitôt remplacées par une franche colère. Ce n'était pas une mauvaise chose que, pour une fois dans sa vie, Tobias n'ait pas obtenu ce qu'il voulait juste parce qu'il le voulait.

Prenant une grande inspiration, elle arbora un air neutre. Mais, lorsque Tobias entra dans la pièce et sembla occuper tout l'espace avec ses larges épaules et son air autoritaire, elle eut du mal à rester impassible.

Elle toucha machinalement l'élégant bracelet en diamants à son poignet, l'un des cadeaux du dernier concours de beauté qu'elle avait remporté. Si elle avait choisi ce bijou, ce n'était pas seulement parce que les diamants allaient avec *tout*, mais parce que ce bracelet lui rappelait qu'elle se donnait les moyens d'atteindre ses objectifs et que sa vie n'était pas définie par les erreurs des autres.

Et, ces deux dernières années, après un scandale qui avait mis un terme à une carrière prometteuse dans la finance pour laquelle elle avait travaillé très dur, elle avait dû pardonner beaucoup d'erreurs.

Déterminée à ignorer Tobias et son avocat, JT, elle posa un regard froid sur Phillips.

— Si nous commencions ? J'ai un rendez-vous à midi que je ne veux pas manquer.

Un rendez-vous avec un fantastique petit restaurant végétarien qui préparait une exquise salade aux herbes et aux noix ainsi que des boules énergétiques au chocolat à se damner, mais cela, personne n'avait besoin de le savoir.

— Et nous ne voudrions pas te mettre en retard, persifla Tobias d'une voix grave.

Faisant de son mieux pour contrôler le rouge qui lui montait aux joues, Allegra ne détourna pas son attention de Phillips, qui l'observait avec circonspection. L'avocat d'Esmae lui tendit une copie du testament. Après six mois au sein d'un cabinet d'analyse financière rempli d'hommes qui, apparemment, n'avaient pas encore compris que les femmes pouvaient être séduisantes et avoir tout de même des projets et des priorités dont ils ne faisaient pas partie, elle s'était habituée à ce genre de regards.

Parce qu'elle avait hérité de la chevelure abondante et soyeuse des Mallory, et du regard noisette et de la silhouette de sa mère, les hommes semblaient avoir du mal à la prendre au sérieux. C'était leur problème, mais elle était une personne conciliante et, d'habitude, dans un cadre professionnel, elle évitait de mettre sa silhouette en valeur.

Mais aujourd'hui, sachant que Tobias serait présent, elle avait décidé de ne pas cacher ses atouts. La robe qu'elle portait épousait discrètement ses formes, soulignait sa poitrine généreuse – héritée de sa mère – et dévoilait ses longues jambes. Le boléro assorti donnait à sa tenue un aspect plus professionnel tout en marquant sa taille fine.

Plutôt qu'un chignon banane sophistiqué, Allegra avait opté pour un chignon flou, qui était superbe avec ses boucles d'oreilles en diamants Chanel, un cadeau de son père.

La robe et la veste étaient une création de la styliste la plus en vue du moment, Francesca Messena. Cela pouvait paraître étrange qu'Allegra porte des vêtements créés par la femme qui, elle l'avait appris par la suite, avait couché avec Tobias non seulement avant mais aussi *après* qu'il avait couché avec elle. Mais, selon Allegra, acheter les vêtements de Francesca était la preuve qu'elle avait tourné la page, et que le sentiment de trahison qu'elle avait éprouvé lorsque Tobias lui avait préféré Francesca n'était plus qu'un souvenir.

Et, cela allait sans dire, dans son processus de guérison, elle avait pardonné à Francesca. Il lui avait fallu du temps – elle avait brûlé des pages et des pages de déclarations de pardon avant de parvenir à son but –, mais elle s'était répété que Francesca était une bonne personne, qui ignorait simplement quel rat Tobias était. Et puis, pourquoi Allegra devrait-elle se refuser les vêtements qu'elle avait envie de porter juste parce que Tobias avait brièvement été leur amant à l'une et l'autre ?

Tandis que Phillips commençait la lecture du testament, Allegra parcourut la première page, consciente que, quelque part dans ce document, il y aurait une surprise qu'elle n'allait pas apprécier. Cette surprise ne pouvait concerner que Madison Spas, car la seule raison pour laquelle elle était ici, c'était parce que Esmae détenait cinquante pour cent des parts.

Il était trop tard pour regretter d'avoir laissé sa tante investir dans son entreprise. Allegra aurait mieux fait de contracter un prêt bancaire, comme elle l'avait prévu au départ.

Quatre mois plus tôt, quand Allegra avait appris qu'Esmae était atteinte d'un cancer au stade terminal, elle avait proposé de lui racheter ses parts, mais Esmae avait répondu que c'était inutile puisqu'elle allait les lui léguer. Seul problème : Esmae avait refusé de montrer à Allegra une copie du testament.

À présent, Allegra se préparait au pire scénario. Elle était peut-être sur le point de perdre le contrôle de l'entreprise qu'elle avait fondée, et qu'elle adorait, et de devenir malgré elle l'associée de Tobias Hunt !

Sortant ses lunettes de lecture de son sac, elle les chaussa et tenta de se concentrer sur le jargon juridique. En temps normal, elle était très douée pour lire un document en diagonale et repérer les points principaux, mais avec Tobias qui faisait les cent pas dans l'immense bureau tel un lion en cage, il était difficile de se concentrer.

Lorsqu'elle arriva à la troisième page, elle commença à se détendre, mais ensuite Phillips lut une clause qui la laissa sans voix.

Selon cette clause, Allegra devait *vivre dans la maison d'Esmae, pendant un mois entier, avec Tobias*, sinon, elle perdrait les parts de son entreprise…

Allegra en eut des sueurs froides. Elle relut la clause, juste au cas où il y aurait une erreur.

Il n'y en avait pas, et lorsqu'elle le comprit, une erreur qu'*elle-même* avait commise revint la hanter.

Après avoir passé la nuit avec Tobias, Allegra s'était confiée à Esmae, car elle avait été certaine d'être au début d'une relation merveilleuse, qui allait changer sa vie.

Évidemment, Esmae avait émis des réserves. Bien qu'elle ait épousé un Hunt, sa grand-tante savait que s'il y avait un homme avec lequel Allegra n'aurait pas dû coucher, c'était Tobias. Car l'acrimonie qui existait entre les Hunt et les Mallory depuis trois bonnes générations était, apparemment, toujours vivace.

Il était trop tard pour regretter d'avoir dévoilé à Esmae son plus grand secret. Un secret que sa tante avait promis de ne révéler à personne.

À présent, il semblait qu'Esmae essayait de jouer les entremetteuses depuis l'au-delà.

Toutefois, il était possible que sa grand-tante ait changé son testament pour d'autres motifs. Seule Mallory à avoir épousé un Hunt – une seconde union avec le grand-père de Tobias –, Esmae avait peut-être voulu aider à la réconciliation des deux familles. Mais cela n'avait pas de sens puisque, maintenant qu'Esmae n'était plus là, il n'y avait littéralement plus aucun lien entre les deux clans.

Allegra réfléchit. Lorsqu'elle s'était confiée à Esmae, avait-elle été assez stupide pour avouer qu'elle rêvait d'un mariage avec Tobias ?

Oui, elle avait mentionné le mot « mariage », se souvint-elle, embarrassée.

Elle prit une inspiration tremblante et remarqua que Tobias se tenait devant elle, immobile. Il la sondait de son regard brumeux, comme s'il croyait que la clause de cohabitation venait d'elle.

Il semblait penser qu'elle avait manipulé Esmae afin que celle-ci change son testament, parce qu'elle avait encore des sentiments pour lui.

Elle sentit son visage s'empourprer lentement.

JT, qu'elle connaissait parce que son ex-petite amie Julia était une cliente régulière de Madison Spas, semblait plus détendu. Toutefois, son regard incisif semblait indiquer qu'il la soupçonnait, lui aussi.

Le fait que Tobias et JT soient tous les deux contre elle devrait lui donner le sentiment d'être acculée, tel un petit animal poursuivi par une meute de loups. Mais elle avait grandi avec quatre grands frères très impressionnants, et la tactique de la meute ne fonctionnait pas sur elle.

Prenant une grande inspiration, Allegra s'efforça de se détendre. Elle aimait contrôler les situations, or, depuis la mort d'Esmae, tout semblait incontrôlable.

Elle inspira de nouveau et ferma les yeux rien qu'une seconde, utilisant une visualisation recommandée par son professeur de méditation chrétienne. Hélas, l'image calmante d'un lac limpide au clair de lune semblait avoir développé un tourbillon en son centre.

Elle rouvrit les yeux ; Tobias croisa son regard avant de porter son attention sur ses lèvres. Un frisson électrique la traversa. C'était comme si son corps ne pouvait s'empêcher de réagir face à Tobias.

Mais ce n'était pas possible, pensa-t-elle, puisqu'elle avait tourné la page. Lui aussi, d'ailleurs.

Elle n'avait pas plus envie que lui de partager un toit pendant un mois. Cependant, il semblait n'y avoir aucun moyen d'échapper à cette obligation.

— Donc, il n'y a pas de moyen d'y échapper, marmonna-t-il.

Contrariée que les paroles de Tobias reflètent sa propre pensée, elle le fixa dans les yeux. Ce qu'elle regretta aussitôt car des picotements sensuels dansèrent sur sa peau.

Lorsque Tobias se tourna, ses larges épaules bloquèrent une bonne partie de la lumière qui filtrait à travers la fenêtre. Il transperça Phillips du regard, et soudain, les histoires qu'Allegra avait entendues sur le passé de Tobias dans les forces spéciales lui parurent encore plus impressionnantes.

— Donc, si je comprends bien, je dois cohabiter avec Allegra pendant un mois, sinon je perds les parts de *mon* entreprise, et Allegra en hérite ? lâcha-t-il d'une voix glaciale.

Il avait bien plus à perdre qu'Allegra dans cette histoire. Car il était P-DG d'un empire pesant plusieurs milliards de dollars. Elle savait aussi que les parts que le grand-père de Tobias avait léguées à Esmae n'étaient pas des parts ordinaires. C'était un bouquet d'actions à droit de vote. Donc, quiconque les détenait pouvait influer sur la politique de Hunt Security.

Elle n'avait aucune idée de la valeur de ces actions. Elle passa mentalement en revue les activités du groupe Hunt : systèmes d'alarme, agence de détectives privés, services de sécurité VIP, mais aussi contrats avec l'armée et satellites. Le bouquet d'actions valait sans doute plusieurs millions de dollars.

Phillips, qui ressemblait lui-même à un ancien militaire avec sa coupe courte et sa mâchoire carrée, relut la clause en question.

— C'est exact, répondit-il.

— Et si je ne vis pas dans la maison de ma grand-tante pendant un mois, je perds les parts de mon entreprise et Tobias en hérite ? demanda-t-elle.

Son institut ne pesait pas des millions, encore moins des milliards comme Tobias. Sa valeur nette était plutôt dans une fourchette de nombres à six chiffres.

— Madison Spas compte pour moi et représente beaucoup d'argent...

Phillips lui adressa un regard poli mais incrédule, qui indiquait qu'il avait rejoint la meute de Tobias.

— Les conditions sont inscrites noir sur blanc, mademoiselle Mallory, clause 16 C.

Tobias, qui était maintenant perché sur le bord de l'immense bureau en acajou de l'avocat, croisa les bras.

— Je ne suis pas exactement intéressé par ton salon de beauté, Allegra.

— Ce n'est *pas* un salon de beauté, protesta-t-elle d'une voix un peu trop stridente.

Elle se força à compter mentalement jusqu'à cinq afin de retrouver son calme.

Quand on avait affaire à un mâle dominant comme Tobias, réagir de manière émotionnelle était une vaste perte de temps. La logique et le savoir étaient utiles mais, selon la mère d'Allegra, il y avait une tactique encore plus efficace. Il suffisait de dire *non* dès qu'on en avait l'occasion.

— Comme tu le sais sans nul doute, Madison Spas est un centre de beauté et de bien-être haut de gamme, avec une approche holistique.

— C'est bien là où je veux en venir. Ce n'est pas exactement mon domaine d'activité.

— Je suis contente que tu soulignes ce point, répliqua Allegra avec douceur, car produire des alarmes pour voitures et des serrures ne m'intéresse pas non plus.

— Hunt Security fait bien plus que de produire des serrures et des alarmes.

— C'est vrai, j'oubliais... tu as aussi une petite agence de détectives.

JT étouffa un gloussement.

Une étincelle amusée apparut dans le regard de Tobias.

— J'imagine que c'est une manière de décrire Hunt Private Investigations.

Allegra se rendit soudain compte que se disputer avec Tobias était un peu trop... exaltant. La dernière chose dont elle avait besoin, c'était de ressusciter une attirance dangereusement addictive qui était officiellement morte.

Elle adressa un sourire froid à Tobias. Il était peut-être un homme riche et puissant aujourd'hui, mais la famille d'Allegra, bien que moins fortunée depuis deux générations, avait autrefois été riche et prospère, elle aussi.

JT, qui, jusqu'à cet instant, n'avait pas pris part à la conversation, croisa son regard, ce qui la surprit. Car, depuis vingt minutes, et bien qu'il ait toujours été amical avec elle dans le passé, il l'ignorait soigneusement.

— Tu devrais peut-être lâcher du lest, Tobias. Tu sais comment était Esmae… Têtue, imprévisible…

— Si vous essayez de suggérer qu'Esmae était atteinte de démence, intervint Phillips, oubliez ça. Elle a passé un test médical il y a quelques mois pour certifier qu'elle était saine d'esprit, au cas où quiconque tenterait de contester le testament.

— Si elle était en pleine possession de ses capacités mentales, pourquoi avoir rédigé un tel document ? s'étonna JT.

Allegra avait compris le sous-entendu. Si Esmae était saine d'esprit, alors quelqu'un d'autre avait dû faire pression sur elle pour qu'elle ajoute ces clauses extravagantes à ses dernières volontés. Et, puisque Tobias ne choisirait jamais de son plein gré de cohabiter avec elle, bien entendu, c'était forcément *elle* la coupable.

Blessée par les insinuations et les insultes voilées, elle remit ses lunettes dans leur étui et les rangea dans son sac, puis se leva avec élégance. S'il y avait un bon moment pour employer la tactique de sa mère et reprendre un peu de pouvoir, c'était celui-ci.

— Contrairement à ce que vous semblez tous croire, j'ignore ce qui a bien pu traverser la tête de ma grand-tante pour qu'elle ajoute cette clause au testament, puisqu'elle *savait* parfaitement que je préférerais être coincée sur une île déserte que de passer une seule nuit sous le même toit que Tobias.

Elle décocha à Tobias un regard glacial, pour être sûre qu'il avait saisi le message. Non seulement elle n'avait pas envie de lui, mais elle n'aurait *jamais* envie de lui.

— En d'autres mots, je préférerais me retrouver en enfer que de cohabiter avec toi, Tobias.

Un frisson sensuel la secoua lorsqu'elle remarqua que Tobias la fixait intensément. Apparemment, au lieu d'être vexé, Tobias semblait avoir *apprécié* sa tirade.

C'était comme si le fait d'être rejeté, de manière si ferme et absolue, l'avait excité.

3

Tobias fronça les sourcils.

— Si Esmae savait que cela ne servirait à rien de nous réunir sous le même toit, pourquoi aurait-elle pris ces dispositions ? interrogea-t-il.

En réalité, Esmae avait sûrement pensé qu'une cohabitation entre Allegra et Tobias mènerait à un mariage. Mais Allegra se garderait bien de l'avouer.

— Peut-être qu'Esmae a ajouté cette clause pour toi, et non pour moi, rétorqua-t-elle.

— D'accord, supposons que oui. Pourquoi Esmae aurait-elle pensé que je devais vivre avec toi pendant un mois ?

— Francesca Messena, dit-elle, laconique. Et sa jumelle, Sophie. Cela dit, ton histoire avec Sophie a duré moins longtemps.

Francesca Messena était une jeune femme souriante et vive, le genre de femme vers lequel les hommes étaient naturellement attirés et qu'ils adoraient avoir pour petite amie. Sophie, en revanche, était plus réservée et avait la réputation d'être plus intéressée par les affaires que par les hommes. *Comme Allegra*.

À l'idée que Tobias n'ait jamais vraiment été attiré par elle pour la bonne raison que, comme Sophie Messena, elle n'était pas son genre, Allegra fut encore plus irritée. Si elle n'était pas le style de Tobias, cela voulait dire que la nuit qu'ils avaient partagée était encore plus insignifiante qu'elle ne l'avait cru.

Tobias se pinça l'arête du nez.

— Que viennent faire les jumelles Messena là-dedans ?

— Il faut que je te fasse un dessin ? Tu as courtisé les deux sœurs Messena...

— Courtiser, c'est un bien grand mot.

— Nous pouvons couper les cheveux en quatre toute la journée, dit-elle froidement, mais ce que je veux dire, c'est qu'il y a à peine quelques mois, les jumelles ont épousé lors d'un double mariage d'*autres* hommes que toi.

— Je le sais, j'étais invité.

— C'est justement là que je veux en venir. Je ne cherche pas à enfoncer le couteau dans la plaie, mais Esmae savait que ta vie amoureuse était, disons, sur la mauvaise pente. Manifestement, le fait que tu aies du mal à trouver chaussure à ton pied la préoccupait et...

— Elle a décidé de me donner un coup de main ?

— Ce n'est qu'une théorie, dit-elle en souriant.

Phillips s'éclaircit la voix.

— Aussi passionnant tout cela soit-il, vous ne pouvez pas encore vous en aller, mademoiselle Mallory, avertit-il. Il y a... d'autres éléments.

Allegra cligna des yeux. Elle avait été si absorbée par sa conversation avec Tobias qu'elle en avait oublié le testament. Pire, elle avait fait précisément ce qu'elle s'était promis de ne pas faire : elle s'était laissé dépasser par ses émotions.

L'adrénaline pulsant encore dans ses veines, elle se rassit.

Phillips aborda la question des legs spéciaux. Les joyaux des Hunt, des pièces en diamants conservées dans un coffre à la banque, revenaient à Tobias. Puis Phillips mentionna une boîte contenant des souvenirs de la famille Mallory, et un tableau représentant Alexandra Mallory, mère d'Esmae et arrière-grand-mère d'Allegra.

Allegra était surprise. Elle ignorait l'existence de ce tableau. Et elle n'aurait pas cru qu'il reste quoi que ce soit de la vie d'Alexandra puisque la fortune familiale avait été dilapidée.

— Ces objets sont-ils également conservés dans un coffre ?

Phillips consulta le testament.

— Non. Je suppose que ce sont des souvenirs sans valeur

particulière, car votre grand-tante les a laissés dans le grenier du cottage, sur la propriété en bord de mer.

Allegra était heureuse d'apprendre qu'Esmae, seule fille d'Alexandra, avait conservé certains souvenirs de famille. Mais, lorsque Phillips lut la dernière clause, elle se tendit.

Esmae avait légué son complexe hôtelier de luxe, l'Ocean Beach, à Tobias, ce qui était logique puisqu'elle l'avait fait construire avec l'argent des Hunt. Mais il y avait un hic. À moins que Tobias ne gère personnellement le complexe pendant toute sa période de cohabitation avec elle, l'Ocean Beach serait légué à Allegra.

L'espace d'un instant, elle fut trop stupéfiée pour réagir. La clause de cohabitation donnait l'impression qu'elle essayait de piéger Tobias afin qu'il l'épouse. Cette dernière clause la faisait passer pour une croqueuse de diamants.

Elle fut brutalement ramenée deux ans et demi en arrière, au moment où sa carrière dans la finance avait explosé en plein vol. À l'époque, deux cadres du cabinet dans lequel elle venait d'être engagée l'avaient accusée d'avoir proposé des faveurs sexuelles pour obtenir de l'argent, une promotion et même des bijoux. Tout cela parce qu'elle avait commis l'erreur fatale de s'inscrire sur un site de rencontres en ligne « pour cadres supérieurs ».

Oui, elle avait eu un rendez-vous galant avec l'un de ces hommes, Halliday. *Un seul rendez-vous*. Elle ignorait qu'il était un cadre de l'entreprise qui employait Allegra, parce qu'il s'était absenté de San Francisco plusieurs semaines, *et* qu'il avait utilisé un faux nom. Bien qu'il soit marié, avec *la fille du patron*, il prétendait être célibataire sur son profil en ligne. Contrarié qu'elle ait découvert sa véritable identité et qu'elle ait catégoriquement refusé une liaison avec lui, il avait pris des mesures préventives pour protéger sa carrière et son mariage : sur ses comptes de réseaux sociaux, il avait affirmé qu'Allegra lui avait proposé de coucher avec lui pour obtenir une promotion.

Comme si cela ne suffisait pas, un autre cadre du cabinet,

Fischer, ami de Halliday, neveu de l'un des associés, marié et inscrit sur le même site de rencontres, était venu la trouver dans son bureau. Il lui avait fait des avances, qu'elle avait bien sûr refusées. Fischer avait lourdement insisté, car, apparemment, quand une ex-reine de beauté disait « non », cela ne voulait pas dire « non ». Elle avait été obligée de le repousser à l'aide d'une grande agrafeuse.

Hélas, le coup qu'elle avait porté à sa mâchoire lui avait ouvert la lèvre et laissé un hématome. Fischer avait titubé, trébuché et s'était retrouvé les quatre fers en l'air. Peut-être aurait-il filé sans rien dire si une stagiaire n'était pas entrée dans le bureau à ce moment précis. Rouge d'embarras, Fischer était sorti en trombe de la pièce, puis avait décidé de salir à son tour la réputation d'Allegra sur Internet, prétendant qu'elle avait essayé de le séduire et qu'elle avait demandé des diamants en guise de paiement.

Résultat, elle s'était retrouvée devant le conseil disciplinaire de l'entreprise. Bien que l'enquête interne ait été « non concluante », *car il n'y avait aucune preuve*, le scandale généré avait rendu sa présence au sein du cabinet « problématique ». Allegra était presque sûre que le *problème* était devenu insoluble quand elle avait utilisé le forum en ligne pour livrer aux associés directeurs le fond de sa pensée.

Peut-être aurait-elle dû garder le silence, mais elle n'aimait pas l'injustice, et la réticence de ses employeurs à mener une véritable enquête, pour cause de népotisme, avait été la goutte d'eau. Ses patrons ayant décidé de couvrir les agissements de leurs cadres, comment aurait-elle pu conseiller à ses clients de placer leur argent chez eux ? Puisque le lien de confiance avait été rompu, Allegra avait démissionné.

Elle était partie la tête haute. Hélas, peu de temps après, elle avait connu un nouvel épisode de tachycardie supra-ventriculaire, ou TSV. De temps en temps, son cœur battait de manière incontrôlable et, s'il ne se régulait pas naturellement, Allegra avait besoin d'une intervention médicale afin de rétablir un rythme cardiaque normal. Les crises avaient commencé à l'université, et son médecin lui avait expliqué qu'elles étaient sans doute favorisées par sa personnalité. En effet, Allegra avait tendance à vouloir tout contrôler et gérait mal la pression.

Pendant que JT et Phillips discutaient du testament, Allegra reporta son attention sur Tobias.

— Il y a une solution simple, dit-elle. Je ferai rédiger par *mon* avocat un document qui te cède tous les droits…

— Regarde la clause C. Si tu abandonnes tes droits sur le complexe, et si je ne le dirige pas pendant notre mois de cohabitation, il sera légué au plus âgé de tes frères. Quin, il me semble ?

Elle lut la clause que Tobias lui avait indiquée et fut saisie par l'angoisse. Il était impossible que Quin, qui possédait déjà un hôtel de charme très populaire à La Nouvelle-Orléans, refuse une telle opportunité…

— Je ne comprends pas, dit-elle. La seule conversation qu'Esmae et moi avons eue concernait les parts qu'elle détenait dans Madison Spas. Il y a quatre mois, j'ai proposé de les racheter…

— Alors, cette idée de vivre ensemble ne vient pas de toi ?

— Hum, voyons voir… Aller vivre dans une demeure isolée en bord de mer, en compagnie du dernier homme sur terre avec lequel je voudrais partager le moindre espace ?

Elle se leva, accrocha son sac sur son épaule et consulta l'élégante montre connectée qui encerclait son poignet, et qui indiquait qu'elle avait manqué un appel de Janice, son assistante.

— La réponse est : non, absolument pas, assena-t-elle.

Tobias ne prit pas la peine de masquer son incrédulité.

— En d'autres mots, Esmae a concocté ça toute seule ?

— Oui.

Tout à coup, son cœur se mit à battre à coups redoublés à l'idée que, une fois de plus, sa réputation soit taillée en pièces à cause d'une chose qu'elle n'avait pas faite. Elle craignait que l'histoire se répète, et que les rumeurs colportées sur elle détruisent sa nouvelle vie professionnelle tout comme elles avaient détruit sa carrière dans la finance.

À la réflexion, il était peu probable que cela arrive. Elle était à la tête de sa propre entreprise à présent. Cette fois, personne ne pouvait la pousser à démissionner.

Néanmoins, Tobias pouvait refuser de renouveler son bail.

Cela lui compliquerait la vie, car il lui faudrait alors trouver un autre emplacement. En ce moment, elle cherchait justement un local pour un second institut, mais il faudrait des mois pour que son projet aboutisse. Si elle devait déménager son entreprise dans les semaines à venir, elle n'aurait nulle part où aller.

Prenant une inspiration pour se calmer, elle compta mentalement jusqu'à trois. Si elle pouvait rester au complexe Ocean Beach, ce serait sans conteste la meilleure option. Par conséquent, elle devait convaincre Tobias de sa bonne foi, afin qu'il renouvelle son bail.

Elle s'adressa à Phillips.

— M'avez-vous déjà vue avant aujourd'hui ?

L'avocat sembla interloqué.

— Eh bien, pas que je m'en souvienne.

— C'est exact, car nous ne nous étions jamais rencontrés. Et pourquoi nous serions-nous rencontrés ? Vous êtes l'avocat de ma grand-tante et vous vous occupiez de ses affaires personnelles et privées. Des choses qui n'ont rien à voir avec moi.

Tobias fronça les sourcils.

— Le fait que tu n'aies pas rencontré Phillips ne prouve rien, intervint-il.

Allegra reporta son regard sur Tobias.

— Tu penses que j'ai profité de la faiblesse d'Esmae pendant qu'elle était malade et que je l'ai influencée afin qu'elle change son testament. Mais, si tel était le cas, pourquoi n'ai-je pas demandé plus, et plus tôt ? Comme la maison de la plage et les diamants, par exemple ? Des biens de grande valeur, qu'elle t'a légués.

Elle soupira puis reprit la parole.

— Et, avant que tu ne poses la question, sache que je ne veux pas de la maison, et que je ne veux absolument pas des diamants... j'ai déjà les miens. Je n'ai pas besoin de prouver quoi que ce soit au sujet du testament. Je vis à Miami depuis seulement deux ans. Et durant ces deux ans, toi et moi, nous nous sommes retrouvés dans la même pièce peut-être cinq fois en tout. Deux de ces rencontres se sont produites ces derniers jours : à l'enterrement d'Esmae, et aujourd'hui. Si tu penses que je te cours après, alors ta vie amoureuse doit être très plate.

Elle glissa sa copie du testament dans son sac et se dirigea vers la porte, mais Tobias l'atteignit le premier et l'ouvrit pour elle.

Un geste qui lui rappela que Tobias avait la réputation d'être un vrai gentleman. Non pas qu'elle ait eu l'occasion de découvrir cet aspect de sa personnalité.

Elle lui jeta un regard noir et tenta de ne pas remarquer la forme séduisante de ses pommettes, ou la cicatrice sur l'arête de son nez. Soudain, un souvenir de leurs corps nus et élancés surgit dans son esprit, provoquant une onde de chaleur en elle. Mais elle se reprit rapidement.

— Tu m'accuses de manipulation, mais c'est peut-être *toi* qui as influencé Esmae ? déclara-t-elle.

— D'accord, supposons que ce soit le cas. Selon toi, pourquoi voudrais-je que tu vives dans ma maison pendant un mois ?

— Parce que tu es secrètement amoureux de moi, que tu ne peux pas me résister, et qu'aux dernières nouvelles c'est la seule manière pour toi d'obtenir un rendez-vous galant !

Sur quoi, elle sortit du bureau et claqua la porte.

Tobias était sonné.

Il avait essayé de ne pas prêter attention aux taches de rousseur qui parsemaient le nez d'Allegra, et qui lui rappelaient ces étés qu'Allegra avait passés sur la plage, à l'observer discrètement. Et il avait fait de son mieux pour ne pas remarquer la rougeur sur ses pommettes lorsqu'elle avait contemplé la cicatrice sur son propre nez.

Et, surtout, il s'était efforcé de chasser la conviction soudaine qu'Allegra le désirait encore.

À cette pensée, tout son corps se tendit. Ce qui était fâcheux, car le fait qu'Allegra soit attirée par lui était le seul élément qui donnait un sens au testament absurde et manipulateur d'Esmae.

Les paroles d'Allegra concernant sa vie sentimentale le firent réfléchir. Ces deux dernières années, afin de se préparer pour le poste de P-DG de Hunt Security, Tobias s'était concentré sur l'aspect financier de sa fonction. Il avait travaillé six mois avec Gabriel Messena et avait, en effet, fréquenté les deux sœurs Messena.

Sophie et Francesca avaient épousé d'autres hommes, et cela ne lui posait aucun problème. Car, aussi belles soient-elles, il les considérait à présent comme des amies, et rien de plus.

Il était en train de se rendre compte qu'Allegra avait été son rendez-vous galant le plus sérieux en deux ans.

Jusqu'à maintenant, il n'avait jamais songé que sa vie amoureuse laissait à désirer, mais sa réaction devant Allegra, *et la sienne devant lui*, étaient des signaux d'alarme retentissants.

Oui, il avait couché avec Francesca avant et après sa nuit avec Allegra, parce qu'il avait voulu, une bonne fois pour toutes, se débarrasser de son attirance pour Allegra.

Malheureusement, cela n'avait pas fonctionné. Fréquenter Francesca ne l'avait pas empêché de penser à Allegra.

Encore aujourd'hui, dès qu'elle entrait dans une pièce, son corps réagissait aussitôt…

Phillips se leva.

— La cohabitation s'annonce compliquée, non ? Elle a… un fort caractère.

— Je survivrai, répondit Tobias.

Le parfum léger et floral d'Allegra flottait encore dans l'air, nota-t-il. En temps normal, les détails comme les parfums lui passaient au-dessus de la tête, mais avec Allegra il remarquait tout. Son parfum était le même que celui qu'elle portait lorsqu'ils avaient fait l'amour.

Il y avait deux ans, malgré toutes les raisons pour lesquelles il aurait dû éviter Allegra, il n'avait *pas* réussi à lui résister. Lui qui d'habitude était si raisonnable s'était laissé entraîner dans un tourbillon de passion duquel il avait été difficile de s'extraire.

Il avait fallu un appel amer de Lindsay pour qu'il fasse ce qu'il aurait dû faire depuis le début : se renseigner sur Allegra. Il avait fait des recherches sur Internet et découvert qu'elle avait récemment eu des liaisons avec au moins deux millionnaires de la côte Ouest. Il en avait conclu que l'unique nuit qu'il avait partagée avec Allegra, aussi intense ait-elle été, n'avait représenté rien de plus qu'une aventure pour elle.

Obliger Allegra à vivre avec lui pendant un mois ?

L'idée ne venait certainement pas de lui. Peut-être qu'Esmae avait ajouté cette clause juste pour lui compliquer la vie une dernière fois ? Une chose était sûre : Esmae adorait sa petite-nièce ; elle savait sans doute qu'Allegra était attirée par lui.

Son pouls s'accéléra à cette pensée.

Et c'était bien là le problème, songea-t-il. Pour des raisons qu'il ne pouvait comprendre, il désirait toujours Allegra. Un désir qu'il avait obstinément ignoré dans l'espoir qu'il s'essouffle.

Hélas, ignorer cette attraction fatale n'avait pas fonctionné.

Tandis qu'il quittait le bureau de Phillips, avec JT sur ses talons, il lui vint à l'esprit que, peut-être, il était temps d'essayer la tactique qu'il aurait dû utiliser dès le début.

Laisser libre cours à son attraction et assouvir son désir, afin qu'il s'éteigne naturellement, comme cela avait été le cas avec les autres femmes.

Après tout, vivre avec Allegra pendant un mois, selon les conditions du testament d'Esmae, n'engageait à rien. Si Tobias partageait un lit avec Allegra, cela ne signifiait pas qu'ils auraient une relation sérieuse, ni qu'ils finiraient par se marier.

En imaginant Allegra dans son lit, il sentit tout son corps se raidir.

Rien qu'un mois, et ce serait terminé.

Pourquoi n'avait-il pas envisagé cette solution plus tôt ? S'il l'avait fait, il serait déjà libéré de son attraction encombrante, qui avait tué dans l'œuf toutes les relations qu'il avait tenté de nouer ces six dernières années.

Il aperçut Allegra au bout du couloir. Elle attendait que

l'ascenseur se vide. Comme si elle avait senti qu'il l'observait, elle jeta un coup d'œil dans sa direction.

JT leva les yeux de son écran de téléphone.

— Peut-être qu'elle retiendra l'ascenseur pour nous, dit-il.

Tobias en doutait fort.

Il serra la mâchoire tandis que les portes métalliques se refermaient sur Allegra. Et, dans le même temps, il éprouva une vive satisfaction : Allegra venait de le snober, mais elle avait aussi snobé JT. Donc, ces deux-là n'étaient pas aussi proches que JT ne le pensait.

Tobias appuya sur la touche d'appel de l'unique ascenseur. Tandis qu'il contemplait les chiffres défiler au-dessus des portes, il songea à la façon dont Allegra lui avait tenu tête plusieurs fois ce matin : la place de parking qu'elle lui avait soufflée, les mots qu'elle lui avait lancés dans le bureau de l'avocat, et le regard incisif qu'elle venait de lui décocher, juste avant que les portes de l'ascenseur ne se ferment.

Paradoxalement, l'audace d'Allegra réveillait quelque chose de primaire en lui. Elle était un défi qu'il avait très envie de relever. Toutefois, le plus sage serait d'attendre simplement que les quatre prochaines semaines s'écoulent, et de laisser partir Allegra au terme de leur cohabitation.

Mais, tandis que cette pensée se formait, il sut qu'il ne choisirait pas la voie de la sagesse.

De nouveau, il imagina Allegra nue dans ses bras, et une décharge de désir le parcourut.

Ce mois de cohabitation forcée ne ressemblait plus du tout à une peine de prison, en fin de compte.

4

Satisfaite, Allegra regarda les chiffres défiler tandis que l'ascenseur descendait vers le parking souterrain.

Elle rejoua dans son esprit le moment où Tobias était sorti du bureau de Phillips, suivi de JT. Lorsqu'elle avait soutenu le regard de Tobias, elle avait senti l'adrénaline monter en elle.

Sans hésiter une seconde, elle était entrée dans la cabine d'ascenseur et avait actionné le bouton de fermeture des portes. C'était une petite vengeance, après la scène dans le bureau de Phillips.

Elle vérifia sa coiffure et son maquillage dans le miroir. Malgré toute cette agitation, elle semblait presque aussi élégante et calme que lorsqu'elle était sortie de chez elle. Grâce aux nombreux concours de beauté auxquels elle avait participé autrefois, elle avait appris que, quoi qu'il se produise en coulisses, il fallait toujours arriver sur scène avec un grand sourire.

Fouillant dans son sac, elle prit ses écouteurs sans fil, les plaça dans ses oreilles et choisit sur son téléphone une musique apaisante. Puis elle se remit à regarder les chiffres défiler sur le panneau numérique. Malheureusement, au bout de quelques secondes, elle se rendit compte qu'elle respirait un peu trop vite. Techniquement, elle était en train de faire de l'hyperventilation, ce qui n'était pas bon signe. Elle devait respirer profondément et lentement.

Elle ouvrit son application de fréquence cardiaque sur sa montre connectée. La dernière chose dont elle avait besoin, c'était de connaître un nouvel épisode de tachycardie, car ces crises, bien que faciles à soigner, étaient *angoissantes*.

Il y avait deux ans, lorsqu'elle s'était retrouvée aux urgences après l'« entretien » avec ses employeurs chez Burns-Stein Halliday, elle avait écouté les recommandations de son médecin et décidé de procéder à quelques changements dans sa vie.

Ses parents lui avaient conseillé de porter plainte contre l'entreprise pour harcèlement sexuel sur le lieu de travail. Sa mère l'avait même menacée d'aller là-bas, ce qui était plutôt effrayant. Mais Allegra avait préféré éviter la pression d'un procès, qui aurait pu l'envoyer à l'hôpital, ou pire.

Elle n'avait aucune envie de finir ses jours dans une maison de repos ou de mourir, tout cela parce que BSH était un horrible employeur. Elle devait à ses parents, et au monde en général (pas à BSH, elle ne leur devait rien), d'être heureuse, et surtout de rester en vie.

Une fois qu'elle avait pris la décision de ne pas poursuivre BSH, il avait été facile de choisir un domaine d'activité dans lequel elle pourrait allier les deux choses pour lesquelles elle était douée : les finances *et* l'esthétique.

Quelques semaines de vacances avec Esmae lui avaient donné l'inspiration dont elle avait besoin, et elle avait décidé d'ouvrir un centre de beauté et de bien-être.

Esmae, qui avait été une tête brûlée dans sa jeunesse, avait proposé de l'aider, surtout parce qu'elle était fatiguée d'être traitée comme une vieille dame finie, et l'institut Madison Spas était né. Le nom Madison avait semblé approprié puisque c'était un second nom qu'elles portaient toutes les deux.

L'institut fonctionnait depuis deux ans maintenant. C'était devenu une destination pour célébrités épuisées ayant besoin de recharger leurs batteries, d'où son envie d'ouvrir un autre centre de bien-être, dans un endroit plus isolé.

Elle avait déjà posé une option pour un nouvel emplacement. Une fois qu'elle aurait honoré les clauses du testament, elle pourrait demander à son banquier de lui accorder les fonds nécessaires pour construire un second centre.

En attendant, le testament d'Esmae l'avait littéralement piégée avec Tobias, pour un mois entier.

Elle s'était doutée que le complexe Ocean Beach, où elle avait installé son institut, reviendrait à Tobias, puisqu'il avait été bâti avec l'argent des Hunt. Simplement, elle n'aurait jamais pensé que Tobias en deviendrait le P-DG.

À présent, non seulement sa vie était totalement gâchée pour les quatre prochaines semaines car elle devait partager un toit avec Tobias, mais Esmae avait réussi à les réunir aussi dans leur vie professionnelle !

Les clauses du testament ne laissaient aucun doute : Esmae essayait de les marier depuis l'au-delà. Allegra était presque sûre d'être responsable de la situation, car elle s'était confiée à sa grand-tante sur sa relation avortée avec Tobias. Esmae avait vraisemblablement conclu, à tort, qu'Allegra désirait toujours Tobias.

Les portes de l'ascenseur s'ouvrirent sur le parking sombre.

Puisque ses escarpins vertigineux ne lui permettaient pas de courir, elle regagna d'un pas tranquille sa petite décapotable. Ses écouteurs étant suffisamment onéreux pour qu'elle puisse percevoir les sons environnants en plus de la musique relaxante, elle entendit le second ascenseur arriver. Aussitôt, elle se raidit. Bien qu'elle soit tentée d'accélérer le pas, elle garda une démarche élégante et régulière. Si Tobias était derrière elle, quelle importance ? Il ne lui faisait pas peur et...

— Allegra.

Les notes graves de sa voix la troublèrent, mais elle continua de marcher. Après tout, elle portait *des écouteurs* ; elle pouvait faire comme si elle ne l'avait pas entendu.

Le son de ses pas qui approchaient la rendit encore plus nerveuse. Elle sortit son téléphone afin que Tobias comprenne qu'elle était doublement occupée.

La seconde suivante, son téléphone sonna. Un numéro inconnu était affiché sur l'écran, mais Allegra savait à qui il appartenait.

Elle décrocha et lança :

— Comment as-tu eu mon numéro ?

La voix grave et chaude de Tobias résonna dans son oreille.

— Tu me l'as donné il y a deux ans.

— Tu m'as quittée, je te rappelle.

— Alors, j'imagine que j'ai oublié de l'effacer.

— Qu'est-ce que tu veux ?

— Tourne-toi et tu le sauras.

Coupant la communication, elle jeta un coup d'œil faussement surpris par-dessus son épaule, comme si elle n'avait pas compris que Tobias et JT étaient derrière elle depuis tout à l'heure.

— Oh... C'est toi, feignit-elle de s'étonner.

Elle retira ostensiblement ses écouteurs.

— Désolée. Tu essayais de me parler ?

Une étincelle amusée brillait dans les prunelles de Tobias. Il agita une clé devant elle.

— Tu vas avoir besoin de ceci.

Allegra reconnut aussitôt la jolie chaînette perlée accrochée à la clé. C'était cette même clé qu'elle avait utilisée quand elle passait ses vacances chez Esmae.

Prenant soin de ne pas effleurer les doigts de Tobias, elle prit la clé et fut saisie par l'émotion. Elle avait encore du mal à se dire qu'Esmae n'était plus de ce monde.

Elle soutint le regard de Tobias et se félicita d'avoir choisi des hauts talons ce matin. Ainsi, elle était presque à sa hauteur.

— Merci. Cependant, pour ton information, je ne veux pas vivre avec toi...

— Nous n'allons pas *vivre* ensemble.

Elle plissa les yeux. Malgré ce qu'elle avait affirmé dans le bureau de Phillips, Tobias croyait vraiment qu'elle complotait pour qu'il l'épouse.

Elle s'était toujours demandé d'où venait l'impulsion de frapper quelqu'un. Maintenant, elle savait.

JT offrit à Allegra un sourire amical.

— Trésor, je pense que Tobias sait que tu ne veux pas vivre avec lui. Tu lui as déjà expliqué pourquoi, en détail...

— Ne m'appelle pas « trésor », l'interrompit-elle sèchement.

JT la dévisagea, l'air surpris.

Allegra n'avait pas voulu vexer JT, qui était un client occasionnel, d'autant plus qu'il prenait sa défense. Mais il n'avait pas été de son côté dans le bureau de Phillips, et après les horribles choses qui lui étaient arrivées à San Francisco, elle n'avait plus aucune tolérance pour ce genre de familiarités.

Tobias adressa un regard appuyé à JT.

— Tu devrais rester en dehors de ça.

JT recula d'un pas.

— Pas de problème. Ça ne me concerne pas...

— En effet, approuva Tobias.

Les pas de JT résonnèrent dans le parking tandis qu'il se dirigeait vers sa voiture. À présent qu'ils étaient seuls, la tension entre Tobias et elle était à couper au couteau.

Tobias l'observa d'un air intrigué.

— Tu as fait quelque chose à ton nez.

Décontenancée par ce brusque changement de sujet, Allegra toucha machinalement l'arête de son nez, autrefois légèrement bosselée. Une imperfection qui venait du côté Toussaint de la famille, et qui ne se voyait que sous certains angles, mais après qu'Allegra avait été abandonnée par Tobias, cette petite bosse avait semblé la narguer chaque fois qu'elle se regardait dans un miroir.

— Je l'ai fait refaire. Ce n'était pas grand-chose.

— Et tu as changé de coiffure.

Elle cligna des yeux, hypnotisée par le noir de ses cils et par la couleur de ses iris, plus douce et plus sombre que dans son souvenir. Elle baissa les yeux pour rompre le charme. Elle ignorait si elle devait se sentir flattée que Tobias ait remarqué son évolution esthétique, ou irritée.

Elle glissa la clé dans son sac ainsi que ses écouteurs, tout en s'efforçant de comprendre pourquoi Tobias lui faisait presque des compliments. Comme elle ne trouva pas d'explication – il était impossible qu'il essaye de la courtiser –, elle décida de lui répondre avec courtoisie, comme elle le ferait avec un client. Après tout, sa politesse pourrait peut-être déteindre sur lui.

— Merci de l'avoir remarqué. Je n'ai rien changé, c'est ma couleur naturelle. Autrefois, j'avais des mèches blondes, mais puisque mon institut propose des thérapies naturelles et des régimes détoxifiants, une fausse couleur nuirait à ma crédibilité.

Malgré sa contrariété, elle était tout de même heureuse qu'il ait prêté attention à ces détails.

Mais une horrible pensée jaillit dans son esprit. Maintenant qu'elle *devait* partager une maison avec Tobias, était-il possible qu'il la croie prête à partager son lit pour une liaison sans attaches ?

Soudain, ce mois avec Tobias lui parut encore plus périlleux. Il y avait deux ans, elle était tombée sous son charme, au mépris de la prudence. Si Tobias entreprenait sérieusement de la séduire, serait-elle assez forte pour lui résister ?

Tout à coup, une solution lui apparut. Ce serait la réponse parfaite à une situation qui semblait échapper à tout contrôle.

Prenant sa clé de voiture de son sac, elle afficha un sourire neutre.

— Comme je le disais… l'une des raisons pour lesquelles je ne veux pas partager une maison avec toi, c'est que…

Elle prit une profonde inspiration et croisa les doigts de sa main droite derrière son dos.

— Mon *fiancé* ne sera pas ravi si je m'installe chez toi.

Le claquement de la portière de JT et le ronronnement du moteur résonnèrent dans l'espace fermé.

L'espace d'un instant, Tobias sembla frappé de stupeur. Allegra eut l'impression qu'il allait exploser de colère, mais il se ressaisit.

Il regarda sa main gauche sur laquelle, bien sûr, il n'y avait aucune bague.

— J'ignorais que tu étais fiancée.

Allegra avait toujours les doigts de la main droite croisés dans le dos. Elle avait menti, or elle ne mentait *jamais*. Maintenant qu'elle avait commencé, il fallait qu'elle continue.

— Pourquoi le serais-tu ? Nous ne sommes pas vraiment amis.

Au volant de sa voiture, JT passa devant eux pour rejoindre la sortie. Tobias lui fit un signe de la main sur son passage. Puis il sortit de sa poche sa clé de voiture, et Allegra fut surprise de constater qu'il avait réussi à trouver une place près de la sienne. Seules deux voitures les séparaient.

Les phares de son pick-up s'allumèrent lorsqu'il le déverrouilla.

— Je m'étonne qu'Esmae n'ait jamais évoqué tes fiançailles, fit-il valoir.

Allegra sourit, mais son esprit était en ébullition. Elle allait devoir se trouver un fiancé, ce qui était problématique, puisque ces derniers temps elle avait été si occupée par son projet d'ouverture d'un second institut qu'elle avait cessé de sortir le soir. Elle ne savait même pas si elle connaissait quelqu'un dans son entourage qui pourrait jouer ce rôle.

— Esmae n'était pas au courant, dit-elle avec douceur, parce que… ça vient d'arriver.

Le regard de Tobias sembla la transpercer.

— Intéressant. Alors, quand exactement t'es-tu fiancée ? Pendant l'enterrement ?

Allegra réprima l'envie de rétorquer que ce n'étaient pas ses affaires. Mais ce n'était pas le moment de perdre son sang-froid. Et puis, elle était étonnée que Tobias paraisse si irrité. Il avait été brusque avec JT, et maintenant il la provoquait, comme si l'annonce de ses fiançailles l'avait contrarié, ce qui n'avait pas de sens.

Il devrait se réjouir, au contraire.

À moins qu'il ne soit jaloux.

Aussitôt, elle rejeta cette idée. Si Tobias était jaloux, cela voudrait dire qu'il tenait à elle. Or, c'était impossible.

Réfléchissant à toute vitesse, elle tenta de trouver une date plausible pour ses fiançailles.

— Nous nous sommes fiancés… la veille de l'enterrement.

— Tu travaillais, ce jour-là.

Elle plissa les yeux, surprise par son ton inquisiteur et par le fait qu'il connaisse son emploi du temps. On aurait dit qu'il ne la croyait pas. Au prix d'un effort, elle sourit de plus belle.

— Je suis une femme, je suis multitâche. Et puis, je ne travaille pas vingt-quatre heures sur vingt-quatre. Quand l'institut ferme ses portes, j'ai… une vie.

Il la fixa intensément, puis porta son regard sur ses lèvres, provoquant une tension électrique en elle. Elle commençait même à ressentir des vibrations dans son bas-ventre, comme si elle était sexuellement excitée. Ce qui ne pouvait *pas* être le cas.

— Alors, qui est l'heureux élu ?

Le téléphone d'Allegra se mit à sonner. Elle fut ravie de cette interruption, car son esprit n'arrivait à trouver aucun fiancé plausible.

Elle attrapa l'appareil dans son sac au moment où l'appel, provenant de l'un de ses fournisseurs, fut transféré sur sa boîte vocale. Toutefois, le fait qu'il s'agisse d'un appel professionnel lui donna l'inspiration dont elle avait besoin.

Elle avait récemment embauché un coach sportif, Mike. Mannequin à temps partiel et acteur attendant son heure de gloire, Mike était blond, grand, musclé, et ressemblait à un super-héros nordique. Il n'était pas exactement le membre le plus brillant de son équipe, il avait un humour particulier et un côté narcissique qui pouvaient être agaçants, mais il était splendide, pour sûr. Il était aussi à court d'argent. Elle le savait car il lui avait récemment demandé s'il pouvait faire des heures supplémentaires.

De plus, son expérience en tant qu'acteur faisait de lui le candidat idéal.

— Il s'appelle Mike… - pendant une seconde, elle eut du mal à se rappeler son nom de famille - *Callaghan*. Tu feras bientôt sa connaissance. Néanmoins, je te demanderai d'être discret car nous n'avons pas encore annoncé nos fiançailles.

Elle vérifia sa montre, comme si elle était soudain pressée, ce qui était le cas, puisque maintenant elle avait des fiançailles à organiser.

— Quand dois-je m'installer dans la maison ? demanda-t-elle.

Elle n'avait pas réussi à dire *ta maison*.

— Aujourd'hui, si tu le souhaites.

— Formidable. Plus tôt ce sera fini, mieux ce sera, car j'aimerais avoir un peu d'intimité avec mon amoureux.

Un feu s'alluma dans le regard de Tobias.

— Je m'installerai cet après-midi, moi aussi, déclara-t-il.

Elle remit son téléphone dans son sac.

— Naturellement, Mike m'aidera à m'installer. Il peut te donner un coup de main aussi, si tu as besoin d'aide. Il est très costaud.

— Je n'ai pas besoin d'un coup de main. Ce n'est pas comme si j'allais habiter là-bas plus d'un mois.

Elle lui offrit le genre de sourire distant qu'elle utilisait pour abréger les conversations désagréables.

— Rien qu'un mois, et ensuite, nous aurons ce à quoi nous avons droit. Après cela, chacun pourra reprendre sa route, conclut-elle.

Tobias se rembrunit soudain.

— Tu parles comme une vraie Mallory.

Le ton qu'il avait employé était vexant. Bien entendu, Tobias savait qu'Esmae l'avait soutenue financièrement, mais Allegra n'avait pas eu besoin d'aide.

— Pour ton information, j'ai essayé de racheter ses parts à Esmae, il y a quatre mois.

— Je te croirais si elle n'avait pas rédigé un nouveau testament, à peu près au moment où elle est devenue ton associée.

— Donc, tu penses que j'ai proposé de racheter les parts alors que je savais qu'Esmae me les léguerait ?

Sa colère s'embrasa. Sans réfléchir, elle approcha de Tobias, suffisamment pour sentir la chaleur qui émanait de son corps et pour respirer son parfum frais, et appuya l'index entre ses pectoraux.

— Tu sous-entends que je suis malhonnête, mais sache que je suis tout à fait capable de me débrouiller seule, et c'est ce que j'aurais fait si Esmae n'avait pas tant insisté pour investir dans Madison Spas.

Elle marqua un temps, le fusillant du regard, puis reprit la parole.

— Et, soit dit en passant… ma famille non plus n'est pas malhonnête. Les Mallory ont connu des hauts et des bas, tout comme les Hunt. Oui, je connais l'histoire entre Jebediah et Alexandra. Et, selon moi, ça ne justifie pas l'inimité entre nos deux familles. Si Jebediah en a tant voulu à Alexandra, ce n'est pas parce que son terrain ne contenait pas une goutte de pétrole alors que celui d'Alexandra en était plein. C'est parce que Alexandra l'avait repoussé.

Elle aurait bien des choses à ajouter. Et la façon dont la famille de Tobias voyait le mariage d'Esmae et de Michael Hunt était tout aussi offensante. En ce qui concernait Allegra, sous-entendre qu'Esmae était une croqueuse de diamants était totalement ridicule, car Esmae Mallory était si belle qu'elle aurait pu épouser qui elle voulait.

— Et d'ailleurs, poursuivit-elle, je ne comprends pas ton attitude. La famille Hunt est immensément riche et prospère. Tu pourrais racheter mille fois le puits de pétrole d'Alexandra, et il te resterait encore de l'argent. Alors pourquoi ne pas oublier cette histoire et tourner la page ?

— Voilà pourquoi, marmonna-t-il.

Sur quoi, il posa les mains sur sa taille et planta les lèvres sur les siennes. En matière de baiser, celui-ci était léger, presque hésitant, ou il l'aurait été si elle n'avait pas perdu l'équilibre et qu'elle ne s'était pas raccrochée aux pans de sa veste.

Tobias enserra sa taille et l'air lui manqua quand il l'étreignit, suffisamment fort pour qu'elle perçoive les muscles de son torse et la preuve de son excitation contre elle.

Une onde de chaleur se propagea dans tout son corps, et ses jambes devinrent aussi molles que du coton. Vaguement, elle sentit son sac glisser de son épaule et tomber sur le sol de béton. Mais peu lui importait. Elle s'agrippa aux épaules de Tobias et lui rendit son baiser avec ardeur.

Tobias grommela un juron contre ses lèvres, puis prit ses fesses en coupe et la souleva. Elle enroula les bras autour de son cou. Quelques secondes plus tard, Tobias la plaquait contre l'acier froid de son pick-up.

Lorsqu'elle entendit un ascenseur s'ouvrir, elle se raidit. Elle s'empourpra tandis qu'elle prenait conscience de la situation, de ce qu'elle avait laissé se produire. Tobias et elle avaient été à deux doigts de faire l'amour dans un parking. Mortifiée, elle se dégagea et remit sa robe en place.

Prenant une grande inspiration, elle s'écarta de Tobias, mais dut s'appuyer contre le véhicule car ses jambes étaient encore chancelantes.

— Ça n'aurait pas dû arriver, lâcha-t-elle.

Tobias remit sa cravate en place.

— Parce que tu es fiancée ?

Allegra sentit ses joues s'embraser de nouveau. Elle avait presque oublié ce détail.

— *Oui.*

Un homme d'une cinquantaine d'années passa près d'eux, une lueur d'intérêt dans le regard.

Ce fut alors qu'elle remarqua qu'un bouton de sa robe s'était ouvert, exposant un peu plus son généreux décolleté. Elle le referma prestement, puis empoigna son splendide sac Messena. Tobias ramassa un tube de rouge à lèvres et une fiole de parfum qui avaient roulé sous le pick-up et les lui donna. Encore ébranlée, elle rangea d'un geste brusque ses affaires dans le sac et reprit sa clé de voiture.

— Ça ne peut pas se reproduire, décréta-t-elle.

— C'est toi la patronne, répliqua-t-il d'un ton traînant.

Elle lui décocha un regard furieux. Tobias ne semblait avoir aucun regret. C'était même tout le contraire. Il y avait encore une lueur torride dans ses yeux. Et il était irrité, aussi. Elle pensait savoir pourquoi. Il était impossible qu'un homme simule une attirance, et elle avait eu la preuve que Tobias était excité.

Tobias la désirait.

Le problème, c'était qu'il la désirait *malgré lui*. Un fait qu'elle trouvait assez insultant, et qui réveillait la peine et l'humiliation qu'elle avait éprouvées lorsque Tobias l'avait abandonnée après leur unique nuit, il y avait maintenant deux ans.

Elle n'avait pas eu besoin d'une boule de cristal pour savoir pourquoi il l'avait quittée. Il avait sans doute cru aux fausses informations propagées par Halliday et Fischer sur les réseaux sociaux.

Même à cet instant, il portait probablement une sorte de jugement de valeur sur elle, la voyant comme une femme superficielle et vénale. Heureusement, ce que Tobias pouvait penser d'elle ne l'affectait absolument *pas*. Si elle avait eu peu de petits amis au lycée ou à l'université, et si elle avait commis l'erreur de fréquenter un site de rencontres pour cadres supérieurs, c'était parce qu'elle pouvait repérer ceux qui la jugeaient négativement à des kilomètres.

Pivotant sur ses talons, elle se dirigea d'un pas décidé vers sa voiture. Elle devait réfléchir, et vite, car maintenant elle devait trouver un moyen de passer tout un mois avec un homme qui avait envie d'elle.

Puis elle se souvint de Mike. *Mince.*

Elle posa son sac sur le siège passager, se mit au volant et ferma la portière avec un bruit sourd. Elle allait démarrer quand Tobias apparut à côté d'elle et posa les deux mains sur la portière, l'empêchant de quitter sa place de parking.

— J'oubliais une chose. Ton *fiancé* peut t'aider à t'installer, mais c'est tout. Il ne peut pas séjourner dans la maison.

Allegra se sentit rougir, pas seulement à cause du ton dictatorial de Tobias, mais aussi de la façon dont il avait dit le mot « fiancé », comme s'il ne croyait pas vraiment qu'elle puisse en avoir un.

Elle démarra. Le moteur vrombit, un moyen commode de faire savoir à Tobias que la conversation était terminée.

Le fait qu'il ne la croie pas fiancée était insultant et ne faisait que la conforter dans sa décision d'engager Mike. Elle ignorait quelle somme elle devrait offrir à son employé pour obtenir son accord, mais, si elle devait vider son compte en banque personnel, elle le ferait.

Il était déjà pénible de devoir vivre dans la maison de Tobias pendant un mois. Que Tobias lui interdise de recevoir son fiancé – même si Mike n'était pas vraiment son fiancé – la mettait hors d'elle.

Quand elle s'installerait chez Esmae – chez *Tobias* –, il faudrait que ses fausses fiançailles soient pleinement crédibles.

Tobias lâcha sa portière, mais Allegra décida qu'elle n'en avait pas fini avec lui.

Rejetant la tête en arrière, elle l'observa par-dessous ses cils. Elle avait pratiqué ce regard dans le miroir jusqu'à ce qu'il soit parfait, et elle savait qu'il était très sensuel.

Provoquer Tobias n'était peut-être pas très sage, mais la dernière fois qu'elle avait reçu des ordres, elle était encore une enfant.

— Tu essayes de me dire que je ne peux pas coucher avec mon fiancé ?

Une lueur dangereuse passa dans les yeux de Tobias, comme si Allegra l'avait enfin fait basculer dans un précipice dont elle ignorait l'existence. Surgi de nulle part, un frisson courut le long de sa colonne vertébrale.

— Pas dans ma maison, dit-il calmement.

Il la fixa avec une telle intensité qu'elle fut comme hypnotisée.

Tout à l'heure, elle avait compris que Tobias la désirait. À présent, elle venait d'obtenir une autre information cruciale.

Tobias ne voulait pas que Mike couche avec elle.

Ce qui voulait dire qu'il *était* jaloux.

À cette pensée, une onde brûlante naquit au creux de son ventre

— Ah, ouf ! fit-elle. Pendant un instant, j'ai cru que tu refusais que je couche avec mon fiancé tout court !

Avant que le regard fascinant de Tobias ne la paralyse tout à fait, *et qu'elle accepte de coucher avec lui*, elle fit une marche arrière et prit la direction de la sortie. Elle était presque arrivée quand le conducteur d'un SUV fit un demi-tour dans la voie, lui barrant le passage.

Elle freina et patienta, serrant nerveusement le volant. Elle jeta un coup d'œil dans son rétroviseur. Au volant de son pick-up, Tobias était juste derrière elle.

Elle aurait dû le laisser sortir en premier, car elle aurait préféré être derrière lui plutôt que devant lui.

Le conducteur du SUV termina sa manœuvre. Allegra fut soulagée quand elle quitta enfin l'immeuble et se retrouva sur la route. Le petit restaurant où elle comptait déjeuner était au nord de la ville, et le bureau de Tobias au centre. Donc, il ne pourrait pas la suivre.

Quand elle tourna à droite et qu'il continua tout droit, elle se détendit encore un peu, bien qu'elle soit encore secouée par leur baiser.

Contrariée par les réactions de son corps, elle s'agita sur son siège et roula des épaules pour tâcher de détendre ses muscles. En vain, car elle ne cessait de repenser à leur étreinte.

Elle s'arrêta à un feu et jeta un coup d'œil dans son rétroviseur. Un petit frisson la traversa quand elle remarqua le pick-up de Tobias au loin.

Le bruit d'un klaxon l'arracha à ses pensées, et elle se rendit compte que le feu était passé au vert. Appuyant sur l'accélérateur, elle avança et prit la route de la plage.

Pour des raisons qu'elle ne s'expliquait pas, elle était sexuellement excitée. Le désir s'était infiltré sournoisement en elle, mais cette fois elle ne serait pas prise de court.

Après des mois de thérapie, et après avoir suivi une série de cours en ligne sur les relations sentimentales, elle avait maintenant un degré d'intelligence émotionnelle qu'elle n'avait pas quand elle avait commis l'erreur de coucher avec Tobias.

Bien qu'elle le désire encore, elle savait à présent qu'il s'agissait d'une attirance toxique. Et elle avait les outils pour y résister.

Elle était avertie, armée, et « fiancée ».

Le fait que Tobias l'ait embrassée après avoir appris qu'elle avait un fiancé l'intriguait. S'il n'avait pas respecté sa relation avec un autre homme, c'était sans doute parce qu'il ne croyait pas à cette relation.

Tout comme il ne l'avait pas crue quand elle avait affirmé qu'elle n'essayait pas de le piéger afin qu'il l'épouse.

Malgré tous les efforts qu'elle avait fournis pour prouver qu'elle ne ressentait rien pour lui, Tobias était encore convaincu du contraire.

Par conséquent, elle devait *absolument* faire en sorte que ses fiançailles soient crédibles, et visibles, dès cet après-midi.

5

Tobias passa les portes de Hunt Security et fit un signe à Jean, son indispensable assistante, avant d'entrer dans le sanctuaire de son bureau.

Jetant sa mallette dans un fauteuil de cuir, il alla camper devant l'immense baie vitrée qui offrait une vue spectaculaire sur le paysage urbain, la plage de Miami Beach et la mer. Pourtant, durant de longues secondes, il n'y prêta aucune attention, trop occupé à repenser à Allegra Mallory. À son corps voluptueux plaqué contre le sien, à ses bras noués autour de son cou quand ils avaient échangé un premier baiser, puis un second, et un troisième.

Il avait été à deux doigts de perdre le contrôle. Il le savait, et Allegra aussi. Tout cela parce qu'elle avait annoncé avoir un fiancé. Une information qui aurait dû l'enchanter mais qui, bizarrement, avait eu l'effet opposé.

La tension qui l'avait tenaillé quand elle avait évoqué ses fiançailles était toujours là.

Allegra, fiancée ?

Pas s'il arrivait à ses fins.

Allegra Mallory était à lui.

Cette pensée prit place dans son esprit avec une force étonnante. Pourquoi il désirait Allegra, il l'ignorait. Il connaissait une foule de jeunes femmes belles, intelligentes et séduisantes. Ces deux dernières années, il avait collectionné les aventures, précisément pour se guérir de son désir pour Allegra.

Six ans plus tôt, son attirance pour elle l'avait frappé comme la foudre. C'était ce qui l'avait amené à rompre avec sa fiancée, Lindsay, il y avait de cela deux ans. Le pouvoir de l'attraction avait été trop fort. Et, bien que la rupture ait contribué à la fausse couche de Lindsay, Tobias n'avait pas réussi à oublier Allegra.

Malgré la culpabilité qui le rongeait encore, chaque fois qu'il était en présence d'Allegra, son corps se raidissait et...

La porte de son bureau s'ouvrit à la volée. JT entra, une pizza et des donuts dans une main, une bouteille de soda dans l'autre.

— Considère ça comme une branche d'olivier, annonça-t-il. Je ne m'étais pas rendu compte que je... marchais sur tes plates-bandes.

Tobias fixa longuement son ami. Il était conscient d'avoir été brusque et direct, mais il n'avait pas de regrets. Il fallait que JT sache qu'Allegra était chasse gardée.

— Si ça peut te consoler, moi-même, je ne le savais pas jusqu'à ce moment-là, répondit-il sombrement.

Il observa la pizza et les beignets en secouant la tête.

— C'est le déjeuner ?

— Plutôt deux magnifiques œuvres d'art.

JT posa les victuailles et quelques serviettes sur la table basse. Il s'assit sur le canapé et ouvrit la boîte à pizza.

— Double fromage, saucisse au fenouil et *prosciutto*. Les donuts sont au caramel beurre salé et à la crème de vanille.

— Le cholestérol te tuera.

— Mais avant j'aurai connu le paradis.

JT posa une part de pizza sur une serviette.

— Maintenant que les choses sont claires, tu peux avoir une part de pizza, déclara-t-il.

Tobias n'aurait pas choisi ce plat comme déjeuner, mais puisqu'il n'avait rien avalé aujourd'hui hormis le café pris dans l'avion depuis New York, il accepta une part. Toutefois, il était encore trop tendu pour s'asseoir.

Lorsqu'il eut fini de manger, JT lui passa une serviette.

— Donc... toi et Allegra, dit l'avocat. J'aurais dû me souvenir que tu avais... couché avec elle.

— Comment es-tu au courant ? s'étonna Tobias.

— J'étais présent pour le quatre-vingt-dixième anniversaire d'Esmae. Je vous ai vus Allegra et toi sur la plage.

— Ça remonte à deux ans. Les choses ont changé, dit-il, s'essuyant les mains et jetant la serviette dans la corbeille. Apparemment, elle est fiancée.

JT se figea net, sa part de pizza à mi-chemin de sa bouche.

— Tu veux rire ? C'est la première fois que j'en entends parler, pourtant, j'entends *beaucoup* de choses.

Il reposa sa part de pizza entamée sur la table, un signe que le moment était grave.

— Avec l'allure qu'elle a, Allegra ne passe pas inaperçue. Il y a un tas de types qui seraient *ravis* de...

— N'en dis pas plus, JT.

— Oui. Pardon.

JT s'empara d'une serviette et afficha un sourire contrit.

— Eh bien, si elle est fiancée, reprit-il, ça veut dire qu'elle ne rêve pas de te mettre le grappin dessus, finalement. Quoique...

Il ferma le couvercle de la boîte de pizza à présent vide et observa les beignets.

— Et si ces fiançailles n'étaient qu'une mascarade et qu'elle essayait de se rendre plus attirante ? interrogea-t-il. Tu sais, en faisant semblant d'être, entre guillemets, indisponible ?

— Allegra vit à moins de deux kilomètres de chez moi et elle m'évite soigneusement depuis deux ans, alors cette hypothèse ne tient pas.

Haussant les épaules, son ami choisit un beignet.

— Donc, les fiançailles sont réelles. C'est rude. Je me demande qui est le veinard qui va l'épouser.

Tobias se rendit compte qu'il contrôlait sa colère avec difficulté.

— Un type du nom de Mike Callaghan.

— Thor ? Impossible !

Il prit une bouchée de son beignet et la mâcha, l'air songeur.

— Il est coach personnel chez Madison Spas. Julia a fait quelques séances avec lui, juste avant notre rupture. Au moins, ça explique la situation. Il est très bel homme, et Allegra et lui travaillent ensemble.

Tobias serra la mâchoire. Jusqu'à cette minute, Callaghan ne lui avait pas semblé tout à fait réel. En fait, Tobias avait eu la nette impression qu'Allegra avait donné un nom au hasard.

Car il surveillait les fréquentations d'Allegra, depuis longtemps. Une surveillance non exhaustive, toutefois. La plupart du temps, il consultait ses comptes de réseaux sociaux quand il avait une heure de libre, ou après le travail. D'après ce qu'elle montrait sur ses pages, elle n'avait eu que quelques rares rendez-vous galants. Et Tobias ne se souvenait pas avoir vu le nom de Callaghan.

Mais le fait qu'elle travaille avec cet homme changeait la donne. Car cela voulait dire qu'elle le côtoyait au quotidien. Soudain, l'idée qu'Allegra couche avec Callaghan n'était plus si farfelue.

La tension en lui s'expliquait. Il était jaloux, tout simplement. Maintenant, il comprenait mieux ce qu'il avait ressenti dans le bureau de Phillips et dans le parking souterrain.

Il désirait Allegra.

Il ignorait combien de temps ce désir allait perdurer. Malgré les complications du testament, et les erreurs du passé qui le hantaient encore, ce qu'il éprouvait pour Allegra était, comme depuis le début, étonnamment clair.

Il avait envie d'elle, point. Allegra ne l'avouerait jamais, mais elle avait envie de lui, elle aussi.

Seulement, il y avait Callaghan, à présent. Tobias savait que s'il ne reconquérait pas Allegra maintenant, il pourrait la perdre à jamais.

Après le départ de JT, Tobias observa le désordre dans son bureau : la corbeille débordante de déchets, les taches de soda et les nuages de sucre glace qui semblaient s'être posés sur toutes les surfaces libres. Une fois de plus, il imagina ce que serait sa vie sans JT, puis, aussitôt, il rejeta cette pensée.

Il connaissait JT depuis l'enfance. Ils étaient allés à l'école et à l'armée ensemble. Aussi agaçant puisse-t-il être, JT était comme un frère pour lui.

Tobias appela Jean. Bien qu'il ait avalé une part de pizza, il avait encore faim, et puisqu'il allait s'installer dans la maison d'Esmae juste après son rendez-vous au complexe Ocean Beach, il valait mieux qu'il mange maintenant.

L'immeuble abritait au rez-de-chaussée un petit restaurant que Jean appréciait. Quand il voulait manger dans son bureau, elle lui faisait livrer des sandwichs et des salades.

Lorsqu'il eut expliqué à son assistante qu'il voulait un plat végétarien, elle garda le silence un instant.

— Vous ne voulez pas de bœuf ? finit-elle par demander.

— J'aimerais essayer quelque chose de… différent.

— Différent à quel point ? Il y a une bonne douzaine de plats végétariens.

— Qu'est-ce que vous aimez ?

— Moi ? D'habitude, je prends l'assortiment. Parfois, les galettes de lentilles, ou la salade de riz sauvage.

Elle marqua un temps.

— Vous devriez peut-être prendre du poisson, suggéra-t-elle. Leur quiche au saumon est tout à fait délicieuse…

— Je vais prendre tout ce que vous venez d'énoncer.

Une heure plus tard, Tobias avait fini de goûter à tous les plats que le restaurant avait livrés. Ils n'étaient pas mauvais. Mais il avait encore faim… La seule chose qu'il ait vraiment appréciée était le café. Que la raison soit psychologique ou non, ce qu'il avait essayé ne l'avait pas satisfait.

Il pourrait en dire autant de sa vie amoureuse.

Il consulta sa montre. Dans moins d'une heure, il devrait se rendre à l'Ocean Beach pour rencontrer le directeur, Marc Porter. Ces prochaines semaines, qu'il le veuille ou non, Tobias devrait apprendre à gérer un complexe touristique de luxe, or il en savait très peu sur le sujet.

Seul point positif : Esmae avait su s'entourer de jeunes gens hautement qualifiés, et le directeur actuel en était le meilleur exemple. Le plus gros problème était l'institut d'Allegra, situé sur le complexe. Tobias n'avait pas accès au chiffre d'affaires. Il possédait uniquement une copie du bail de location, qui expirerait dans deux mois.

Il serait logique de ne pas renouveler ce bail. Selon lui, la disparition d'Esmae signifiait qu'il pouvait enfin rompre tout lien avec Allegra, *et supprimer la tentation qu'elle représentait*. Seulement, il souhaitait qu'Allegra revienne dans son lit, et cela changeait la donne.

Malgré tout, il fallait que Madison Spas déménage. Allegra ne serait pas ravie, mais il lui offrirait une compensation. Il pourrait même lui trouver un autre local avant la fin du bail.

Quels que soient les problèmes, il pourrait les résoudre.

Mais d'abord, il allait séduire Allegra. De nouveau.

Allegra gara sa voiture sur sa place réservée au complexe Ocean Beach et se dirigea vers son institut. Une fois de plus, elle éprouva une grande fierté en songeant à tout ce qu'elle avait accompli.

L'Ocean Beach était un complexe touristique haut de gamme, qui s'adressait à une clientèle aisée amatrice des plaisirs de la plage. L'institut offrait des soins en lien avec la mer, mais Allegra avait aussi créé des jardins à l'abri des regards et des espaces où les clients pouvaient se ressourcer. La plupart de ses clients séjournaient dans l'hôtel du complexe et venaient à l'institut pour une demi-journée ou une journée, toutefois Allegra proposait également des chalets isolés pour ceux qui souhaitaient se retrouver seuls.

Lorsqu'elle fut dans son bureau, elle vérifia le programme des activités afin de savoir où se trouvait Mike. Les cours de gym collectifs étaient finis mais son employé avait encore une séance particulière avec un client, qui devait se terminer d'une minute à l'autre.

Elle traversa la salle d'entraînement lumineuse et spacieuse. Dotée d'équipements dernier cri, elle disposait aussi d'un mur de miroirs pour les cours de danse. Mike était appuyé contre un cadre d'haltérophilie, un chronomètre à la main, pendant que son élève, un jeune homme rond qui faisait partie de leurs clients les plus fidèles, essayait d'exécuter une série de fentes.

Mike adressa un sourire poli à Allegra, arrêta le chronomètre puis donna une tape sur l'épaule du client.

— C'est tout pour aujourd'hui, James. Filez à la douche, et je vous retrouve demain à 6 heures du matin pour notre jogging sur la plage.

James pâlit.

— 6 heures ?

Mike accrocha sa serviette autour de son cou et empoigna son sac de sport.

— Vous voulez qu'on se retrouve plus tôt ?

— Euh... 6 heures, c'est très bien.

Allegra attendit que James les laisse seuls avant de commencer une conversation qui risquait d'être gênante.

Mike approcha.

— Quoi de neuf, patronne ?

Allegra lui offrit un sourire tout à fait professionnel.

— La semaine dernière, vous m'avez demandé si vous pouviez faire plus d'heures. Sur le moment, je n'avais pas d'autres missions pour vous, mais maintenant si.

Mike sourit distraitement tout en fouillant dans son sac.

— Bonne nouvelle, dit-il, sortant son téléphone. Vous avez décidé de suivre ma proposition ? Le cours de combats en cage sur la plage ?

— Pas vraiment. La plupart de nos clients viennent ici pour se détendre, alors je ne pense pas qu'un tel cours aurait du succès. Les heures supplémentaires feraient plutôt appel à vos talents d'*acteur*.

— Vous voulez que je joue la comédie ? Génial.

Il parcourut l'écran de son téléphone.

— Comment savez-vous que je suis aussi acteur ?

— C'est vous qui me l'avez dit. Pendant votre entretien d'embauche.

— Ouf, je suis soulagé ! Car, quand mon heure de gloire arrivera, vous ne me verrez plus, dit-il, mimant le mouvement d'un avion qui décollait. J'attends un coup de fil de mon agent pour un rôle dans une nouvelle série. Une sorte *d'Alerte à Malibu* avec des extraterrestres et des zombies.

Allegra prit une grande inspiration et étouffa son irritation.

— En attendant, comme je vous l'ai dit, j'ai un emploi pour vous.

Elle énonça un tarif.

Mike leva les yeux de son téléphone et sourit.

— Avec qui dois-je coucher pour une telle somme d'argent ?

— Vous ne coucherez avec personne, dit-elle froidement. Il s'agit uniquement de jouer un rôle.

Inutile de tourner autour du pot, s'avisa-t-elle.

— J'ai besoin d'un faux fiancé pendant un mois.

Mike la dévisagea, l'air incrédule.

— Pourquoi avez-vous besoin d'un faux fiancé ?

— C'est... compliqué.

— Vous avez besoin d'un escort-boy ? J'ai été escort quelque temps, mais je détestais les horaires, les soirées dans les bars. Ça compliquait mes entraînements sportifs. Et puis, les cougars...

— Est-ce que j'ai l'air d'une cougar ?

Mike cligna des yeux.

— Non, bien sûr. Vous avez l'air d'être ma patronne.

— Exactement.

Elle commençait à penser qu'elle avait commis une grosse erreur en faisant appel à Mike. Dans son CV, il avait indiqué ses compétences sportives ainsi que son expérience en tant que mannequin et acteur. Mais il n'avait pas mentionné son passé d'escort-boy.

— Je n'ai pas besoin d'un escort-boy. J'ai besoin d'un *acteur*.

Mike eut l'air intrigué, mais il hocha la tête, comme s'il avait enfin saisi le message.

— Donc, tout ce que j'ai à faire, c'est *faire semblant* de vous apprécier.

— Faire semblant d'être mon fiancé, rectifia-t-elle.

Puis, parce qu'elle commençait à penser que Mike avait mal compris ce que ce travail impliquait, elle précisa :

— Ça n'inclut pas de sexe, en aucune manière ni sous aucune forme.

— Et vous voulez quand même me payer aussi cher ?

Il sourit.

— Génial, conclut-il.

Lorsqu'elle rentra chez elle en fin d'après-midi, Allegra enfila une robe de coton légère et confortable et une paire de baskets. Elle remplit deux valises de tout ce dont elle aurait besoin pour le prochain mois, puis alla dans la salle de bains rassembler ses produits de beauté.

Elle avait pris soin d'emporter des tenues de soirée, car elle avait prévu quelques dîners avec Mike, afin de prouver qu'ils étaient fiancés. Elle avait aussi emporté sa boîte à bijoux, qui contenait quelques pièces onéreuses qu'elle préférait ne pas laisser dans un appartement vide, et quelques bijoux fantaisie datant de l'époque des concours de beauté.

Elle fit rouler les valises jusqu'à la porte d'entrée. En temps normal, elle les aurait descendues dans le garage et les aurait mises elle-même dans le coffre de sa voiture. Mais, puisque Mike avait accepté de la retrouver chez elle, et parce que cela faisait partie du rôle, il pourrait se charger des bagages.

Elle contrôla rapidement que toutes les fenêtres étaient fermées, puis consulta sa montre. Mike avait dix minutes de retard.

La désinvolture de son employé concernant les horaires l'irrita une fois de plus, et elle décida de descendre ses valises elle-même. Après tout, l'important était que Mike l'aide à décharger ses affaires et les apporte dans sa chambre, afin que Tobias le voie faire.

Sa voiture n'ayant que trois portes, charger les bagages ne fut pas aisé. Tant bien que mal, elle parvint à caler le tout sur le siège passager et sur le sol de l'habitacle.

Un peu nerveuse à présent, elle retourna dans l'appartement et vérifia une dernière fois qu'elle n'avait rien oublié. Devant le miroir de la salle de bains, elle inspecta son reflet. Elle n'avait pas envie d'arriver chez Tobias avec des traces de mascara sous les yeux ou les cheveux décoiffés.

Son teint était parfait et son maquillage charbonneux donnait à ses iris une teinte encore plus sombre. Quant à son chignon, il était bien en place, toutefois elle décida d'y ajouter quelques épingles.

À présent, il n'y avait plus qu'à attendre son « fiancé ».

Quand Mike finit par arriver au volant de son pick-up cabossé, il avait vingt bonnes minutes de retard et le soleil se rapprochait de l'horizon. Il aurait été bien plus facile de mettre les bagages dans le pick-up plutôt que dans sa petite décapotable, constata-t-elle, agacée. Elle donna à Mike une copie du programme de rendez-vous galants qu'elle avait élaboré cet après-midi, et lui demanda de la suivre jusqu'à la maison d'Esmae.

Vingt minutes plus tard, elle passait les splendides grilles en fer forgé et remontait l'allée de la maison de style espagnol. Elle s'arrêta sur l'espace circulaire recouvert de gravier, et son cœur tressauta quand elle vit que le pick-up de Tobias était déjà là.

Elle ouvrit sa portière et descendit de son véhicule pendant que Mike se garait derrière elle. Contournant la décapotable, elle ouvrit la portière côté passager, puis commença à déplacer la valise, jusqu'à ce qu'elle se souvienne que c'était Mike qui était censé s'en charger.

Déjà exaspérée, elle abandonna le bagage. Pour une raison qu'elle ignorait, Mike était encore assis dans son pick-up. La raison devint évidente quand elle constata qu'il étudiait le programme avec attention.

Elle le rejoignit et frappa à son carreau.

— Vous êtes censé m'aider.

Il baissa la vitre et montra la première ligne du planning.

— Vous voulez que je joue la première scène, tout de suite ?

Pendant quelques secondes, elle fut sans voix.

— Ce n'est pas une scène, Mike. C'est la vraie vie.

— Ah... Oui !

En souriant, il sortit de son véhicule, plia les pages du programme et les glissa dans la poche arrière de son jean.

Allegra prit une grande inspiration et tâcha de se détendre.

— N'oubliez pas, vous devez *faire semblant* d'être mon fiancé.

Elle remarqua qu'il portait ses lunettes, ce qui était dommage car il était bien plus beau sans. Elle allait lui demander de les retirer quand la porte d'entrée de la maison s'ouvrit à la volée.

Tobias apparut et descendit les marches du perron, l'air encore plus musclé que dans son souvenir avec son jean délavé et son T-shirt qui moulait ses larges épaules. Aussitôt, il porta son regard sur Mike, qui sortait les bagages de la voiture.

— Vous devez être le fiancé d'Allegra, dit-il.

Mike posa la valise sur le gravier. Pendant un instant, il sembla perdu, et Allegra se demanda si son plan allait s'écrouler avant même d'avoir commencé, mais ensuite, Mike sourit et s'avança pour serrer la main de Tobias.

— Oui, c'est bien moi. Euh... Je m'appelle Mike Callaghan.

Tobias semblait extrêmement détendu.

— Le coach sportif. Je vous ai vu au complexe quand je suis passé cet après-midi.

Quelque peu surprise que Tobias sache que Mike travaillait pour elle, Allegra se joignit à la conversation.

— Mike ne travaille pas pour le complexe, il travaille pour moi. C'est comme ça que nous nous sommes rencontrés.

Elle enroula le bras autour de celui de Mike, s'efforçant de paraître décontractée et heureuse d'être au côté de son fiancé. Néanmoins, elle demeurait la patronne de Mike, et bien qu'il ait accepté de jouer le rôle du fiancé en échange d'une somme d'argent, elle ne voulait franchir aucune limite sur le plan des contacts physiques.

— Dites-moi, Mike, depuis combien de temps travaillez-vous chez Madison Spas ? lança Tobias.

Mike se figea, et Allegra sentit l'angoisse la saisir. Elle l'avait préparé longuement à ce genre de questions ; mais elle n'avait pas pensé qu'il lui faudrait un script.

Elle afficha un grand sourire.

— Il travaille pour moi depuis quelques semaines, n'est-ce pas, Mike ?

— Euh… Oui. Quelques semaines.

— Ça a été… un coup de foudre, ajouta-t-elle, souriant de plus belle.

Tobias croisa les bras.

— Sûrement, oui, dit-il, la transperçant du regard. J'imagine que les félicitations sont de rigueur. Alors, à quand le grand jour ?

Allegra consulta sa montre, feignant de ne pas avoir le temps d'échanger des banalités.

— Nous n'avons pas encore eu le temps d'y penser.

— Tout comme vous n'avez pas eu le temps de trouver une bague de fiançailles ?

6

Allegra se raidit. La voix de Tobias était neutre, mais elle le connaissait suffisamment bien pour savoir que lorsqu'il paraissait calme, il était encore plus dangereux. Il avait utilisé le même genre de ton quand il l'avait abandonnée.

Elle avait espéré échapper à la nécessité de porter une bague. D'abord, parce qu'elle n'avait guère les moyens de s'en offrir une. Lorsqu'elle aurait payé Mike, elle n'aurait plus d'économies pour les deux prochains mois. Ensuite, parce qu'à ses yeux, une bague de fiançailles symbolisait l'amour vrai. Son couple était factice, elle ne voulait donc pas mentir davantage en portant un solitaire.

Elle n'avait aucune envie de fournir la moindre information à Tobias, mais il ne lui laissait pas le choix. Elle avait prévu de retrouver Mike en ville demain, afin de lui régler la première tranche de son « cachet ». Elle avait aussi prévu de dénicher une bague. Avec un peu de chance, elle pourrait en trouver une dans les bijoux qu'Esmae lui avait légués. Dans le cas contraire, elle pourrait utiliser l'un de ses diamants, faux ou vrai, afin de faire faire une bague, mais cela lui coûterait sans doute presque aussi cher que d'en acheter une neuve.

— En fait, dit-elle suavement, nous comptons choisir une bague demain.

Un peu rassérénée, elle lâcha Mike et tâcha de cacher son soulagement.

— Si ça ne t'ennuie pas, nous devons nous occuper de nos

bagages, dit-elle. J'imagine que je peux prendre mon ancienne chambre ?

— Marta l'a déjà préparée.

Pour la première fois depuis des jours, Allegra éprouva une vague de joie. Tobias avait donc gardé à son service Marta Gomez, employée de maison et cuisinière d'Esmae pendant plus de trente ans, et son mari Jose, jardinier.

Un morceau de rap brisa soudain le silence, faisant sursauter Allegra. Mike sortit son téléphone de sa poche et se détourna pour prendre l'appel. De longues secondes passèrent pendant lesquelles il fit quelques pas, puis il s'appuya contre son pick-up, manifestement en pleine conversation.

Tâchant de garder un air neutre et impassible, comme si cela n'avait aucune importance que son « fiancé » l'ignore complètement, Allegra sortit de sa voiture la plus petite de ses deux valises. Tandis qu'elle la posait sur le sol et fermait la portière, Tobias empoigna la valise la plus lourde, que Mike avait laissée là.

— On dirait que ton petit ami en a pour un moment. Je vais t'accompagner à ta chambre.

Emboîtant le pas à Tobias, Allegra entra dans la maison de style espagnol qu'elle connaissait bien. C'était le grand-père de Tobias qui l'avait fait construire pour Esmae. Des carreaux de faïence bleus et blancs ornaient les murs des pièces voûtées. Les meubles sombres aux motifs travaillés qu'Allegra avait connus dans son adolescence avaient été remplacés par du mobilier plus moderne : des commodes et des tables basses épurées, des canapés aux tissus neutres, de magnifiques lustres et d'épais tapis aux tons naturels.

Allegra suivit Tobias dans le grand escalier. Sur les murs blanc cassé trônaient des portraits de la famille Hunt. Lorsqu'elle se rendit compte que Tobias ne déposerait pas la valise devant sa chambre mais qu'il entrerait dans la pièce, une tension soudaine s'empara d'elle.

Sa réaction était peut-être exagérée. Toutefois, durant les quatre prochaines semaines, sa chambre serait la seule partie de la maison dans laquelle Tobias ne pourrait pas entrer. Elle serait son sanctuaire. Par conséquent, Allegra n'avait aucune envie que Tobias envahisse son havre de paix, et qu'elle pense à lui chaque fois qu'elle serait dans cette pièce.

Elle accéléra le pas, mais il atteignit la porte avant elle.

— Merci beaucoup pour ton aide, mais tu peux laisser ma valise dans le coul...

— Pendant que tu attends que ton amant l'apporte dans ta chambre ?

Sur quoi, Tobias entra et glissa la valise au pied du lit.

Pour ne rien arranger, pendant qu'Allegra posait la seconde valise, il ouvrit la porte-fenêtre et sortit sur le balcon, qui donnait sur l'allée. Les lèvres pincées, elle le suivit, comptant lui ordonner de partir.

Mais elle oublia son objectif lorsqu'elle vit Mike toujours en pleine conversation téléphonique, un sourire détendu aux lèvres, comme s'il avait totalement oublié qu'il était censé l'aider à s'installer. Comme s'il préférait parler à la personne au bout du fil plutôt que d'être avec elle.

Tobias haussa un sourcil.

— On dirait que Callaghan est toujours occupé.

Sans doute avec sa véritable petite amie.

C'était un détail qu'Allegra n'avait pas encore eu le temps d'aborder. Dès qu'elle en aurait l'occasion, elle expliquerait à Mike que, pendant qu'il jouait son fiancé, il ne pouvait pas avoir de petite amie.

Tobias reporta son attention sur elle.

— C'est aussi bien, car je préfère qu'il ne monte pas dans ta chambre.

— Toi, tu y es bien monté.

— Je ne suis pas ton amant.

Tout à coup, l'air se chargea de tension.

Tobias effaça la distance qui les séparait, jusqu'à ce qu'il soit suffisamment près pour qu'elle puisse sentir la chaleur de son corps et humer la fragrance fraîche de son eau de toilette hors de prix. Il plongea les yeux dans les siens.

— Bon sang, je ne comptais pas faire ça. Pas tout de suite, en tout cas.

Elle savait bien qu'elle devrait le repousser. Elle était seule avec Tobias sur le balcon, c'était donc le moment idéal pour lui montrer que l'attraction qui l'avait emprisonnée si longtemps était bel et bien morte. Seul problème : savoir que Tobias la désirait provoquait de folles réactions en elle. Elle était incapable de bouger, mais intérieurement elle se consumait de désir. Elle ne pourrait pas repousser Tobias même si c'était une question de vie ou de mort, comprit-elle. Car, au fond, elle n'avait pas envie de lui résister. Pour une fois, une seule, elle voulait obtenir ce qu'elle voulait et, pour l'heure, elle voulait Tobias.

Elle leva le menton et soutint son regard avec audace.

— Qu'est-ce que tu ne devrais pas faire ?

— T'embrasser, lâcha-t-il. Pas avec lui ici.

Il prit son visage entre ses mains rugueuses, faisant naître de délicieux frissons en elle. Les callosités de ses paumes lui rappelaient que Tobias n'était pas seulement un homme d'affaires puissant à la tête d'un empire. En plus de ses années en tant que militaire, il avait toujours passé beaucoup de temps en mer.

Tobias posa les lèvres sur les siennes. Aussitôt, une onde brûlante naquit au creux de son ventre. Elle se hissa sur la pointe des pieds et noua les bras autour de son cou tandis qu'elle s'abandonnait à son baiser.

Tobias gémit, releva la tête, puis lui donna un second baiser, encore plus fougueux. Les souvenirs qu'elle avait étouffés durant deux longues années remontèrent brusquement à la surface.

Ce soir-là, elle avait jeté la prudence aux orties et elle avait quasiment séduit Tobias.

Elle avait trouvé sous un pot de fleurs la clé du cottage d'Esmae, et ils s'étaient faufilés dans le couloir sombre. Elle avait pris Tobias par la main et l'avait conduit vers l'escalier. Plusieurs longs baisers enivrants plus tard, ils avaient fini dans une chambre. Ils s'étaient déshabillés puis avaient grimpé sur le lit à baldaquin. Le clair de lune inondait la pièce à travers les portes-fenêtres, donnant à ces instants un aspect romantique et presque irréel.

Mais le souvenir douloureux de ce qui s'était passé le lendemain remettait ces moments dans leur contexte. Cela avait été une relation sexuelle anodine. Rien de plus, rien de moins, et c'était exactement à cela que le baiser qu'ils étaient en train d'échanger les menait.

Prenant conscience qu'ils s'embrassaient fougueusement sur le balcon et que Mike pourrait les voir, Allegra se dégagea brusquement. Non pas que Mike ait remarqué quoi que ce soit. Il termina enfin son appel, regarda autour de lui puis leva la tête. Lorsqu'il les vit Tobias et elle sur le balcon, il sourit en leur faisant un signe de la main.

Si Allegra s'était demandé pourquoi elle ne ressentait pas la moindre attirance pour Mike, elle aurait eu sa réponse à cet instant. Si elle avait des dragons à occire, Mike ne serait tout simplement pas là pour elle. Il téléphonerait à l'une de ses petites amies ou parlerait à son agent, et elle devrait se débrouiller seule.

Se sentant soudain contrariée et soupçonneuse, elle fixa Tobias droit dans les yeux.

— Pourquoi m'as-tu embrassée ? demanda-t-elle à voix basse, juste au cas où Mike pourrait les entendre. Non, inutile de répondre, je sais pourquoi. Tu voulais voir si j'étais ici pour te pousser à m'épouser. J'aimerais simplement répéter que, malgré le baiser, qui était tout à fait inconvenant et peu honorable de ta part puisque je suis *fiancée*, je n'ai pas d'attirance pour toi.

Tobias croisa les bras, le regard étonnamment sombre.

— Je n'étais pas en train de te tester.

— Alors qu'est-ce que tu faisais ?

Leur conversation fut interrompue par des coups frappés à porte.

Marta passa la tête par l'embrasure et les observa d'un air intrigué.

— Je voulais vous prévenir que je m'en vais, dit l'employée de maison. Je vous ai préparé à dîner. Vous n'aurez plus qu'à vous servir.

Une demi-heure plus tard, après le départ de Mike, Tobias descendit l'escalier et sortit pour verrouiller son véhicule. Il allait retourner dans la maison quand il vit des feuilles de papier par terre, à l'endroit où Mike s'était garé tout à l'heure. Il les ramassa et les observa. Il n'avait pas envie d'être indiscret, mais les feuilles étaient pliées de telle façon que les mots étaient clairement visibles.

Planning de rendez-vous galants.

Tobias abandonna toute idée de discrétion et parcourut les deux documents imprimés, présentés sous forme de fichiers de tableur. Sous chaque rendez-vous figuraient des instructions, notamment sur les endroits où se retrouver, les tenues à porter. Pour certaines dates, il était précisé en caractères gras que Mike ne devait pas passer prendre Allegra dans son vieux pick-up rouillé, car c'était elle qui conduirait.

Apparemment, en matière de rendez-vous amoureux, Allegra aimait tout contrôler. Et Mike semblait avoir besoin d'instructions sur tous les plans, même sur le plan vestimentaire.

Tobias observa le planning de plus près. Un rendez-vous en particulier retint son attention. Il était précisé sommairement : « Je me charge de la bague. Déjeuner, centre commercial Atraeus, midi pile. »

Tobias présumait qu'il s'agissait d'un rendez-vous pour choisir une bague de fiançailles. Cependant, il semblait qu'Allegra allait apporter sa propre bague, et que Callaghan la rejoindrait seulement pour le déjeuner. Tobias nota qu'aucun rendez-vous avec les familles respectives d'Allegra et de Callaghan n'était prévu.

Il savait que la famille d'Allegra vivait à La Nouvelle-Orléans, mais il ne savait rien sur Callaghan, excepté qu'il travaillait pour Allegra. Mais cela allait bientôt changer, songea-t-il, déterminé.

Repliant les pages, il les emporta dans la maison. Il se rendit dans la bibliothèque qui abritait la collection de livres rares de son grand-père. L'immense bureau sculpté en acajou et les canapés Chesterfield semblaient tout droit sortis d'un film historique. Tobias rangea les documents dans un tiroir du bureau.

Le portrait de son arrière-grand-père, Jebediah Hunt, semblait le fixer. Une fois de plus, Tobias songea que son aïeul semblait sévère et peu aimable, avec ses traits durs et ses sourcils noirs et droits.

Les paroles d'Allegra lui revinrent en mémoire. Selon elle, Alexandra avait quitté Jebediah parce qu'il ne lui plaisait pas, tout simplement. C'était un fait, son ancêtre était un homme dur et difficile à vivre.

Ce qui poussait Tobias à s'interroger. Allegra le voyait-elle ainsi, lui aussi ?

Quoi qu'il en soit, malgré ses défauts, Jeb n'avait pas manqué de caractère. Quand Alexandra l'avait quitté, il avait abandonné son terrain et était reparti de zéro en devenant détective privé. Quelques années plus tard, il avait fondé sa propre agence. C'étaient les débuts de Hunt Security.

Tobias se dirigea vers les portes-fenêtres qui donnaient sur la terrasse. La demeure étant située sur une colline, la vue sur l'océan Atlantique était impressionnante. Mais Tobias était trop perdu dans ses pensées pour l'apprécier.

Depuis qu'Allegra lui avait dit être fiancée, il était à cran, mais maintenant il était presque certain que ces fiançailles étaient une mascarade. Entre autres, parce que le fiancé qu'elle avait sorti de son chapeau était un de ses employés. Néanmoins, Tobias savait qu'il ne pouvait pas prendre le risque de se tromper.

Il attrapa son téléphone et appela le directeur de l'agence Hunt Private Investigations de Miami. Tulley répondit presque aussitôt. Après une discussion de quelques minutes, Tobias raccrocha.

Si Allegra avait payé Mike afin qu'il se fasse passer pour son fiancé, Tobias ne voyait que deux raisons possibles. Soit elle cherchait à donner l'impression qu'elle n'avait rien à voir avec les machinations d'Esmae, soit elle cherchait à se protéger de lui.

Étant donné qu'Allegra n'avait aucune difficulté à le remettre à sa place, Tobias rejeta la seconde hypothèse.

Bien sûr, il ne pouvait pas écarter la possibilité que les fiançailles soient réelles.

Cependant, il n'y croyait guère.

Allegra et Callaghan, ensemble ? Son instinct lui soufflait que ces deux-là n'étaient pas amants. Pas encore, rectifia-t-il, la mâchoire serrée.

Selon lui, ils étaient plutôt dans une dynamique employeuse-employé, mais Tobias n'avait pas de certitude à ce stade.

Il avait donné à Tulley vingt-quatre heures pour enquêter sur Callaghan, mais, quoi que le détective découvre, Tobias était déjà décidé.

Il fallait qu'il se débarrasse de Callaghan.

7

Allegra ferma la porte de sa chambre et s'y adossa, le cœur battant.

Elle toucha ses lèvres encore légèrement enflées et sensibles. Elle n'arrivait pas à croire qu'elle avait laissé Tobias l'embrasser alors que Mike n'était qu'à quelques mètres !

Si Mike avait levé les yeux vers le balcon, il les aurait vus, et tout ce scénario des fausses fiançailles serait devenu… compliqué.

Elle se rappela le baiser de Tobias, le moment précis où il avait posé la bouche sur la sienne… Soudain, l'air lui sembla beaucoup trop chaud, humide et étouffant. Elle alla dans la salle de bains de sa chambre et s'aspergea le visage d'eau fraîche. Après s'être séchée, elle regarda dans le miroir si son mascara avait coulé, ce qui était le cas.

À l'aide d'un disque démaquillant, elle effaça les traces sombres. Malheureusement, une petite marque rouge ornait sa joue, laissée par la barbe naissante de Tobias. Et, pour ne rien arranger, son chignon strict était sur le point de s'effondrer, sans doute parce que Tobias avait plongé les mains dans ses cheveux pendant qu'il l'avait embrassée.

Pendant qu'*ils* s'étaient embrassés, rectifia-t-elle. Tobias avait fait le premier pas, mais elle lui avait rendu son baiser avec un bel enthousiasme.

Comme si elle ne pouvait pas se rassasier de lui.

S'efforçant de ne plus penser à Tobias, elle alla chercher dans la chambre sa trousse de maquillage et sa trousse de produits de soin. Elle les rapporta dans la salle de bains, les posa sur le magnifique plan de toilette en marbre blanc et les vida. C'était un plaisir de voir les produits phares de Madison Spas dans ce beau décor. Lorsqu'elle eut terminé, elle défit sa coiffure, brossa ses cheveux pour les démêler, puis les noua de nouveau en chignon bas.

Après avoir appliqué un correcteur sur la marque rouge, elle ajouta un peu de fard sur ses pommettes, remit une couche de mascara sur ses cils et un trait de gloss transparent sur ses lèvres.

Puis elle entreprit de ranger ses vêtements dans le dressing, espérant qu'elle retrouverait ainsi un peu de normalité.

Hélas, se sentir normale alors qu'elle avait embrassé Tobias, non pas une mais *deux* fois dans la même journée, s'avérait difficile.

Les psychothérapeutes qu'elle avait consultés l'avaient prévenue qu'il était dangereux d'enterrer ce qui s'était passé entre Tobias et elle sous une montagne de thérapies diverses et variées.

Dans un moment de lucidité, elle comprit que, au fond, elle *appréciait* le défi que représentait Tobias. Il était exactement le genre d'hommes vers lequel elle était naturellement attirée : un mâle dominant, grand, brun et ténébreux. Dès qu'elle était en sa présence, son cœur battait plus vite et l'adrénaline montait dans ses veines.

C'était simple, elle avait grandi avec les loups et elle était habituée à courir avec eux. Si Tobias lui avait mangé dans la main, elle aurait cessé de s'intéresser à lui, comme cela avait été le cas avec d'autres hommes.

Elle inspira et expira doucement.

L'idée qu'elle puisse faiblir et céder à son attirance pour Tobias – une attirance qui semblait réciproque – l'effraya l'espace d'une seconde.

Non, ça n'arriverait pas, se rassura-t-elle. C'était précisément pour éviter cela qu'elle avait engagé un faux fiancé.

Elle saisit une robe légère et transparente à l'imprimé jungle et au décolleté plongeant, une création Messena onéreuse, et l'accrocha à un cintre.

Tout ce qu'elle avait à faire, c'était organiser son emploi du temps de manière à éviter Tobias et s'en tenir à son plan.

Une bonne manière de rester loin de Tobias ce soir serait d'aller chercher les souvenirs qu'Esmae lui avait légués. Peut-être pourrait-elle trouver quelque chose qui puisse faire office de bague de fiançailles ? D'après Marta, le coffret à bijoux ancien que sa grand-tante avait conservé pour elle était étiqueté à son nom et rangé quelque part dans le grenier du cottage.

Elle rangea le reste de ses vêtements dans les tiroirs de la commode. Ne restait plus que sa boîte à bijoux. Lorsqu'elle la sortit de la valise, le fermoir métallique s'accrocha au filet intérieur du bagage. La boîte lui glissa des mains et tomba, les diamants et les bijoux fantaisie se répandant sur le sol.

Poussant un soupir irrité, elle remit le tout dans la boîte, en prenant soin de replacer les vrais diamants dans leur compartiment spécial. Mais, lorsqu'elle essaya de refermer le coffret, le couvercle ne s'inséra pas correctement car le fermoir était maintenant cassé. Il lui faudrait acheter une nouvelle boîte ou faire réparer celle-ci.

Elle la posa sur une étagère, puis rangea ses valises à présent vides. Les quelques tenues suspendues aux cintres semblaient insignifiantes, mais cela lui rappelait que son séjour ici serait court, heureusement.

Tout ce qu'elle avait à faire, c'était dormir dans un grand lit confortable, manger les délicieux repas de Marta, et trouver les objets qu'Esmae avait remisés dans le cottage en bord de plage.

Elle aurait le cœur serré en fouillant dans les affaires de sa grand-tante bien-aimée, mais elle ne pouvait nier qu'elle était curieuse de voir ce qu'Esmae lui avait laissé. En plus des « souvenirs », il y avait aussi le portrait d'Alexandra Mallory, l'ancêtre mystérieuse dont Allegra avait entendu parler, mais dont il n'existait pas de photos.

Le dîner fut bref, et étrangement silencieux. Allegra avait cru que Tobias essayerait d'engager la conversation, aussi avait-elle feint d'être concentrée sur son téléphone. Cependant, après l'avoir saluée poliment, Tobias l'avait pratiquement ignorée et avait mangé son entrée au crabe et sa salade de steak entre deux coups de fil. Allegra venait de sortir le dessert que Marta avait laissé dans le réfrigérateur quand Tobias reçut un autre appel.

Lorsqu'il se leva de table, Allegra l'entendit prononcer le nom de Francesca et elle se figea net.

Fermant la porte du réfrigérateur, elle retourna dans la salle à manger, qui donnait sur la terrasse. Elle posa le dessert sur le buffet en chêne pendant que Tobias répondait à son appel sur la terrasse baignée de soleil.

Allegra versa une petite portion de salade de fruits dans un bol, tout en tentant de se convaincre que Tobias n'était pas en train de parler à Francesca Messena.

Rectification, Francesca Atraeus, puisque la jeune femme était mariée à présent. Mais, lorsque Allegra approcha, faisant mine d'admirer la vue, elle entendit Tobias prononcer le prénom du mari de Francesca, John, et tous ses doutes s'évaporèrent.

Elle ignorait que Francesca et Tobias étaient encore en contact…

Des émotions mêlées l'envahirent. La stupéfaction, la tristesse, l'humiliation.

Aujourd'hui, Tobias l'avait embrassée, *à deux reprises*. À chaque fois, cela avait été bien plus qu'un simple baiser. Et maintenant il avait une conversation privée et intime avec son ex-maîtresse ?

Et où Francesca Atraeus avait-elle la tête ? Son mari ne lui suffisait-il donc pas ?

La colère laissa place à un sentiment de vide qu'elle ne reconnut que trop bien, car elle avait éprouvé ce même sentiment quand elle avait découvert que Tobias était directement passé de son lit à celui de Francesca.

Elle fixa son dessert. Aussi appétissants les fruits soient-ils, elle n’avait plus faim. Retournant à table, elle posa le bol et but une gorgée d’eau pour apaiser sa gorge soudain sèche.

Il y avait deux ans, quand elle avait appris que Tobias était retourné auprès de Francesca, elle avait effectué quelques recherches sur la jeune femme et découvert des éléments intéressants grâce aux réseaux sociaux. Francesca aimait les hommes, au pluriel, et elle avait accumulé les conquêtes. La plupart de ses ex étaient encore en contact avec elle.

Soit Francesca était la personne la plus gentille du monde, soit elle aimait garder le pouvoir sur ses anciens petits amis.

La voix de Tobias devint plus forte, signe qu’il revenait vers la salle à manger. Allegra aurait pu se dire qu’il s’agissait d’une discussion de travail, mais, pour autant qu’elle sache, Tobias n’avait aucun lien professionnel avec Francesca, qui était styliste.

Une autre hypothèse se forma dans son esprit : Francesca, bien que mariée, souhaitait reprendre Tobias dans ses filets.

Quand Tobias revint et s’assit face à elle, Allegra prit sa fourchette et fit mine de s’intéresser à sa salade de fruits.

— Un appel professionnel ? questionna-t-elle.

— Je croyais que tu n’avais pas envie de discuter.

Elle devrait s’en tenir là. Mais le fait que Tobias ait parlé à la femme qu’il avait fréquentée avant et après avoir couché avec elle, *moins d’une heure après l’avoir embrassée sur le balcon*, la mettait hors d’elle. Cela montrait qu’avec Tobias, elle avait toujours été dans l’ombre d’une autre femme.

Elle transperça un morceau de melon avec sa fourchette et s’efforça d’afficher le sourire professionnel qu’elle réservait aux clients difficiles.

— J’ai cru entendre le nom de Francesca.

— Francesca Atraeus, en effet. Elle arrive par avion demain.

Allegra se figea.

— Elle vient *ici* ?

— Est-ce un problème ?

Allegra laissa tomber sa fourchette dans son bol.

— C’en est un si elle séjourne dans cette maison, puisque je n’ai pas le droit d’inviter Mike à dormir.

— Francesca ne va pas dormir ici. Pourquoi le ferait-elle alors qu'elle peut séjourner dans l'hôtel de son mari ?

Allegra avait oublié ce détail. John Atraeus possédait l'un des hôtels les plus chics de la ville. Francesca pouvait donc s'y rendre aussi souvent qu'elle le voulait. De plus, elle avait aussi de la famille à Miami.

Néanmoins, Allegra demeurait contrariée. Car, dès que Tobias avait mentionné le nom de Francesca, elle avait éprouvé un désagréable sentiment de déjà-vu. Elle avait embrassé Tobias deux fois aujourd'hui. Ce matin, ils avaient même été à deux doigts de faire l'amour. Or, la dernière fois qu'elle avait couché avec lui, il l'avait abandonnée pour retrouver Francesca. Donc, il était probable qu'il couche avec cette femme, cette fois encore...

Elle prit une grande inspiration et s'appliqua à réfléchir. La tâche était difficile, car ce qu'elle avait vraiment envie de faire, c'était prendre le téléphone de Tobias, le lancer vers la terrasse et le voir se briser en mille morceaux.

Au prix d'un effort, elle ravala une colère qui, après deux ans de thérapie et d'exercices de relaxation, ne devrait plus exister. Le genre de colère explosive qu'elle ne connaissait que trop bien, car elle l'avait éprouvée lorsque Tobias avait quitté son lit pour retourner dans celui de Francesca.

Elle était tenaillée par la jalousie. Une jalousie brûlante et maladive.

Allegra fixa la mâchoire ferme de Tobias. Elle avait envie de se taper la tête contre un mur. Car, sans qu'elle s'en rende compte, elle était tombée dans le même piège qu'autrefois : elle désirait Tobias, de nouveau.

— Alors, pourquoi au juste vient-elle en ville ? demanda-t-elle.

Tobias dégustait sa salade comme si de rien n'était.

— C'est important ?

— Je n'aurais pas posé la question si ça ne l'était pas, répliqua-t-elle d'un ton qu'elle espérait neutre.

Il posa sa fourchette.

— Sa jumelle songe à installer une de leurs boutiques au

complexe Ocean Beach. Puisque Sophie a dû s'absenter quelques semaines, Francesca a accepté de visiter le complexe à sa place.

Allegra but une gorgée d'eau pendant qu'elle essayait d'encaisser l'idée que Francesca serait amenée à venir régulièrement au complexe. Elle ferait partie de la vie de Tobias, même si elle était mariée.

— L'Ocean Beach n'a pas de place pour une autre boutique de vêtements, souligna-t-elle.

Soudain, une pensée horrible surgit dans son esprit.

— À moins que tu ne comptes pas renouveler mon bail quand il expirera dans deux mois ?

L'expression de Tobias lui confirma que c'était exactement ce qu'il prévoyait de faire. Elle avait été si absorbée par les clauses problématiques du testament qu'elle avait mis de côté la question du bail. Si Tobias voulait se débarrasser d'elle une bonne fois pour toutes, c'était l'occasion rêvée.

— Si les sœurs Messena s'intéressent à l'Ocean Beach, c'est parce qu'elles savent que nous cherchons à nous développer.

— Première nouvelle.

— Rien n'est encore décidé. Pour l'instant, l'expansion n'en est qu'au stade de la réflexion.

— Mais tu as eu le temps d'en parler à Francesca.

Le regard froid de Tobias sembla la transpercer. Soudain, elle songea que sa jalousie était peut-être un peu trop perceptible.

Non, se dit-elle aussitôt. Ils étaient en train de parler de l'avenir de son entreprise. Tobias pensait sans doute qu'elle s'inquiétait pour Madison Spas.

— En fait, dit-il calmement, Esmae avait des projets d'expansion, qu'elle a mis en suspens quand elle est tombée malade. Son banquier, Gabriel Messena, m'a parlé du projet le jour de l'enterrement. Je lui ai donné la permission de dire à ses sœurs qu'il y aurait peut-être des locaux commerciaux disponibles l'an prochain. C'est un problème ?

Elle afficha un sourire poli.

— Pourquoi serait-ce un problème ?

Elle se leva brusquement. Prenant son dessert, elle adressa un regard neutre à Tobias, comme si tout allait à merveille.

— Si tu veux bien m'excuser, je vais aller jeter un coup d'œil dans le grenier du cottage tant qu'il fait encore jour. Selon Marta, c'est là-bas qu'Esmae a rangé les pièces qu'elle m'a léguées.

Tandis qu'elle montait l'escalier pour rejoindre sa chambre, Allegra tenta de se convaincre que la relation entre Francesca et Tobias n'était pas un problème.

Or, maintenant qu'elle-même avait pris conscience de son désir pour Tobias, c'était un grand problème.

Allegra craignait que Francesca ait de nouveau des vues sur Tobias.

Deux ans plus tôt, Allegra avait laissé Tobias partir, et Francesca l'avait volontiers récupéré. Mais il était hors de question que la situation se reproduise.

Cela dit, Allegra ne pouvait pas séduire Tobias tout en étant faussement fiancée à Mike. Il lui fallait choisir.

Un faux fiancé qui lui coûtait très cher et qui n'était pas très fiable ? Ou un homme d'affaires agaçant qui ne faisait pas mystère de son désir pour elle, du moins pour l'instant ?

Une chose était sûre : Allegra devait prendre sa décision avant que Francesca arrive à Miami.

8

Allegra suivit le sentier menant au cottage tandis que le soleil se couchait, laissant place à un long crépuscule. Elle alluma la lumière de son téléphone pour s'éclairer sur les derniers mètres, puis monta sur la galerie entourant la bâtisse. Elle trouva la clé de la porte sous un pot de fleurs, mais n'ouvrit pas tout de suite. Cela faisait si longtemps qu'elle n'était pas venue ici... Après quelques instants, elle déverrouilla la porte et pénétra dans le petit couloir.

Aussitôt, elle fut accueillie par une chaleur étouffante. Elle alluma la lumière et laissa la porte ouverte pour laisser la brise océane circuler dans la maison. Glissant son téléphone dans la poche de sa robe, elle entra dans la cuisine, tout aussi étouffante, et ouvrit les fenêtres.

Pour une fois, elle fut incapable d'apprécier la vue à couper le souffle sur l'océan et sur l'horizon brumeux, et remarqua à peine le canot de sauvetage amarré au bout de la jetée privée. Puisqu'il faisait déjà très chaud au rez-de-chaussée, le grenier serait un vrai four. Prenant une dernière bouffée d'air frais, Allegra monta l'escalier.

Son pouls s'accéléra quand elle passa devant la chambre principale, avec son lit à baldaquin en fer forgé entouré d'une moustiquaire, son plancher sombre et ses tapis décolorés. Deux années s'étaient écoulées depuis qu'elle avait passé la nuit ici avec Tobias. Elle avait cru que la maison aurait changé, mais tout était exactement comme autrefois.

Détournant le regard, elle alluma la lumière du couloir, pour tenter de chasser le sentiment d'être piégée dans des souvenirs encore trop vivaces. Tandis qu'elle montait l'escalier étroit menant au grenier, l'applique murale émit un bourdonnement suspect, clignota, puis s'éteignit.

Allegra poussa un soupir irrité. Le vieux système électrique n'avait sans doute pas supporté que plusieurs lumières soient allumées en même temps, et un fusible avait dû sauter. Tout l'étage était maintenant dans le noir. Elle prit son téléphone, activa la lampe et dirigea le rayon de lumière rassurant sur la porte du grenier.

Elle n'était venue ici qu'une seule fois, pour récupérer un carton de vêtements dont Esmae voulait faire don à une œuvre de bienfaisance. Tandis qu'elle entrait dans la pièce poussiéreuse et sombre, un sentiment d'excitation la saisit. Bien qu'elle soit une Mallory, elle ne connaissait que vaguement l'histoire entre son aïeule et Jebediah Hunt. Elle n'avait jamais vu de photo d'Alexandra ou de son mari, James Walter Mallory, décédé avant qu'Alexandra ne quitte sa terre natale, l'Angleterre.

Elle appuya sur l'interrupteur. Comme elle s'y attendait, rien ne se passa.

Elle dirigea la lampe de son téléphone autour de la pièce tandis qu'elle se frayait un chemin entre de vieux coffres en bois et des meubles cassés qui étaient sans doute là depuis des années. Elle ouvrit les volets, et le peu de lumière naturelle qui restait dissipa un peu l'obscurité.

Jetant un regard circulaire, elle repéra une vieille commode contre le mur, sur laquelle une petite boîte en bois était posée.

Pour atteindre la commode, elle dut contourner un fauteuil cassé et enjamber une vieille malle de voyage. Dès qu'elle toucha la boîte, sur laquelle était collée une étiquette blanche à son nom, une bouffée d'excitation l'envahit.

Elle passa la main sur le couvercle lisse. Une lettre A en nacre était incrustée dans le bois. C'était sans doute le coffret à bijoux personnel d'Alexandra.

Tout à coup, une vague d'émotion la submergea et son regard

s'embua, ce qui était étrange car elle n'aurait pas cru ressentir un lien si fort avec son ancêtre. Après tout, elle n'avait jamais rencontré Alexandra Mallory, et l'essentiel de ce qu'elle avait appris générait en elle des sentiments ambivalents.

Elle prit la boîte, qui était étonnamment lourde, et décida de l'emporter au rez-de-chaussée où elle pourrait la nettoyer et en examiner le contenu dans une pièce bien éclairée.

Quelques minutes plus tard, elle la posa sur le plan de travail de la cuisine. Esmae avait toujours veillé à ce que la maison soit équipée en produits de nettoyage, au cas où quelqu'un voudrait séjourner ici, aussi Allegra n'eut-elle aucune difficulté à trouver des serviettes en papier et du spray nettoyant.

Tandis qu'elle essuyait le reste de poussière sur le coffret, Allegra identifia mieux le matériau. Le bois sombre ressemblait à du palissandre. Des fleurs délicates en nacre encerclaient la lettre A et filaient jusque sur les côtés.

Elle ouvrit le fermoir argenté et souleva le couvercle. Elle ignorait ce qu'elle s'était attendue à trouver, mais ce n'était certainement pas un vieux journal intime.

Retirant le journal, elle découvrit dessous une série de petites pochettes usées en velours noir. Elle ouvrit la première et en extirpa un collier flamboyant. Elle n'était pas une experte, mais à première vue il s'agissait de diamants. Cependant, elle ne pouvait pas en être sûre. Il lui faudrait les faire expertiser par un joaillier.

Si c'étaient bien des diamants, c'était incompréhensible... Alexandra et Esmae avaient connu la pauvreté. Pourquoi garder des bijoux de valeur quand on avait tout perdu ? Pourquoi ne pas les vendre ?

Les autres pochettes contenaient des boucles d'oreilles, une broche, un bracelet et une superbe bague. Allegra découvrit également des pièces plus petites et plus simples, en perles et grenats, qui semblaient plus anciennes.

Perplexe, Allegra rangea soigneusement les bijoux. Esmae avait sans doute hérité de ces pièces à un certain moment de sa vie. Pourquoi n'en avait-elle jamais parlé, et pourquoi cette boîte avait-elle été laissée ici, dans un grenier poussiéreux ?

Laissant le coffret sur le plan de travail, elle retourna dans le grenier pour chercher le portrait d'Alexandra. Elle allait enjamber un vieux canapé quand un bruit la fit sursauter. Elle crut d'abord qu'elle avait dérangé des rats et, si tel était le cas, elle allait déguerpir sur-le-champ. Mais ensuite la voix grave et rocailleuse de Tobias lui parvint.

— Bon sang, pourquoi les lampes ne marchent-elles pas ?

Allegra glissa sur une pile de magazines. Heureusement, elle put se raccrocher au dossier du canapé pour garder l'équilibre.

— J'ai dû griller un fusible, expliqua-t-elle.

Un rai de lumière passa brièvement sur elle.

— Comme tu tardais à revenir, j'ai cru qu'il t'était arrivé quelque chose, dit-il. Je vérifierai le tableau électrique demain matin. Si c'est encore celui que mon grand-père a installé, il faudra sans doute changer tout le système.

Il passa la lampe de son téléphone dans la pièce.

— Bon sang, Esmae n'a-t-elle donc rien jeté ?

— Apparemment non. Et personne d'autre non plus.

Elle brandit ce qui ressemblait à un fouet à bestiaux.

— Je pense que ça n'appartenait pas à Esmae.

— Espérons que non.

Il afficha un sourire malicieux, qui disparut presque aussitôt. Allegra sentit son cœur tressauter. Elle avait déjà vu Tobias rire et sourire, mais toujours avec d'autres personnes, jamais avec elle.

Il poussa l'immense canapé en crin de cheval qu'elle venait d'escalader. L'obstacle suivant était un large fauteuil éventré.

Il souleva le siège comme s'il n'était pas plus lourd qu'une plume et le posa sur un vieux matelas.

— Il est grand temps que la plupart de ces choses aillent dans une benne à ordures.

Un nuage de poussière tourbillonna dans l'air, faisant éternuer Allegra. Au moins, Tobias avait dégagé le passage.

— Merci, dit-elle. Je crois.

Elle se surprit à lui sourire. Depuis qu'elle connaissait Tobias, ils n'avaient jamais eu ce genre de conversations badines.

— Pas de quoi. On dirait qu'Esmae a conservé trois générations d'affaires là-dedans. Il faudra des semaines pour tout vider.

Il dirigea son téléphone vers un coin du grenier.

— C'est ça que tu cherchais ?

Allegra aperçut un cadre recouvert d'un drap, appuyé contre un mur. Il s'agissait sûrement du portrait d'Alexandra, se dit-elle, le cœur battant.

Approchant du tableau, elle écarta le drap et dirigea la lampe de son téléphone sur la peinture.

Elle eut le souffle coupé. Hormis le fait qu'Alexandra avait le teint plus clair et les cheveux plus sombres, Allegra avait l'impression de se regarder dans un miroir.

Son arrière-grand-mère était une toute jeune femme sur ce portrait. Son sourire était chaleureux, quoiqu'un peu mystérieux, et son regard franc était brillant. Allegra ne s'était pas attendue à ressentir le moindre lien avec son aïeule, mais la peinture était si réaliste et vive qu'elle semblait combler le fossé des années.

Allegra observa les mains d'Alexandra. Il n'y avait pas de bagues, donc le tableau datait sans doute d'avant son mariage. Elle portait certains des bijoux anciens contenus dans le coffret, mais aucun diamant.

La lumière du téléphone de Tobias s'unit à la sienne, éclairant la chevelure chatoyante d'Alexandra, l'éclat de ses yeux et la forme exotique de ses pommettes. Elle semblait avoir du sang italien dans les veines.

— Elle est très belle, commenta-t-il.

Allegra éprouva une joie inattendue. Si Tobias trouvait Alexandra belle, cela voulait dire qu'il en pensait autant d'elle, puisqu'elles se ressemblaient comme deux gouttes d'eau.

Elle souleva le tableau pour le déplacer.

— Je m'en occupe, fit-il.

Il lui prit le lourd tableau des mains avec aisance et alla le poser près de la porte.

— Pas étonnant que Jebediah ait voulu l'épouser, lança-t-il.

— Jebediah voulait l'épouser ? Je n'ai jamais entendu parler de ça.

Tobias alla vers la fenêtre la plus proche. Il tira sur la poignée, qui était coincée, mais finit par réussir à ouvrir la vitre. La brise océane rafraîchit un peu la pièce.

— Ils étaient amants, et il comptait l'épouser, répondit-il. C'est pour ça qu'il est devenu son associé.

Allegra sentit l'indignation la saisir.

— Aux dernières nouvelles, le sexe et les affaires sont deux choses différentes, à moins…

— Elle avait accepté de l'épouser, l'interrompit-il d'un ton sec. Ensuite, quasiment le lendemain, un avocat a débarqué, et Alexandra ainsi que ses deux enfants se sont évanouis dans la nature. Pas d'explications, pas d'adieux. L'avocat a écrit à Jebediah depuis New York pour l'informer que son association avec Alexandra était terminée, et la suite de l'histoire, tu la connais.

Soudain, l'animosité entre les Hunt et les Mallory semblait plus claire. Il ne s'agissait pas seulement du puits de pétrole ; c'était aussi *personnel.*

Allegra observa la jeune femme du tableau, au menton ferme et au regard assuré. Allegra ne s'était jamais attardée sur l'histoire conflictuelle entre les Hunt et les Mallory, toutefois, selon elle, Alexandra n'avait rien d'une croqueuse de diamants.

— Il semble que nous ayons deux versions différentes. D'après la mienne, mon arrière-grand-mère a été abandonnée après la mort de son mari, et a élevé deux enfants qui sont devenus des adultes équilibrés et qui ont réussi. Elle est morte sans le sou et seule. Je ne sais pas ce qui s'est passé entre eux, mais Jebediah a dû mal comprendre.

Néanmoins, tandis qu'elle prononçait ces mots, elle songea aux diamants cachés dans le coffret à bijoux qu'elle avait laissé dans la cuisine.

— Qu'il ait mal compris ou non, c'est Jebediah qui a été blessé, rétorqua Tobias d'une voix dure.

— Mais il s'en est remis, à l'évidence, et il s'est marié, alors qu'Alexandra n'a jamais refait sa vie. Si elle était si belle et si intéressée par l'argent, pourquoi aurait-elle couché avec un simple cow-boy ? Pourquoi se serait-elle associée avec lui ? Ça n'a pas de sens. La solution évidente pour une femme qui voulait vivre dans l'opulence, c'était d'épouser un homme fortuné.

— C'est ce que tu ferais ?

La discussion venait de prendre une tournure bien trop personnelle, songea-t-elle, le cœur serré. Elle ne comptait plus le nombre de fois où des hommes l'avaient vue comme une femme intéressée ou dévalorisée parce qu'elle était séduisante. L'insinuation de Tobias était la goutte d'eau.

— Non, absolument pas.

Prenant une grande inspiration, elle tenta de contenir la tension qui vibrait en elle. Le fait qu'il fasse si chaud et humide dans cette pièce ne l'aidait guère. Décidant qu'elle emporterait le tableau un autre jour, elle sortit du grenier et descendit les marches sombres en se dirigeant à l'aide de son téléphone.

Après quelques secondes, elle entendit les pas de Tobias derrière elle. Et soudain elle en eut assez d'être vue comme une femme vénale. Il fallait qu'elle exprime sa colère. Arrivée sur le palier, elle se tourna vivement vers Tobias et appuya l'index contre son torse.

— J'ignore comment tu peux me poser une telle question ! Si j'ai obtenu un diplôme en finances, ce n'est pas pour rester chez moi à me faire les ongles pendant qu'un homme subvient à mes besoins. Je préfère créer mes propres opportunités professionnelles et gagner mon argent moi-même.

Une étincelle s'alluma dans le regard de Tobias.

— Et garder le contrôle sur tes petits amis. Comme sur Mike.

D'abord, il insinuait qu'elle était une croqueuse de diamants et, maintenant, il l'accusait d'être une femme dominatrice ?

— Qu'est-ce qui te fait penser que Mike peut être contrôlé ?

— C'est ton employé.

— Et tu penses que je pourrais profiter de la situation ?

— À ta place, ce n'est pas le genre de relations que je rechercherais.

— Là, tu m'intéresses. Dis-moi à quoi ressemble une relation parfaite, puisque, manifestement, je ne sais pas ce que c'est.

Tobias posa la main sur le mur derrière elle. Il était à présent si près qu'elle respirait le parfum frais de son après-rasage.

— Il te faut quelqu'un qui ne se laisse pas diriger.

— Tu es loin d'être un expert en relations sentimentales, il me semble.

Elle releva le menton. Mais elle n'aurait pas dû, car maintenant les lèvres de Tobias étaient encore plus près des siennes.

— Tu as quelqu'un en tête ? lança-t-elle.

Une lueur brûlante et familière apparut dans son regard.

— Puisque tu me le demandes, oui. Moi.

9

Allegra fut envahie par une onde de chaleur inattendue. Elle défia Tobias du regard.

— Je croyais que tu ne voulais pas de relation sérieuse, dit-elle.

— C'est surtout que ça m'ennuie de vouloir une relation.

— C'est encore pire !

Il baissa la tête et lui mordilla le lobe de l'oreille. Un frisson de plaisir la traversa. Elle devrait repousser Tobias, *immédiatement*. Quand elle était avec lui, elle ne pouvait pas compter sur sa seule volonté. Tobias était si près qu'elle repensa à l'unique nuit qu'ils avaient passée ensemble. Tout avait été si merveilleux… Avant de virer au cauchemar.

Cette pensée lui donna la force de reculer.

— Qu'est-ce qui te fait croire que j'ai envie de toi ? lâcha-t-elle.

— Ça.

Sur quoi, il déposa un bref baiser sur ses lèvres.

— Ce n'est pas du jeu ! protesta-t-elle.

Il saisit une mèche égarée de son chignon et l'enroula autour de son doigt.

— Crois-moi, Allegra, si je pouvais contrôler ce qui se passe en moi quand je suis en ta présence, je le ferais.

Ce n'était pas ce qu'elle rêvait d'entendre. Il la voyait comme une femme qu'il désirait malgré lui, et non une femme avec qui il pourrait avoir une véritable relation. Néanmoins, elle entrevoyait une lueur d'espoir au bout de ce long tunnel.

— Et tu as envie de moi, dit-elle.

Bien qu'ils aient déjà couché ensemble, il la désirait toujours. Ce n'était pas grand-chose, ce n'était pas suffisant, mais c'était *déjà ça*.

— Depuis six ans, et ça n'est pas fini, répondit-il.

Elle en eut le souffle coupé. Elle croyait qu'il la désirait depuis deux ans, et non six.

Six ans plus tôt, elle avait passé ses premières vacances à Miami, un cadeau d'Esmae pour fêter sa première année à l'université de Stanford. Cet été-là, Allegra avait été attirée par Tobias dès le premier regard. À l'époque, il amarrait son yacht à la jetée d'Esmae. Allegra avait pris l'habitude de s'installer sur la plage, ses lunettes de soleil sur le nez et un magazine dans les mains, en faisant mine de ne pas être fascinée par Tobias qui, hélas, était toujours accompagné de sa jolie petite amie blonde.

Esmae avait eu la gentillesse d'inviter Allegra les étés suivants. Tobias, toujours froid et distant, n'avait pas semblé la remarquer. Jusqu'à ce qu'ils se retrouvent assis sur le même tronc d'arbre lors d'une fête sur la plage, le soir de l'anniversaire d'Esmae.

Elle planta les mains sur ses pectoraux fermes.

— Alors pourquoi es-tu parti après notre nuit ensemble ? Ne me dis pas que c'est à cause de l'histoire entre Jebediah et Alexandra ?

— Pour être franc, je n'y ai jamais pensé...

— Le passif entre nos deux familles ne s'applique pas à nous, affirma-t-elle. Il ne s'est jamais appliqué à nous.

Il l'attira vers lui, et elle le laissa faire, ayant soudain besoin de sentir son corps ferme contre le sien.

— J'avais rompu avec Lindsay quelques semaines avant que nous ne couchions ensemble.

— La jeune femme blonde avec qui tu étais fiancé ?

Soudain, elle comprit. Six ans, avait-il dit. Cela signifiait qu'il l'avait désirée *pendant* qu'il était en couple avec Lindsay.

— Et tu t'es senti coupable parce que tu avais envie de moi.

— Quelque chose comme ça.

Elle devinait qu'il ne lui disait pas tout. Elle allait le questionner pour en savoir plus quand il l'embrassa.

Se mettant sur la pointe des pieds, elle pencha la tête pour approfondir le baiser, noua les bras autour de son cou et se pressa tout contre lui. La réaction physique immédiate de Tobias fit naître une onde brûlante en elle.

Il posa ses mains puissantes sur sa taille et l'entraîna dans une pièce. Malgré l'obscurité, Allegra reconnut la chambre dans laquelle ils avaient fait l'amour. Tobias la fit reculer de quelques pas encore, jusqu'à ce qu'elle heurte le lit.

Tobias releva la tête, mais elle ramena ses lèvres sur les siennes et l'embrassa encore. Déjà, Tobias descendait la fermeture Éclair de sa robe. L'étoffe de fin coton tomba à ses pieds, puis il lui ôta son soutien-gorge.

Allegra tira sur sa chemise et dévoila son torse parsemé d'une toison bouclée. D'un geste impatient, il acheva d'enlever le vêtement et le jeta au sol, puis il prit ses seins entre ses mains, provoquant une décharge de désir en elle. Lorsqu'il posa les lèvres sur son téton, le temps sembla ralentir et même s'arrêter.

Et puis, sans crier gare, Tobias la porta et la fit étendre sur le lit.

Dehors, le vent s'était renforcé et la pluie martelait les vitres. Mais dans la pièce sombre, illuminée uniquement par les lampes de leurs téléphones, il faisait encore trop chaud.

Se sentant tout à coup vulnérable et exposée, bien qu'elle ne soit pas entièrement nue, Allegra retira son autre basket et regarda Tobias ôter son pantalon. Les ombres et les lumières passaient sur ses larges épaules, striant son torse musclé et sa taille étroite. Elle eut le souffle coupé par sa beauté virile et brute.

Tobias mit un préservatif en place. Le fait qu'il ait des préservatifs sur lui l'interpella. Avait-il une amante régulière ? Peut-être était-il simplement prévoyant. En tout cas, ce fait lui rappelait que Tobias était un homme sexuellement actif.

À l'idée qu'il puisse l'être avec Francesca Messena, elle se tendit. Mais elle était bien décidée à faire l'amour avec lui. Francesca avait peut-être des vues sur Tobias, mais, pour l'heure, il était à *elle*.

Six ans plus tôt, lorsque Allegra avait posé les yeux sur Tobias pour la première fois, son esprit s'était figé et son corps avait réagi. L'alchimie avait été immédiate, et Allegra ne s'en était jamais complètement remise.

Malgré tout le travail psychologique qu'elle avait effectué, Allegra était de nouveau piégée par l'attraction qui faisait rage entre Tobias et elle.

Tout comme lui.

Le matelas s'enfonça lorsque Tobias s'étendit à côté d'elle. Elle enroula les bras autour de son cou et se blottit contre lui.

Un long baiser enivrant plus tard, elle releva les hanches afin qu'il puisse faire glisser son slip le long de ses jambes. Après cela, elle cessa de réfléchir. Elle agrippa ses épaules tandis qu'il entrait lentement en elle. Puis elle bougea légèrement, tentant d'alléger la pression. Cela faisait deux ans qu'ils n'avaient pas fait l'amour. Deux années durant lesquelles elle n'avait souhaité coucher avec personne.

Et avant cela ? Eh bien, elle n'avait jamais connu l'intimité avec un homme. À l'époque, elle était trop ambitieuse, trop occupée par ses études, trop agacée que les hommes attendent qu'elle couche avec eux uniquement parce qu'*eux* en avaient envie. Résultat : elle avait très peu d'expérience.

Tobias riva son regard au sien tandis qu'il s'enfonçait entre ses replis intimes.

— Est-ce que ça va ? s'enquit-il.

Elle serra ses épaules, chaque cellule de son corps en alerte lorsqu'il se mit à onduler en elle.

— Ça va. Ne... Ne t'arrête pas.

Il fit exactement le contraire et l'observa, une lueur amusée dans le regard.

— Tu aimes toujours diriger ?

— Bien sûr que j'aime diriger, marmonna-t-elle. Je viens de Louisiane.

Il sourit. Mais elle constata qu'il ne bougeait toujours pas. Pourquoi restait-il immobile ?

Une idée lui vint. Elle avait lu des tas de choses sur les tétons masculins. Apparemment, on pouvait contrôler un homme grâce à ses tétons. Alors, elle se mit à les masser.

Il émit un son à mi-chemin entre le gémissement et le rire, mais au moins il se remit à bouger.

Elle s'accrocha à lui et fit de son mieux pour contenir les intenses vagues de sensations qui se déchaînèrent en elle. Cela faisait si longtemps qu'elle n'avait pas fait l'amour, qu'elle ne s'était pas sentie vraiment désirée... Elle ne s'était jamais considérée comme une personne particulièrement sensuelle, mais, quand elle était avec Tobias, elle avait l'impression que ses sens étaient exacerbés et qu'elle était, en quelque sorte, plus vivante. Lorsqu'il caressa son clitoris, elle gémit de plaisir. À cet instant précis, elle sut que, malgré tous ses efforts pour le rayer de son existence, Tobias lui avait terriblement manqué.

Il l'embrassa et, soudain, elle ne parvint plus à contenir quoi que ce soit. Le feu en elle se renforça inexorablement, jusqu'à la limite du supportable, puis s'embrasa dans la nuit.

Plus tard, Allegra ouvrit les yeux. Elle pensait n'avoir dormi que quelques minutes, mais les lampes des téléphones s'étant éteintes, elle sut qu'il s'était écoulé au moins une heure.

Le vent soufflait à présent très fort, et une pluie légère ruisselait encore sur les fenêtres. La température dans la pièce avait baissé mais Allegra n'avait pas froid, car Tobias était collé à elle, comme s'il voulait la garder près de lui même pendant son sommeil.

Elle tourna la tête pour le regarder, mais il faisait maintenant si sombre qu'elle n'arrivait pas à distinguer ses traits, aussi se consola-t-elle en se blottissant un peu plus contre son corps chaud. Elle avait adoré faire l'amour avec lui, plus qu'elle ne l'aurait imaginé, et elle voulait répéter l'expérience.

La pluie finit par s'arrêter, et la pièce s'éclaira lorsque des nuages se dissipèrent. S'appuyant sur un coude, Allegra observa Tobias. Le clair de lune soulignait son profil net et sa mâchoire puissante.

Elle eut envie de suivre du bout de l'index la ligne de sa mâchoire, de le réveiller et de l'embrasser. Elle vibrait déjà de désir à cette pensée.

Ce bonheur qui montait en elle, cette volonté de jeter la

prudence aux orties et de savourer l'instant présent la poussaient à s'interroger.

Et si leur attirance mutuelle était en train de les conduire vers une impasse ? Et qu'à la fin de ce mois passé ensemble ils n'éprouvaient plus rien ?

Mais si c'était le contraire ? S'ils étaient faits l'un pour l'autre ?

Elle sentit son pouls s'affoler lorsqu'elle s'imagina vivre une relation durable avec Tobias, et même l'épouser.

Cependant, elle ne pouvait oublier un fait : la dernière fois qu'elle avait imaginé un avenir avec lui, il l'avait rejetée.

Par conséquent, elle devait réfléchir, et non se contenter de suivre ses émotions. Tobias n'avait toujours pas parlé d'engagement ou d'amour, après tout. Leur seul lien demeurait cette attirance hors du commun qui durait depuis six ans.

Bien qu'elle ait très envie de le réveiller par un baiser, elle songea que si elle voulait le conquérir, elle n'y arriverait pas en couchant de nouveau avec lui. La preuve : après leur première nuit ensemble, il y avait deux ans, rien n'avait changé.

Ce soir, Tobias avait fini par se confier sur sa relation Lindsay, mais cela n'avait pas été facile de lui soutirer des informations. D'ailleurs, quelque chose clochait dans sa confession… Mais Allegra commençait à y voir plus clair.

Si Tobias combattait son attirance pour elle depuis des années, pourquoi s'était-il fiancé à Lindsay ? Et pourquoi était-il *resté* fiancé alors qu'il éprouvait du désir pour une autre femme ?

De surcroît, après sa rupture, il n'avait pas essayé d'avoir une relation avec Allegra. Il s'était contenté d'une nuit avec elle et l'avait quittée par téléphone.

Comme s'il n'avait pas considéré qu'elle était capable d'entretenir une relation sérieuse.

Comme s'il la voyait comme certains étudiants à l'université l'avaient vue : une reine de beauté stéréotypée, avec qui on ne pouvait partager qu'une aventure d'un soir.

Et soudain elle comprit bien d'autres choses.

Dans le bureau de l'avocat, Tobias et elle avaient été à couteaux tirés. Pourtant, quelques instants plus tard, il avait failli lui faire l'amour dans le parking souterrain. On aurait dit qu'il avait décidé que, puisqu'elle allait vivre avec lui pendant un mois, il allait coucher avec elle, *et ainsi épuiser son désir pour elle.*

Plus elle y pensait, plus sa théorie lui semblait juste.

Si elle continuait à coucher avec Tobias, Tobias serait ravi, car cela confirmerait l'image qu'il avait d'elle. Et il lui serait plus facile de la quitter à la fin de leur cohabitation, une fois son désir émoussé.

À cette pensée, elle se ressaisit brusquement.

Furieuse à présent, elle s'extirpa doucement du lit pour ne pas réveiller Tobias. Ses pieds nus touchèrent le sol froid et lisse. Elle se leva, remarquant la légère raideur entre ses jambes, une raideur qu'elle n'avait connue qu'une seule fois avant ce soir.

Le fait qu'elle n'ait couché qu'avec Tobias était... inquiétant. Puisqu'elle aimait tant le sexe, pourquoi n'avait-elle pas eu d'autres amants ?

Elle saisit son téléphone, ramassa ses vêtements et ses baskets, puis alla dans la salle de bains pour se rafraîchir et se changer.

Tandis qu'elle finissait de s'habiller, elle trouva une explication à son abstinence sexuelle : elle n'avait jamais considéré le sexe comme anodin, car ce n'était tout simplement pas ainsi qu'elle fonctionnait. Pour commencer, elle était naturellement méfiante avec les gens, et elle avait besoin de les connaître avant de les laisser se rapprocher. Et, après son « problème » à San Francisco, elle était devenue encore plus méfiante.

Pourtant, elle avait fait l'amour avec Tobias. Elle s'était sentie exposée et vulnérable, mais il n'avait pas semblé le remarquer.

Pas plus qu'il n'avait remarqué sa virginité.

Une autre pensée lui vint à l'esprit. Tobias avait souligné que son engagement vers Lindsay avait été important. Apparemment, son attirance pour Allegra avait été une trahison que Lindsay n'avait pas pu pardonner. Pourtant, Tobias n'avait pas questionné Allegra sur ses fiançailles avec Mike.

Comment Tobias pouvait-il occulter le fait qu'ils trahissaient Mike ?

Tobias avait peut-être été emporté par la passion et avait oublié qu'elle était fiancée, tout simplement.

Ou peut-être qu'il n'avait rien oublié du tout, et qu'il voyait le fait de lui faire l'amour comme un moyen de se débarrasser de Mike.

Elle expira lentement tandis qu'elle examinait cette possibilité. Elle était surprise que Tobias ait eu un tel comportement. Ses actes n'avaient été ni honnêtes ni respectables.

C'étaient les actes d'un *mâle dominant*.

10

Allegra descendit l'escalier à pas feutrés, grimaçant quand une marche de bois grinça sous ses pieds nus. Une fois dans la cuisine, elle prit le coffret à bijoux, chaussa ses baskets et sortit de la maison. Quelques minutes plus tard, sous le clair de lune, elle suivait le chemin menant à la maison principale. Au sommet de la colline, les fenêtres éclairées de la demeure étaient comme un phare accueillant.

Allegra consulta sa montre. Elle avait cru que plusieurs heures s'étaient écoulées, mais il n'était pas encore minuit. Donc, elle n'avait passé que trois heures dans le cottage. Un laps de temps durant lequel elle avait vécu des ébats inoubliables, pour la seconde fois de sa vie, avec *le même homme*.

Arrivée sur la terrasse, elle prit un instant pour admirer la vue à couper le souffle. Le ciel était barré de nuages déchirés. Malgré cela, la lune pleine donnait à la mer un aspect argenté et projetait sur la pelouse les silhouettes découpées des arbres. Au loin, Allegra distingua le toit pentu du cottage.

Elle avait laissé dans le grenier le fascinant tableau d'Alexandra, mais elle irait le chercher demain. Le principal était d'avoir récupéré les bijoux. Dès qu'elle serait dans sa chambre, elle nettoierait la bague qu'elle avait découverte, pour savoir si elle pouvait l'utiliser comme bague de fausses fiançailles.

Impatiente de rejoindre le sanctuaire de sa chambre avant que Tobias revienne, elle entra dans la maison et fila vers l'escalier. Elle était parfaitement consciente qu'elle ne pouvait pas se faire confiance quand Tobias était près d'elle. S'il revenait maintenant, elle ne pourrait sans doute pas lui résister. Ils feraient de nouveau l'amour, ce qui pourrait être une erreur fatale.

Afin de rattraper les fautes qu'elle avait déjà commises, elle devait s'en tenir à sa stratégie et continuer à prétendre qu'elle était fiancée. Sinon, sa relation avec Tobias pourrait bien mener à une impasse. Par conséquent, pas de sexe tant que Tobias n'était pas prêt à employer les mots *amour* et *engagement*.

Une fois dans sa chambre, elle prit soin de fermer la porte, posa la boîte à bijoux sur sa table puis mit son téléphone en charge.

Après avoir s'être douchée rapidement, elle enfila son T-shirt et son short de coton préférés, puis s'enveloppa confortablement dans un peignoir. Elle attacha sa montre connectée sur son poignet, afin de garder un œil sur son rythme cardiaque. Ensuite, elle se plaça devant le miroir et commença à se sécher les cheveux.

Son regard fut attiré par des marques rouges sur son cou et sa joue. De petites abrasions laissées par la barbe naissante de Tobias.

Elle inspira brusquement lorsque des images sensuelles l'assaillirent. Tobias l'embrassant dans le cou, frottant son visage contre sa joue, lui mordillant délicatement le lobe de l'oreille...

Un bruit provenant du rez-de-chaussée la fit sursauter. C'était sans doute Tobias qui était rentré. Aussitôt, elle sentit son pouls s'accélérer.

Elle s'empressa d'éteindre la lumière de la salle de bains, puis se précipita dans la chambre et éteignit la lampe de chevet, plongeant la pièce dans l'obscurité. Elle avait peut-être une réaction exagérée, mais, si Tobias frappait à sa porte, elle n'était pas sûre de pouvoir lui résister. S'il voyait qu'il n'y avait pas de lumière dans sa chambre, il était probable qu'il aille directement se coucher.

De longues secondes plus tard, elle l'entendit marcher dans le couloir puis fermer la porte de sa chambre.

Paradoxalement, elle se sentit contrariée qu'il n'ait même pas marqué une pause devant sa porte. Elle s'assit sur le lit, jetant un coup d'œil à sa montre rétroéclairée. Un instant plus tard, elle entendit un jet de douche puis, après quelques minutes, un claquement de porte. Quand plusieurs minutes s'écoulèrent sans aucun autre son, elle ralluma la lampe de chevet.

Elle saisit le coffret à bijoux et le posa sur le lit. Sous la lumière douce de la lampe, il semblait encore plus beau et plus luxueux. Après avoir mis le journal intime sur la table de chevet, elle vida le contenu des pochettes de velours sur le lit.

Elle n'était pas une spécialiste, toutefois les diamants semblaient très réels. Elle saisit la bague et l'observa. C'était la pièce la plus simple du lot. Avec son diamant taille coussin et son anneau d'or sobre, elle ressemblait sans conteste à une bague de fiançailles.

Avec l'impression d'être une intruse dans la vie d'une autre personne, elle glissa le bijou à son annulaire. La bague était trop serrée, malheureusement, mais jolie. Allegra la ferait agrandir afin de pouvoir la porter.

Retirant le bijou, elle le remit dans l'une des pochettes et fit de même avec tous les autres bijoux. Puis elle les rangea dans un compartiment de son sac à main. Elle apporterait le tout demain matin dans sa bijouterie préférée, Ambrosi. Avec un peu de chance, un joaillier pourrait évaluer les « diamants » et mettre la bague à sa taille. Ambrosi se trouvait justement dans le centre commercial Atraeus, où Allegra devait retrouver Mike pour le rendez-vous « bague de fiançailles ». Elle pourrait ainsi gagner du temps.

Elle rangea le coffret d'Alexandra dans le dressing, puis vérifia son téléphone, à présent rechargé en partie. Elle envoya un message à Mike pour lui rappeler qu'il devait la retrouver demain à 12 heures précises au centre commercial, comme indiqué sur le planning qu'elle lui avait donné.

Ensuite, elle se glissa sous la couette et éteignit la lampe. Juste au moment où les bras de Morphée l'accueillaient enfin, une idée jaillit dans son esprit, et elle se redressa brusquement sur le lit.

Dix-huit mois plus tôt, une amie l'avait invitée à un séminaire en ligne intitulé : *Comment conquérir votre mâle dominant*. Il avait été organisé par Elena Lyons-Messena, psychologue de renom, qui s'était inspirée de sa propre expérience.

Allegra avait retenu quelques principes : on ne conquérait pas un mâle dominant, autrement dit un chef de meute naturel, en étant douce et obéissante. On le conquérait en prenant les choses en main, en étant déterminée voire obstinée, car les mâles dominants aimaient les défis. S'ils pensaient que leur partenaire allait simplement coucher avec eux et se montrer charmante et douce, celle-ci pouvait dire au revoir à la relation, car ils feraient ce que les mâles dominants faisaient : se mettre en quête d'un nouveau défi.

Allegra se souvenait qu'il y avait deux tactiques de conquête, toutes deux fondées sur la disponibilité.

D'abord, il fallait montrer clairement que l'on ne serait pas toujours disponible pour son mâle dominant, mais que l'on trouverait du temps pour lui quand on le pourrait.

Ensuite, il fallait lui faire savoir que l'on voyait d'autres hommes. Une fois qu'un mâle dominant savait que vous étiez disponible pour d'autres mâles, et que ces mâles vous trouvaient intensément désirable, cela changeait tout.

Elena avait assuré que cette stratégie fonctionnait car elle répondait au besoin naturel des mâles dominants de se battre pour conquérir la femme qu'ils désiraient. Ces tactiques pouvaient paraître dures, mais elles faisaient gagner du temps sur la phase de conquête et, ensuite, les deux partenaires pouvaient se détendre et apprécier leur relation.

La psychologue avait aussi ajouté que si aucune de ces stratégies ne fonctionnait, il fallait sauver sa peau en quittant le mâle dominant. Dans le meilleur des cas, il prenait conscience de ce qu'il avait perdu, venait vous retrouver et vous demandait en mariage. Dans le pire des cas : vous découvriez que vous vous étiez totalement trompée, et vous pouviez tourner la page.

À présent bien réveillée, Allegra ralluma la lampe et ouvrit le tiroir du chevet. Elle fouilla dans la pile d'ouvrages qu'elle avait emportés et trouva le livre fourni avec le séminaire. Elle alla directement au chapitre sur l'engagement. Les premiers paragraphes semblèrent se détacher de la page.

> *Avertissement : coucher avec un mâle dominant avant qu'il se soit engagé est risqué, car il peut considérer le sexe comme un « trophée », et vous pourriez finir par n'être qu'une aventure d'un soir. Si vous avez couché avec votre dominant trop tôt, vous devez rapidement trouver un moyen de le repousser.*
>
> *Avec les dominants, « non » est un mot utile.*

Bon sang !

Elle avait déjà commis le péché cardinal avec Tobias, *par deux fois.*

Elle lui avait donné son trophée, et il n'avait pas eu besoin de la courtiser pour le décrocher, car en ces deux occasions c'était presque elle qui l'avait séduit. S'il y avait un chasseur dans leur « relation », c'était elle.

Il fallait que cela change.

Elle ignorait comment Tobias réagirait après leurs ébats de ce soir, mais, étant donné leur passé, et le fait que Tobias avait rendez-vous avec Francesca demain, elle doutait qu'il soit enclin à s'engager.

Si Allegra voulait conquérir Tobias, c'était à elle de changer de comportement, dès maintenant.

Étrangement, elle avait déjà commencé à appliquer l'une des stratégies d'Elena, en se rendant indisponible pour Tobias et en lui signifiant qu'elle était disponible pour un autre homme, en « se fiançant » à Mike.

Elle prenait un risque en faisant durer cette mascarade, mais elle n'avait pas le choix.

Elle ne pouvait pas s'investir dans une relation avec un homme qui pourrait bien ne jamais atteindre le stade de l'engagement. Si Tobias ne se battait pas pour elle, alors, il n'y avait pas à tergiverser. Elle suivrait les conseils d'Elena et mettrait fin à une relation qui avait déjà consumé six ans de sa vie.

Rien qu'à cette perspective, son cœur battit à coups redoublés, car une part d'elle voulait simplement s'accrocher à Tobias et poursuivre leur liaison.

Mais, si elle faisait cela, elle finirait seule et abandonnée, une fois de plus.

11

La lumière de l'aube filtrait à travers les nuages denses et sombres tandis qu'Allegra enfilait une superbe minijupe turquoise et son caraco assorti, ainsi qu'une fine chemise blanche. Le vêtement transparent se nouait sur les hanches, donnant à sa tenue un air estival. Elle choisit des boucles d'oreilles Chanel en guise de bijoux, puis chaussa une paire de sandales turquoise. Elle vérifia sa montre. Presque 7 heures. D'habitude, elle se rendait au travail une heure plus tard. Elle glissa son sac à main, son maquillage et son téléphone dans un grand fourre-tout blanc.

Elle n'était ni maquillée ni coiffée, mais elle pourrait y remédier à l'institut. Présentement, son principal souci était de sortir de la maison avant Tobias. Il serait sûrement contrarié qu'elle soit partie sans le prévenir hier soir et il voudrait une explication. C'était une conversation qu'elle préférait éviter pour l'instant.

Il était impératif qu'elle avance dans ses « fiançailles » avec Mike. Or, Tobias étant un mâle dominant, il exigerait peut-être qu'elle se débarrasse de Mike tant qu'elle couchait avec lui.

Si Tobias était suffisamment convaincant, elle pourrait bien faiblir et « renoncer » à Mike. Mais, si elle abandonnait son faux fiancé, elle perdrait le seul moyen d'action dont elle disposait.

Elle ne savait pas combien de temps elle pourrait continuer cette comédie. Au mieux, elle n'avait plus qu'un jour à tenir, parce que ce soir Tobias serait furieux et, si tout se passait selon son plan, il exigerait une explication.

Car il aurait pris conscience du danger : il était sur le point de la perdre à cause d'un autre homme. Et, avec un peu de chance, il aurait envie de se battre pour la reconquérir.

Donc, primo, il fallait qu'elle quitte la maison sans que Tobias la voie. Secundo, elle devait rendre ses fiançailles avec Mike plus crédibles. Elle comptait prendre une jolie photo d'eux autour d'un déjeuner romantique et l'utiliser comme fond d'écran sur son téléphone. Elle s'arrangerait pour laisser l'appareil dans le champ de vision de Tobias. Tertio, elle attendrait que Tobias lance la discussion et lui explique qu'elle ne pouvait pas épouser Mike, parce qu'il avait compris qu'il ne pouvait pas vivre sans elle.

Elle saisit un imperméable et le suspendit à son bras, car un orage était annoncé pour cet après-midi. Après avoir vérifié une dernière fois son apparence dans le miroir, elle alla jusqu'à la porte et tendit l'oreille. Tout semblait calme. Elle posa la main sur la poignée de laiton mais, juste avant d'ouvrir, elle entendit des pas et la voix étouffée de Tobias, comme s'il parlait au téléphone.

Son cœur cogna dans sa poitrine. Tobias était déjà levé… Elle prit une grande inspiration et patienta, au cas où il descendrait l'escalier. Rien. Alors, elle entrouvrit la porte. Le couloir était vide.

Poussant un soupir de soulagement, elle sortit de la chambre, descendit l'escalier et traversa la cuisine pour rejoindre le garage par une porte communicante. Quand elle arriva à sa voiture, elle chercha ses clés dans son sac à main. Elles n'y étaient pas, constata-t-elle, dépitée.

Après l'installation chaotique dans la maison *et le baiser que Tobias et elle avaient échangé hier après-midi*, elle n'avait pas remis les clés dans son sac comme elle l'aurait fait d'habitude. Elle se rappelait vaguement les avoir posées sur une des tables de chevet. Elles y étaient sans doute encore.Abandonnant le fourre-tout et son imperméable sur le siège passager, elle courut jusqu'à la cuisine, puis emprunta le vaste escalier, tout en prêtant attention au moindre bruit.

Elle se figea quand elle entendit une porte s'ouvrir. Heureusement, elle était au milieu de l'escalier et n'était pas visible depuis le couloir. Toutefois, si Tobias comptait descendre, il n'y aurait pas d'échappatoire.

Quelques secondes plus tard, le cliquetis d'une porte qui se fermait lui parvint, puis plus rien. Elle finit de grimper les marches et gagna sa chambre à pas de loup, repéra ses clés sur une table de chevet et les récupéra.

La prudence la poussa à attendre quelques instants avant de repartir. Une bonne chose, car presque aussitôt des pas retentirent dans le couloir. Tobias approchait de sa chambre. Il allait sûrement dans la cuisine pour y prendre un café. Pour qu'il ne la voie pas, elle passerait par la porte d'entrée et rejoindrait le garage par l'extérieur.

Tobias ralentit le pas, puis s'arrêta juste devant sa porte. Elle retint son souffle, certaine qu'il allait frapper. Une seconde plus tard, elle entendit le téléphone de Tobias vibrer. Il décrocha et s'éloigna.

Elle attendit une minute encore, puis se lança. Elle descendit l'escalier, vérifia que Tobias n'était pas dans les parages, puis gagna le vaste vestibule et sortit sans bruit. Soulagée, elle longea la maison et rejoignit le garage.

Tobias entra dans le bureau du rez-de-chaussée pour prendre sa mallette, qu'il avait oubliée ici hier. Le téléphone à l'oreille, il écoutait Tulley lui faire son rapport. Il avait demandé au détective privé d'enquêter sur Allegra et sur Mike. Il connaissait dans les grandes lignes le scandale qui avait eu lieu à San Francisco, mais il souhaitait mieux comprendre ce qui était arrivé.

Tobias avait espéré que Tulley trouve des preuves de chantage ou d'intimidation, qui expliqueraient ce que son instinct lui soufflait. Car, plus il passait du temps avec Allegra, plus les rumeurs qui la concernaient semblaient discordantes.

Après les quelques heures qu'ils avaient partagées dans le cottage, Tobias avait été frappé par des éléments qu'il aurait dû remarquer avant. Allegra était splendide, sûre d'elle et sexy, mais elle était aussi organisée, franche et déterminée.

Ces qualités ne correspondaient pas à l'image que les réseaux sociaux donnaient d'elle : celle d'une noceuse ambitieuse qui se servait de sa beauté et du sexe pour se trouver un mari richissime. De surcroît, Tobias avait pu constater hier qu'en matière de sexe Allegra était légèrement maladroite, et même un peu timide, presque comme si elle n'était pas habituée aux rapports intimes.

Cette pensée réveilla un souvenir de leur première nuit ensemble. À l'époque, et aussi improbable que cela puisse paraître, l'idée qu'Allegra soit vierge l'avait brièvement effleuré. Mais, ayant eu vent du scandale qu'elle avait provoqué, il avait conclu que cette éventualité était impossible. Ensuite, Lindsay avait fait une fausse couche, et Tobias avait fait la seule chose possible : couper les ponts avec Allegra.

Une onde brûlante l'envahit quand il songea à la façon dont Allegra s'était pressée contre lui hier soir. Si elle n'était pas la noceuse insouciante que certains comptes de réseaux sociaux dépeignaient, mais la femme d'affaires déterminée et professionnelle qu'elle semblait être ici, il était logique qu'elle soit partie sans le prévenir hier soir. Sans doute pensait-elle qu'il avait eu un comportement égoïste et insensible, comme la première fois.

Tandis qu'il empoignait sa mallette, un mouvement à l'extérieur attira son attention. Il leva les yeux à temps pour voir Allegra se diriger vers le garage. Vêtue d'une minijupe turquoise et d'une chemise transparente, elle courait sur le gravier avec ses talons aiguilles.

Reposant la mallette sur le canapé, il informa Tulley qu'il le rappellerait et raccrocha. Puis il se hâta d'aller trouver Allegra. Au moment où il ouvrait la porte de la cuisine donnant sur le garage, la décapotable d'Allegra vrombit, rompant le silence matinal.

Allegra faisait une marche arrière. Il l'appela et crut croiser son regard quand elle freina. Mais il ne pouvait pas en être certain puisqu'elle portait des lunettes de soleil. Une seconde plus tard, elle disparut dans l'allée.

Aussitôt, il sortit son téléphone et composa le numéro d'Allegra. Son appel fut renvoyé directement sur la boîte vocale.

Perplexe, il laissa un bref message.

Il y avait un problème, pour sûr. Il ne savait pas encore lequel, mais il le découvrirait.

Pour autant qu'il sache, Allegra n'allait jamais nulle part sans son téléphone. Soit elle était en ligne, soit elle écoutait de la musique. Quoi qu'il en soit, il était impossible qu'elle n'ait pas vu son appel. Simplement, elle avait décidé de ne pas répondre.

Contrarié, il retourna dans le salon et rappela Tulley.

Car il avait compris qu'il s'était trompé de cible.

Les plates-formes de réseaux sociaux étaient réputées pour exposer des histoires déformées et des mensonges éhontés. Lui-même en avait été victime. Il y avait quatre mois, une influenceuse spécialisée dans les potins, Buffy Hamilton, avait été photographiée avec lui, tout à fait par hasard, lors d'une soirée caritative. Elle avait sous-entendu qu'ils avaient passé la nuit ensemble. Tobias avait demandé à JT de régler cela juridiquement. Son ami avait travaillé sur ce dossier pendant des semaines.

Quand Tulley répondit à son appel, Tobias lui donna pour instruction de mener une seconde enquête, cette fois sur les deux hommes impliqués dans le scandale, Fischer et Halliday. Tous deux avaient prétendu qu'Allegra avait couché avec eux pour recevoir des cadeaux onéreux et faire avancer sa carrière.

— Je veux tout savoir, Tulley. Et je veux votre rapport pour hier.

— Eh bien… Avant que vous ne raccrochiez, je crois que ce que j'ai trouvé sur Mike Callaghan pourrait vous intéresser.

Ah, oui, Callaghan. Tobias l'avait presque oublié.

— Je vous écoute.

— En plus d'être employé par Mlle Mallory en tant que professeur de yoga et coach personnel, ce jeune homme est acteur. Il attend une réponse pour un rôle dans une série qui se tournera à Hollywood. Et, s'il est choisi, il quittera la ville. Autre chose… Il a une petite amie. C'est-à-dire, une autre personne que Mlle Mallory. Apparemment, Mlle Mallory et lui n'ont eu aucun rendez-vous galant. Ma source, qui travaille avec eux, ignorait même qu'ils étaient en couple. Qui plus est, elle était presque sûre que Mlle Mallory était sur le point de licencier Callaghan.

Jusqu'à ce qu'elle décide de lui confier un autre genre de travail…

La tension qui tenaillait Tobias depuis qu'Allegra avait annoncé être fiancée se dissipa enfin.

C'était officiel. Les fiançailles étaient une mascarade.

Selon toute probabilité, Allegra avait choisi Callaghan pour le rôle *parce qu*'il était acteur et le payait pour ce travail. Or, elle n'avait pas vraiment les moyens de lui verser un cachet.

Donc, si elle avait eu recours à un faux fiancé, c'était pour prouver qu'elle n'avait rien à voir avec la clause dans le testament d'Esmae. C'était la seule explication logique.

Pourtant, elle lui avait envoyé un signal contradictoire hier, en couchant avec lui…

Tobias se pinça l'arête du nez. C'était à n'y rien comprendre. Cette situation était bien différente de celles auxquelles il avait été confronté en tant que militaire, lorsqu'il cherchait à repérer des cellules terroristes.

Il était temps qu'il sorte de cette situation de plus en plus compliquée. Mais il y avait un hic : après la nuit dernière, il n'avait aucune envie de s'éloigner d'Allegra.

Il voulait qu'elle revienne dans sa vie.

Et il ferait tout pour atteindre son objectif. Sa décision n'était pas motivée par la raison mais uniquement par le désir. Un désir pur et puissant. Allegra était une femme de caractère, stimulante et fascinante. Faire l'amour avec elle était addictif. Après sa longue relation avec Lindsay, qui s'était peu à peu transformée en amitié, et les histoires superficielles qui avaient suivi, nouer une relation sérieuse avec Allegra lui semblait une évidence.

Fausses fiançailles ou non, il ne voulait pas se contenter d'une liaison charnelle.

Et, si Allegra croyait qu'elle pouvait le quitter sans au moins une explication, elle en serait pour ses frais.

Il prit le planning qu'il avait ramassé dans l'allée hier. Il y avait deux ans, il avait commis l'erreur de rejeter Allegra. Il l'avait blessée, mais il se ferait pardonner, si elle voulait bien de lui. Mais, d'abord, il fallait qu'ils s'expliquent, dès aujourd'hui. Selon le planning, elle avait rendez-vous avec Callaghan au centre commercial Atraeus à midi. Il savait ce qui lui restait à faire.

Tulley s'éclaircit la voix.

— Voulez-vous que je continue à... surveiller Mlle Mallory ?

Allegra avait cherché à l'éviter ce matin, c'était une certitude. Elle tramait quelque chose. Alors, oui, il fallait garder un œil sur elle.

Il demanda à Tulley de surveiller les allées et venues d'Allegra toute la matinée.

— Si Callaghan et elle quittent le complexe ensemble, appelez-moi, conclut-il avant de raccrocher.

Il se dirigea vers la cuisine pour préparer du café. Selon lui, maintenant qu'Allegra et lui avaient couché ensemble, Callaghan devait s'effacer.

Il versa du café moulu dans le filtre de la cafetière et mit l'appareil en marche. Il aurait dû prendre des mesures concernant Callaghan dès hier soir. À sa décharge, il avait eu d'autres préoccupations... jusqu'à ce qu'il se réveille et découvre qu'Allegra s'était éclipsée.

Lorsqu'il était revenu dans la maison principale, il avait remarqué que la lumière était allumée à l'étage, mais, quand il était arrivé devant la chambre d'Allegra, la lumière était éteinte.

Il avait envisagé de frapper à sa porte. Si elle avait éteint sa lampe juste avant qu'il n'arrive, ce n'était peut-être qu'une coïncidence. Mais il ne croyait guère à cette hypothèse. Allegra l'évitait, avait-il supposé.

Il en avait eu la confirmation tout à l'heure, quand il l'avait vue sortir du garage.

Mentalement, il se repassa la chaîne d'événements qui avait mené à leurs ébats, et les ébats eux-mêmes. Allegra et lui n'avaient pas beaucoup parlé. En fait, ses interactions avec Allegra étaient à l'opposé de celles qu'il avait eues avec toutes ses autres partenaires.

Mais ce qu'il éprouvait pour Allegra était bien différent de ce qu'il avait éprouvé pour les autres femmes. Ses sentiments pour elle étaient spontanés et intenses. Et, il devait l'admettre, avec elle, il oubliait les bonnes manières.

En temps normal, il était maître de lui-même. D'ailleurs, Lindsay lui avait souvent reproché d'être trop renfermé et réservé. À l'inverse, avec Allegra, il semblait incapable de contrôler ses réactions.

L'odeur intense du café emplit la cuisine. Tobias se servit une tasse puis étala le planning de rendez-vous galants sur le plan de travail.

Chaque case du programme était soigneusement renseignée. Cela confirmait qu'Allegra aimait tout contrôler et qu'elle avait le sens du détail, même dans sa vie personnelle. Et il était évident que Callaghan ne faisait que suivre ses ordres.

Bien qu'il soit encore contrarié qu'Allegra l'évite, Tobias sourit. Quand bien même il n'aurait pas su que Callaghan ne faisait que jouer un rôle, la façon dont elle se comportait avec lui prouvait clairement que ce bellâtre n'était absolument pas fait pour elle. Avec lui, elle s'ennuierait au bout de dix secondes.

Tobias lut les instructions d'Allegra : « Je me charge de la bague ». Manifestement, c'était elle qui paierait le bijou.

L'idée qu'elle dépense de l'argent pour une bague alors qu'elle n'en avait pas les moyens ne lui plaisait guère.

Mû par une impulsion, il prit son téléphone et ouvrit le mail que Tulley venait de lui envoyer et auquel il avait joint son rapport sur Allegra et Mike.

Tobias ne s'était jamais attardé sur le fait qu'Allegra était une entrepreneuse, trop occupé à étouffer son désir pour elle. Mais à présent cet aspect d'elle attirait son attention.

Il avait cru qu'elle avait un diplôme en gestion, mais Tulley précisait dans son rapport qu'il s'agissait d'un master en finances, un diplôme bien plus difficile à obtenir et beaucoup plus prestigieux. De plus, elle avait décroché la meilleure mention.

Soudain, l'image de la fille légère en quête d'un époux fortuné ne correspondait plus du tout à Allegra.

Si elle avait voulu se servir de sa beauté pour épouser un homme riche, elle aurait pu se marier à dix-huit ans et passer sa vie à faire les boutiques et à déjeuner au restaurant avec ses amies. Au lieu de cela, elle avait étudié dans la prestigieuse université de Stanford, ce qui n'était pas à la portée de tous. Elle avait étudié durant cinq ans afin d'obtenir un diplôme qui lui permettrait de faire une belle carrière, et de débuter avec un salaire à six chiffres.

L'un des cabinets financiers les plus renommés de la côte Ouest, Burns-Stein Halliday, l'avait recrutée. Quelques mois plus tard, sa réputation en miettes, Allegra avait démissionné et quitté le monde de la finance.

Presque six ans de dur labeur et d'ambition partis en fumée parce qu'elle avait décidé que le sexe était une priorité ?

Cette version ne lui paraissait plus crédible, se dit-il, reposant son café.

Pour autant qu'il sache, Allegra avait eu peu de petits amis. Apparemment, elle ne vivait que pour son entreprise. Et, depuis qu'elle s'était établie à Miami, elle avait eu un seul amant, selon toute vraisemblance. Lui.

Pour la première fois, il envisagea sérieusement la possibilité qu'Allegra ait été piégée.

Tulley avait inclus quelques informations sur les deux hommes dont elle était censée avoir été la maîtresse. Tous deux étaient liés à la firme Burns-Stein Halliday. L'un était un cadre qui avait épousé la fille de l'un des associés, l'autre était le neveu d'un associé fondateur. Il y avait de quoi s'interroger.

Pourquoi Allegra aurait-elle couché avec l'un ou l'autre de

ces hommes, alors que cela aurait pu lui coûter la carrière pour laquelle elle avait travaillé si dur ?

Tulley avait joint des photos des deux hommes. Ils avaient maintenant entre quarante et cinquante ans. La silhouette entretenue et le teint hâlé, ils ressemblaient tous les deux à des play-boys. L'un d'eux arborait même un diamant à l'oreille. Aucun d'eux n'était marié à présent, mais tous deux l'étaient lorsque le supposé scandale avait éclaté.

Tobias s'adossa à sa chaise. L'adrénaline montait en lui, et tous ses sens étaient en alerte, comme pendant ses années dans les forces spéciales, lorsqu'il se préparait à partir en mission.

S'il s'avérait que l'un de ces hommes, ou les deux, avait menti, sans doute pour protéger leur propre réputation, Tobias veillerait personnellement à dénoncer leurs méfaits.

Et, s'ils avaient détruit la carrière d'Allegra, ils payeraient.

Se levant d'un bond, il termina son café puis se dirigea vers le garage. Puisqu'il allait au complexe Ocean Beach aujourd'hui afin de s'installer dans son nouveau bureau de P-DG, il croiserait peut-être Allegra.

Toutefois, il doutait que cela arrive.

Voilà pourquoi il comptait se rendre au centre commercial Atraeus à l'heure où elle était censée y retrouver Callaghan.

Posant sa mallette sur le siège passager, il s'installa au volant. Avant de démarrer, il téléphona à JT, qui avait des relations à Hollywood, et lui donna pour instruction d'offrir une généreuse contribution aux producteurs de la série pour laquelle Callaghan avait passé une audition, à la condition qu'ils l'engagent dès aujourd'hui.

Quarante minutes plus tard, après un saut à son bureau de Hunt Security, Tobias était en route pour le complexe Ocean Beach. JT lui téléphona et l'informa que Callaghan avait donné son accord verbal pour un contrat d'acteur.

Satisfait, Tobias se détendit un peu.

Avec Allegra, il était farouchement, absolument possessif. Il avait passé ces six dernières années à essayer de nier son attirance pour elle, parce qu'il avait toujours pensé qu'elle n'était pas faite pour une relation sérieuse. Il l'avait jugée trop belle, trop courtisée, trop exigeante. Puis, après que Lindsay avait fait sa fausse couche, il s'était senti coupable et avait conclu que sa nuit avec Allegra avait été une grave erreur.

À présent, il commençait à comprendre qu'il avait mal jugé Allegra, et qu'il *appréciait* bien des choses chez elle : son audace, son sens des affaires aiguisé, son caractère indépendant. Et plus il connaissait la *véritable* Allegra, plus son attirance pour elle était forte.

Il ne voulait pas seulement qu'elle soit sa maîtresse. Désormais, il voulait plus, bien plus.

L'idée que Callaghan glisse une bague de fiançailles au doigt d'Allegra, même si ce n'était qu'une mascarade, le rendait fou.

Il était hors de question qu'il laisse cela se produire.

12

Allegra arriva dans le parking souterrain du centre commercial Atraeus à 11 h 30. Elle avait une demi-heure devant elle, ce qui était bien assez pour récupérer sa bague chez Ambrosi avant l'arrivée de Mike.

Accrochant son fourre-tout sur son épaule, elle prit l'ascenseur pour gagner le rez-de-chaussée et pénétra dans le magnifique centre au sol de marbre et aux boutiques de luxe scintillantes.

Parce qu'elle voulait éviter Tobias tant qu'elle n'avait pas la bague au doigt, elle s'était délibérément absentée de l'institut. Et elle avait employé son temps utilement ; d'abord un rendez-vous avec son banquier, puis avec l'agent immobilier en charge de l'endroit dans lequel elle espérait ouvrir son second institut. À présent, elle n'avait plus qu'à attendre que Mike se montre à midi, comme prévu.

Elle jeta un coup d'œil circulaire, au cas où Mike serait en avance. Comme ce n'était pas le cas, elle décida de trouver des fleurs. Le plan était simple : acheter un bouquet chez un fleuriste, récupérer la bague et la glisser à son annulaire, puis prendre des photos d'elle et de son charmant fiancé. Elle mettrait l'une de ces photos en fond d'écran sur son téléphone, puis elle retournerait travailler.

Le parfum enivrant des fleurs l'enveloppa quand elle passa devant la boutique d'un fleuriste. Sans hésiter, elle choisit une douzaine de roses rouges, parce qu'elles étaient le symbole de l'amour et qu'elles iraient parfaitement avec sa tenue turquoise.

Elle paya le bouquet puis continua à arpenter les allées du centre commercial. Du coin de l'œil, elle remarqua un grand homme brun en costume qui entrait dans un ascenseur. Elle s'arrêta, le cœur battant. Tobias ? Non, impossible. Il était censé passer la journée au complexe Ocean Beach avec Marc.

Soudain, elle revit la mine contrariée de Tobias ce matin, lorsqu'elle était sortie du garage. Heureusement, elle portait des lunettes de soleil. Elle pourrait donc prétendre qu'elle ne l'avait pas vu.

Quand elle déciderait qu'elle avait du temps pour lui dans sa journée, il verrait la bague, les fleurs, et comprendrait que ce n'était pas parce qu'ils avaient couché ensemble qu'elle comptait faire ce qu'il attendait, à savoir continuer une liaison sans attaches pendant leur mois de cohabitation.

Elle consulta sa montre et observa la foule dense, en grande partie féminine. Mike étant grand et beau, il serait facile repérer. Mais elle ne le voyait nulle part… Son regard s'attarda sur un homme blond de taille moyenne, qui se tenait immobile parmi les nombreux clients, un téléphone à la main, et qui justement la fixait.

Elle trouva cela un peu inquiétant, mais se dit que c'était sans doute un mari qui attendait sa femme.

Calant les fleurs sous son bras, elle consulta son téléphone pour voir si Mike lui avait téléphoné ou laissé un message. Rien. Elle appela son numéro. Comme il ne décrocha pas, elle lui laissa un message vocal.

Décidant qu'il était inutile de l'attendre sans rien faire, elle se dirigea vers la boutique Ambrosi. En temps normal, elle serait ravie de passer les portes de cette fabuleuse bijouterie et de se laisser envelopper par l'ambiance romantique du lieu. Mais, après ce qui s'était passé hier soir, le romantisme ne figurait pas sur sa liste. Aujourd'hui, elle tenait uniquement à avancer dans son nouveau plan, qui consistait à rendre Tobias fou de jalousie.À cet effet, elle avait déposé la bague ce matin afin de la faire agrandir et demandé que les autres bijoux soient nettoyés et évalués. L'employé qui l'avait reçue lui avait promis que tout serait prêt pour midi.

Tandis qu'elle approchait des portes vitrées, elle fut surprise par son propre reflet. Avec ses cheveux ramassés en un chignon flou, son bouquet de roses rouges en contraste avec sa chemise blanche, sa minijupe turquoise et ses sandales assorties, elle ne passait pas inaperçue, pour sûr. Alors qu'elle allait entrer dans la bijouterie, elle remarqua que l'homme qui l'observait tout à l'heure était juste derrière elle. Cette fois, il tenait son téléphone en hauteur et prenait une photo d'elle !

Elle serra les lèvres. Avant qu'elle ne quitte San Francisco, un individu, sans doute inspiré par les mensonges la concernant, s'était mis à la suivre partout, prenant des photos et les partageant sur Internet. Elle avait porté plainte, et l'homme avait été arrêté. Depuis, elle n'avait aucune tolérance pour le harcèlement. Quand elle sortirait de la boutique, si cet importun était encore là, elle le prendrait elle-même en photo et l'avertirait : si jamais elle le revoyait, elle préviendrait la police.

La vendeuse de la bijouterie, une jeune femme très élégante prénommée Fleur, apporta la bague, étincelante sur un coussin de velours noir.

— Les autres bijoux que vous nous avez confiés sont presque prêts, si vous voulez bien attendre un instant. Clark finit de les polir.

Allegra posa les roses et prit la bague. Dès qu'elle la glissa à son annulaire, un étrange sentiment de déception l'assaillit. Elle avait fourni tant d'efforts pour rendre les fausses fiançailles convaincantes qu'elle n'avait guère songé à ce qu'elle ressentirait lorsqu'elle porterait le bijou.

Élevée par deux parents amoureux et dévoués l'un à l'autre, elle s'était toujours imaginé qu'elle connaîtrait le même genre d'amour, épanouissant et protecteur. Et que, lorsqu'elle aurait une bague de fiançailles à son doigt, ce serait un moment d'émotion, partagé avec un homme qui lui promettrait de l'aimer et de l'honorer. Pour elle, un tel bijou symbolisait le début d'une vie d'amour à deux.

Au lieu de quoi, elle avait une fausse bague, un faux fiancé qui n'allait sans doute même pas honorer le rendez-vous pour lequel il était payé, et une attirance trop addictive pour un homme qui n'était intéressé que par une liaison charnelle.

La gorge nouée, elle retira la bague. Fleur revint accompagnée d'un homme portant un costume impeccable, et qui ressemblait davantage à un croque-mort qu'à un joaillier.

Il posa les pochettes de velours usées sur le comptoir ainsi qu'un grand écrin noir portant le logo Ambrosi. Lorsqu'il souleva le couvercle de la boîte, Allegra constata qu'elle contenait le collier d'Esmae. Avec des gestes précautionneux et respectueux, le joaillier posa le bijou sur un coussin de velours noir. Sous les lampes éblouissantes de la boutique, les diamants brillaient de mille feux.

Allegra eut le souffle coupé. Pourtant, elle savait que le collier, comme la plupart des autres pièces, était sans doute en fausses pierres. Sinon, pourquoi Esmae, qui adorait porter les diamants de la famille Hunt, les aurait-elle remisés dans un grenier poussiéreux ?

Clark sortit d'une enveloppe deux feuilles de papier qu'il lui présenta.

— J'ai fait une rapide évaluation, mais, si vous le souhaitez, je peux obtenir une seconde opinion d'une personne spécialisée dans les bijoux anciens, pour l'assurance.

— Comment ça, pour l'assurance ?

Clark l'observa, l'air perplexe.

— Vous voulez dire que vous n'avez pas fait assurer le collier de diamants et les boucles d'oreilles Fabergé, ou le bracelet et la broche Van Cleef & Arpels ?

Encore sonnée, Allegra sortit de chez Ambrosi, avec dans son sac le bouquet de roses et une petite fortune en diamants. Des diamants rares, dont la provenance garantissait une valeur astronomique. Des trésors dont Esmae n'avait jamais parlé à sa famille.

Puisque Allegra en savait très peu sur ces bijoux, elle n'était pas encore prête à les considérer comme siens. Ils appartenaient peut-être à la première femme de James Hunt, la grand-mère biologique de Tobias. Toutefois, si tel était le cas, pourquoi Esmae s'était-elle retrouvée en leur possession ? Et pourquoi n'avait-elle pas conservé des bijoux aussi chers avec les joyaux de la famille Hunt, qui étaient à l'abri dans un coffre à la banque ?

Une autre idée lui vint, bien plus probable. Ces bijoux étaient peut-être un autre squelette dans le placard déjà plein des Mallory. Peut-être ces pièces étaient-elles volées.

Quoi qu'il en soit, avant de prendre une décision, et pour éviter de finir en prison, Allegra devait en savoir plus. Elle allait lire le journal intime d'Alexandra, en espérant y trouver des informations.

Perdue dans ses pensées, elle se dirigea vers le restaurant où Mike et elle étaient censés se retrouver. Tout en marchant, elle consulta de nouveau son téléphone. Mike n'avait pas ouvert son message et n'avait pas essayé de la rappeler.

Gardant l'appareil à la main au cas où il téléphonerait, elle allongea le pas. Le restaurant n'était qu'à quelques mètres. Soudain, elle reconnut devant elle des épaules familières.

Tobias.

Il marchait nonchalamment, le téléphone collé à son oreille.

Donc, c'était bien lui qu'elle avait vu tout à l'heure. Que faisait-il ici ? Et à cette heure-ci ? Elle pivota sur ses talons et se dirigea d'un pas vif vers l'entrée principale. Mike n'étant pas là, il était inutile qu'elle reste ici plus longtemps. Et puis, elle n'avait aucune envie de se retrouver face à Tobias.

Passant devant un couple élégamment habillé, elle faillit percuter l'homme qui l'avait prise en photo auparavant.

— Encore vous ! s'exclama-t-elle.

Manifestement, cet homme n'avait pas l'habitude qu'on l'interpelle, car il se figea comme un faon pris dans les phares d'une voiture.

Brandissant son téléphone et manquant de faire tomber

les roses, qu'elle regrettait à présent d'avoir achetées, elle le prit en photo.

— Inutile de nier que vous êtes en train de me suivre ! assena-t-elle. Donnez-moi votre nom ou je vais trouver la police de ce pas.

— Il s'appelle Tulley, répondit une voix grave et sèche derrière elle. Il travaille pour moi.

Allegra fit volte-face et foudroya Tobias du regard.

— Que fait-il pour toi, au juste ?

Question rhétorique, car elle pensait connaître la réponse. Tulley faisait sans doute partie de l'agence de détectives de Tobias.

— Tulley est détective privé.

Savoir que Tobias la faisait surveiller lui lacéra le cœur. Cela voulait dire qu'il ne l'avait pas crue lorsqu'elle avait clamé son innocence concernant le testament. Il ne lui faisait toujours pas confiance. Malgré cela, il avait couché avec elle...

Mais, s'il pensait qu'elle allait s'effondrer, il allait être déçu.

— Au moins, je préfère être espionnée que harcelée. Mais, si tu crois vraiment tous les mensonges qui ont été colportés à mon sujet, alors je n'ai plus rien à te dire.

Glissant d'un geste rageur son téléphone dans son fourre-tout, elle tourna les talons, mais Tobias surgit devant elle, lui barrant le passage.

— Je ne crois pas à ces mensonges, dit-il calmement. Chérie, si Tulley te surveillait, c'est parce que je voulais qu'il garde un œil sur toi en attendant que j'arrive. Il faut qu'on parle, tous les deux.

Elle avait noté avec plaisir qu'il l'avait appelée « chérie », et elle était soulagée qu'il sache enfin qu'elle n'était pas la noceuse superficielle que les réseaux sociaux décrivaient. Mais il avait demandé à Tulley de la prendre en filature, ce qui signifiait qu'il n'avait toujours pas confiance en elle.

Elle consulta ostensiblement sa montre.

— Est-ce que cela va être long ?

— Allegra, quand tu m'as évité ce matin...

— Je ne t'ai pas « évité ». Je suis allée travailler.

Il la sonda de son regard où se mêlaient le feu et la glace, qui l'agaçait et l'excitait à la fois.

— Soit. Quand tu es « allée travailler » ce matin, j'ai envoyé Tulley te surveiller parce qu'il était hors de question que Callaghan t'approche tant que nous n'avions pas eu la conversation que nous aurions dû avoir hier soir.

La conversation ? Était-il possible que Tobias soit enfin amoureux d'elle ? Et que la stratégie qu'elle avait mise en place ait fonctionné plus vite que prévu ?

— Sur quoi porterait cette conversation, au juste ?

— Sur ça, pour commencer.

Il sortit un document qu'elle reconnut aussitôt : le programme de rendez-vous qu'elle avait donné à Mike hier.

— Selon ce planning, Callaghan et toi achetez une bague de fiançailles aujourd'hui.

Les joues en feu, elle lui arracha le programme des mains.

— Ça ne t'appartient pas. Où l'as-tu trouvé ?

— Callaghan l'avait laissé tomber dans l'allée hier.

Elle le croyait aisément. À partir de cette seconde, Callaghan – *Mike* – était renvoyé en tant que fiancé.

Elle fourra les feuilles dans son sac.

— Aux dernières nouvelles, acheter une bague est tout à fait normal pour un couple fiancé et…

— Tu ne peux pas être fiancée à Callaghan, assena-t-il. Pas tant que tu couches avec moi.

Une vague d'émotion faillit la submerger. Le regard de Tobias était si possessif qu'elle frissonna.

Tobias tenait à elle, c'était maintenant une certitude.

Ces aveux abrupts, elle les avait attendus, deux ans plus tôt, et elle aurait eu besoin de les entendre hier soir.

Ce n'était pas une déclaration romantique ; Tobias n'avait pas parlé d'amour, d'émotion ou d'engagement. C'était une déclaration faite sur un ton irrité et agacé, voire dictatorial, mais elle ravissait son cœur, car elle était la preuve que ce que Tobias éprouvait pour elle était bien réel, et qu'il était enfin prêt à se battre pour elle.

Mais elle avait besoin de garanties supplémentaires.

— Tu n'es pas vraiment en position de me poser un ultimatum, puisque tu m'as bien fait comprendre que tu n'étais pas intéressé par une relation sérieuse.

— Je suis intéressé, maintenant.

Allegra observa sa mâchoire qui pulsait visiblement. Vaguement, elle remarqua que Tulley était parti. Le bourdonnement des conversations autour d'eux sembla s'évanouir. Pendant de longues secondes, ce fut comme si Tobias et elle étaient enfermés dans une bulle.

Elle soutint son regard sans ciller.

— Je ne vais pas coucher avec toi pendant un mois juste parce que c'est commode, avertit-elle.

— Commode ? Crois-moi, coucher avec toi n'a rien à voir avec la *commodité*...

Il la saisit par le bras pour l'attirer vers lui le temps de laisser passer une personne en fauteuil roulant. Allegra posa la main contre ses pectoraux fermes et huma les parfums enivrants de sa peau et de son eau de toilette.

Il plongea son regard gris argent dans le sien.

— Bon sang, si seulement nous n'étions pas en public, je...

— *Tobias* !

Allegra se raidit. Tobias fronça les sourcils et relâcha son bras.

Francesca Messena-Atraeus venait de sortir de la bijouterie de luxe, Atraeus Jewels, qui appartenait à la famille de son époux.

L'espace d'une seconde, Allegra fut si stupéfaite de voir la belle styliste qu'elle ne prêta pas attention à sa tenue. Puis elle remarqua la minijupe turquoise et le caraco assorti, la chemise transparente et les sandales turquoise.

Certains moments vous marquaient l'esprit de façon indélébile, irréversible. Allegra était presque sûre que celui-ci en ferait partie, car il existait une *règle* : ne jamais porter la même tenue, au détail près, qu'une autre femme.

Même la coiffure de Francesca était identique à la sienne... Pour couronner le tout, elles portaient la même nuance de vernis. On aurait pu les prendre pour deux copies conformes.

Seule différence, Allegra avait les cheveux châtains, tandis que Francesca arborait un blond vénitien.

Et, tandis que la jeune femme s'avançait vers eux, une vérité s'imposa soudainement à Allegra.

Elle avait toujours pensé qu'acheter les vêtements, les sacs et les chaussures de Francesca était le signe qu'elle était guérie, qu'elle n'en voulait pas à la jeune femme de lui avoir volé Tobias, et qu'elle allait de l'avant. Mais à présent elle prenait conscience qu'elle avait adopté le style de Francesca afin de lui ressembler, dans l'espoir que Tobias tombe sous son charme.

C'était une vérité douloureuse, mais qu'elle devait affronter.

Il y avait deux ans, ses cheveux étaient plus longs et ondulés. Aujourd'hui, ils étaient toujours longs mais coupés en dégradé, et les mèches balayaient son visage de manière sensuelle. C'était exactement la même coupe que celle de Francesca.

Elle avait aussi troqué ses vernis discrets contre des roses flamboyants, et, plutôt que des chaussures confortables, elle s'était mise à porter des escarpins vertigineux, qui étaient certes superbes mais qui n'avaient rien de pratique. Là encore, comme Francesca.

Elle avait même acheté de la lingerie d'une marque que Francesca avait vantée sur ses pages de réseaux sociaux. Elle lui avait coûté très cher, et maintenant elle comprenait pourquoi elle s'était ruinée pour des choses qu'en temps normal elle n'aurait jamais achetées.

Une autre pensée terrible lui traversa l'esprit. Tobias s'intéressait-il de nouveau à elle parce qu'elle ressemblait à Francesca désormais ? Lui avait-il fait l'amour parce qu'il la voyait comme une sorte de substitut de Francesca ?

Sa mère avait raison, admit-elle tristement. Allegra avait laissé le rejet de Tobias l'affecter profondément, au point de perdre confiance en son propre pouvoir de séduction.

Mais c'était terminé.

Et si Tobias pensait qu'elle continuerait à être une copie de la femme qu'il ne pouvait pas avoir, il allait être déçu.

Francesca parcourut les derniers mètres qui les séparaient,

serra Tobias contre elle et l'embrassa sur la joue. Allegra guetta la réaction de Tobias. Il prit Francesca par la taille et sourit. De plus en plus bouleversée, Allegra comprit que non seulement il était attiré par Francesca, mais qu'en plus il l'*appréciait*.

Francesca se dégagea mais garda un bras autour de sa taille, tout en faisant signe à une amie qui venait de sortir d'une autre boutique. Elle présenta la jeune femme, prénommée Clara, à Tobias et annonça fièrement que c'était lui, l'apollon qui l'emmenait dîner ce soir.

Allegra se figea. Les pensées et les émotions se bousculèrent en elle. Elle savait pourquoi Francesca était ici ; il s'agissait d'un voyage d'affaires. Mais la relation entre Tobias et elle ne semblait pas uniquement professionnelle, et surtout, *Tobias l'emmenait dîner au restaurant*.

Elle aurait aimé que cela ne lui fasse ni chaud ni froid. Mais elle était blessée, car, pendant quelques instants, elle avait cru que Tobias et elle étaient enfin sur le point de passer aux choses sérieuses.

Jamais il ne l'avait invitée à dîner, ni même à prendre un café. C'était une réalité difficile à accepter. Tout comme le fait qu'il n'ait jamais pensé à lui offrir des fleurs, ou les autres petits cadeaux que l'on offrait quand on courtisait une femme.

Elle cligna des yeux, ayant l'impression de s'être brusquement réveillée. La façon dont Tobias se comportait avec Francesca soulignait soudain tous les manques dans leur propre relation et dévoilait l'immense abysse entre ce que Tobias lui donnait et ce qu'elle voulait.

Pourtant, ce qu'elle voulait n'était pas si déraisonnable. Elle avait des objectifs ordinaires, qui ne devraient pas être si difficiles à atteindre : avoir un homme bien à elle, un foyer à partager, et, dans un futur pas trop lointain, des enfants à chérir. Toutes ces choses que beaucoup de femmes dans son entourage avaient déjà, et qu'elles tenaient pour acquises, mais qui, jusqu'ici, lui avaient été refusées.

Le problème, c'était qu'essayer d'avoir une relation sérieuse avec Tobias était comme se heurter à un mur. La seule chose qui les liait était le sexe.

Bien qu'elle tente de paraître détendue, et de faire comme si voir l'autre femme dans la vie de Tobias ne lui faisait aucun effet, Allegra sentait que son visage était figé quand Tobias fit les présentations.

Heureusement, Francesca évita avec élégance le sujet de leurs tenues identiques en complimentant Allegra sur son excellent goût vestimentaire. Brièvement, Allegra songea que si Francesca n'était pas intéressée par Tobias, elles pourraient être amies.

Quand Tobias mentionna Madison Spas, Francesca eut un regard étonné. Apparemment, la jeune femme se souvenait soudain d'elle et connaissait le scandale qui la concernait.

Aujourd'hui, Allegra rencontrait rarement ce genre de réactions, surtout dans son nouveau métier, si éloigné de sa précédente carrière dans la finance. Mais, de temps en temps, le passé se rappelait douloureusement à elle.

Allegra parvint à faire une réponse polie et professionnelle, mais Francesca la surprit encore en posant des questions précises sur les soins proposés dans son institut. En temps normal, Allegra aurait été ravie de parler de bains de boue et de menus à base de superaliments, mais il lui était difficile de se concentrer parce que, chaque fois que Francesca touchait le bras de Tobias de manière intime, elle se sentait malheureuse et de plus en plus tendue.

Car, malgré les blessures du passé, malgré la prudence qu'elle avait cru exercer, et les stratégies qu'elle avait mises en place, elle était tombée amoureuse de Tobias, de nouveau.

Follement, éperdument amoureuse.

13

Allegra sentit son téléphone vibrer. Soulagée d'avoir une excuse pour ne plus observer le beau couple que Francesca et Tobias formaient, elle sortit l'appareil de son sac.

L'appel venait de Mike. Elle avait été si distraite qu'elle avait totalement oublié son faux fiancé !

— Où êtes-vous ? demanda-t-elle.

— Euh… À l'aéroport.

L'aéroport ?

Consciente que Tobias pouvait entendre ce qu'elle disait, elle s'éloigna de quelques pas et tenta de parler d'une voix douce et agréable.

— Il me faut plus de détails, Mike.

— Euh… Désolé de vous annoncer ça comme ça, mais vous vous souvenez que j'avais passé une audition pour une série ? Eh bien, quelqu'un m'a recommandé, et j'ai eu le rôle. Pas le rôle principal, mais qui sait, maintenant que j'ai un pied dedans, tout est possible et…

— *Mike.*

— Oui, désolé. Je dois être à Los Angeles demain…

Une voix féminine interrompit Mike, suivie par un bruissement, comme si Mike couvrait son micro avec sa main.

Cependant, Allegra l'entendit murmurer distinctement :

— Felicity, chérie, donne-moi juste une minute, tu veux ? Je suis en train de parler avec… tu sais… *Elle*.

Felicity. L'une des filles avec lesquelles il partageait un

appartement, et qu'Allegra avait crue n'être qu'une amie. À l'évidence, ils étaient bien plus liés que Mike n'avait bien voulu le dire.

— Abrégeons, Mike, ordonna Allegra d'un ton sec. Vous avez un rôle. Maintenant, vous prenez l'avion avec une *amie*...

— Felicity, oui. Nous partons pour Los Angeles. Tout de suite.

Des soupçons s'éveillèrent en elle. Mike lui avait dit être à court d'argent, et elle ne lui avait encore rien donné pour sa mission de faux fiancé – elle comptait justement le faire cet après-midi. Alors, où avait-il trouvé l'argent pour payer les billets d'avion pour Los Angeles, non seulement pour lui mais aussi pour Felicity ? Il était possible que la production lui ait fait une avance, mais c'était un petit rôle, et il n'avait eu la nouvelle que ce matin. Son départ était si soudain, si *organisé*... Or, Mike n'avait aucun sens de l'organisation.

Ses soupçons se muèrent en certitude. Mike avait manqué leur rendez-vous ; à sa place, c'était *Tobias* qui s'était montré.

— Quand exactement Tobias a-t-il acheté les billets d'avion ?

Un petit silence horrifié s'ensuivit.

— Comment avez-vous su ? s'étonna Mike.

— De la même manière que je sais que c'est lui qui vous a « recommandé », sans doute auprès d'un des producteurs. Alors, quand ? Hier, ou ce matin ?

La date faisait une différence, car, si Tobias s'était arrangé pour se débarrasser de Mike hier soir, avant qu'ils ne couchent ensemble, alors il était encore plus calculateur qu'elle ne le pensait.

— Ce matin. Il est entré en contact avec quelqu'un à Los Angeles. Une heure plus tard, le directeur de la production m'offrait le rôle. Tobias a été génial. Il a payé nos billets et a même réservé un hôtel...

— Et votre emploi à l'institut ?

En fond sonore, Allegra entendit un dernier appel avant embarquement, et Felicity qui décréta sèchement qu'elle allait embarquer avec ou sans Mike.

— Oui, désolé, marmonna Mike. Je vous ai envoyé un mail il y a environ dix minutes. Écoutez, je dois y aller…

Et il raccrocha.

Allegra parcourut aussitôt sa boîte mail et ouvrit le message qui contenait la démission de Mike. Il ne comprenait que deux lignes, l'une d'entre elles étant : *Bonjour, mademoiselle Mallory.*

Elle ferma sa messagerie et remit le téléphone dans son sac. La stratégie du faux fiancé avait fonctionné, d'une certaine manière, songea-t-elle avec une pointe d'ironie. Oui, Tobias avait réagi de manière possessive et machiste, mais pas comme elle l'avait espéré.

Au lieu de montrer son intérêt pour une vraie relation, dans laquelle ils partageraient des sorties et apprendraient à se connaître, *comme il l'avait fait avec Francesca*, il avait abusé de son pouvoir. Il s'était débarrassé de la « menace » Mike en achetant son employé et en l'envoyant à l'autre bout du pays. Et il avait sûrement payé pour que Mike obtienne un rôle.

Pourtant, il n'ignorait pas que l'on pouvait conquérir la femme que l'on désirait en lui faisant la cour… La preuve avec Francesca.

Au lieu de cela, il avait fait en sorte d'avoir le champ libre avec Allegra, afin de profiter pleinement de leur liaison pendant leur mois de cohabitation forcée.

Ses actes impitoyables étaient ceux d'un mâle dominant. Et ils prouvaient que Tobias voulait tellement coucher avec elle qu'il était prêt à payer pour cela.

Si elle n'avait pas pris conscience de la nature de leur relation, par comparaison avec celle qu'il entretenait avec Francesca, elle aurait peut-être été ravie qu'il soit prêt à aller aussi loin pour l'avoir pour lui seul.

Mais Tobias avait changé les règles, et c'était inexcusable. Deux ans plus tôt, elle avait repoussé deux hommes qui avaient cru pouvoir l'acheter avec de l'argent, des cadeaux ou une promotion.

Elle ne s'était pas vendue à l'époque et elle ne se vendrait pas aujourd'hui.

Elle rangea son téléphone et décida de s'en aller. En chemin, elle vit une femme de ménage occupée à nettoyer le sol. Elle s'arrêta devant elle et lui donna les fleurs.

Car ce bouquet de roses symbolisait à présent ce qu'Allegra n'avait *pas*. Il représentait le romantisme d'une relation, un romantisme que Tobias avait montré publiquement avec Francesca, mais jamais avec elle.

Elle n'intéressait Tobias que sur le plan sexuel, apparemment.

Tobias vit Allegra tourner les talons et se diriger vers les ascenseurs.

Soudain lassé par Francesca et son amie, très bavardes, il prit congé et se hâta de rejoindre Allegra.

Elle venait sans doute de recevoir un appel de Mike. Et, vu la façon dont elle avait réagi, elle avait probablement deviné que c'était lui qui avait envoyé ce bellâtre à l'autre bout du pays.

Soit Callaghan avait craché le morceau de lui-même, soit elle lui avait tiré les vers du nez.

Tobias penchait pour la seconde hypothèse.

Allegra entra dans l'ascenseur. Lorsqu'il bloqua la porte et la rejoignit dans la cabine, elle lui décocha un regard glacial.

— Nous étions en pleine conversation,lâcha-t-il.

— Ah, bon ? Je n'avais pas remarqué.

— Nous parlions d'une relation.

— Il y a une grande différence entre le genre d'interaction que tu appelles une relation, et le genre de relation que je souhaite. Tu as acheté Mike pour qu'il disparaisse ! rétorqua-t-elle, le regard noir.

Il avait du mal à voir le lien entre ses deux affirmations.

— Je me suis débarrassé de Mike pour que nous puissions *avoir* une relation.

L'ascenseur s'arrêta à un étage, et les portes s'ouvrirent.

Allegra appuya l'index contre son torse.

— Tu *payes* pour coucher avec moi !

Les deux personnes d'un certain âge qui attendaient d'entrer dans la cabine les dévisagèrent, l'air surpris.

Tobias leur fit un petit signe de tête, prit Allegra par le bras et l'entraîna hors de l'ascenseur.

— Comment ça, je paye pour du sexe ?

Elle se dégagea vivement.

— Combien cela t'a coûté d'évincer Mike ?

Il énonça un nombre à six chiffres. C'était à ce prix qu'il avait pu convaincre le producteur de confier un petit rôle à Callaghan.

Elle eut un regard horrifié.

— Avec une telle somme, on peut financer un film entier !

— J'ai fait ce qu'il fallait, c'est tout. Maintenant, explique-moi en quoi cela équivaut à payer pour coucher avec toi ?

Elle le fixa droit dans les yeux.

— C'est simple, tu as financé la carrière d'acteur de Mike pour que je revienne dans ton lit, donc, c'est presque comme si tu avais payé pour coucher avec moi. Tu as transformé notre relation en *marchandise*.

— Je ne vois pas les choses comme ça, protesta-t-il. Nous avons couché ensemble hier soir. En ce qui me concerne, tu m'appartenais *déjà*, alors pourquoi est-ce que je payerais pour ce que j'ai déjà ? J'ai écarté Callaghan parce que c'est un homme. S'il avait essayé de te toucher, je l'aurais frappé.

Elle le scruta durant de longues secondes, les yeux étrangement assombris.

— Tu tiens vraiment à moi, alors.

— C'est même plus ça.

Il la conduisit vers le parking.

— Comme je te l'ai dit, je voulais te parler de notre relation.

En raison de la pluie, Allegra conduisait avec une prudence redoublée. Les nuages étaient bas et lourds, toutefois il faisait suffisamment chaud pour que de la vapeur s'élève des routes et des trottoirs. Allegra était très consciente que Tobias était juste derrière elle, comme le jour de la lecture du testament d'Esmae. Mais, cette fois, elle était dans un état d'esprit tout à fait différent. Au lieu d'être ébranlée et tendue, elle était joyeuse et pleine d'espoir.

Tobias voulait vivre une relation sérieuse avec elle. Il la voyait comme « le trophée », enfin.

Elle s'engagea dans la longue allée menant à la demeure d'Esmae, actionna la télécommande du garage et avança jusqu'à son emplacement. Le pick-up noir de Tobias s'arrêta à côté de sa décapotable. Lorsque Allegra coupa le moteur et retira sa clé, elle se sentit nerveuse, tout à coup.

Et sa tension monta d'un cran quand elle sortit du véhicule. Alors qu'elle se penchait pour prendre son sac, Tobias l'attira dans ses bras et l'embrassa.

Elle remarqua distraitement qu'elle avait laissé tomber le sac sur le siège passager. La portière étant ouverte, une partie du contenu était maintenant sur le siège et sur le sol. Mais peu lui importait. À cet instant, rien ne comptait hormis le baiser de Tobias.

Toutefois, avant que ce baiser n'aille plus loin, elle avait besoin d'avoir les réponses aux questions qui la taraudaient. Plantant les mains contre son torse, elle s'écarta.

— Francesca Messena ?

Il sembla décontenancé par sa question.

— Qu'est-ce que tu veux dire ?

— Tu sortais avec elle avant de coucher avec moi il y a deux ans et tu es retourné auprès d'elle ensuite. En fait, tu l'as courtisée...

— Je ne l'ai pas courtisée. Pourquoi l'aurais-je fait ? Elle n'est pas mon genre.

Il avait parlé d'un ton agacé et bourru, mais elle était ravie de sa réponse. Elle le dévisagea en silence pendant plusieurs secondes, car la question qui allait suivre était très importante.

— Et moi, est-ce que je suis ton genre ?

— C'est une question piège ?

— Non, aucun piège là-dedans.

Il afficha un petit sourire en coin.

— Après six ans ? Chérie, tu sais bien que la réponse est oui.

Elle eut envie de danser de joie.

— Bien. Une dernière question. De quel genre de relation exactement veux-tu discuter ?

— D'une vraie relation, dit-il simplement. Je veux que tu vives avec moi, pour qu'aucun autre homme ne puisse t'approcher. Nous nous disputerons, parce que nous sommes tous les deux de fortes têtes, mais, selon moi, même si les choses ne sont pas parfaites, nous réussirons à régler nos difficultés.

Elle était stupéfaite. Ces mots auraient pu sortir de sa propre bouche.

— D'accord. Où les extraterrestres ont-ils emmené le *vrai* Tobias ?

Il sourit, et Allegra le regarda, fascinée et presque trop heureuse. Néanmoins, elle était aussi inquiète, car tout semblait trop beau, trop facile. À deux reprises, les choses avaient mal tourné avec Tobias. Il lui était difficile de croire que cette fois tout irait bien.

Elle prit une grande inspiration.

— D'accord. Essayons. Je suis partante.

La matinée avait été longue et horrible. Elle s'était sentie angoissée, malheureuse, nerveuse, et elle avait cru avoir perdu Tobias. Tout ce qu'elle voulait à présent, c'était s'abandonner entre ses bras.

Se mettant sur la pointe des pieds, elle l'embrassa.

Tobias la plaqua contre lui et la porta jusqu'à la porte donnant sur la cuisine. Puis il la posa à terre, la prit par la main, et l'emmena non pas à l'étage mais dans une chambre du rez-de-chaussée. Des stores blancs cachaient un peu la grisaille extérieure et projetaient des ombres sur le grand lit.

Tobias retira sa veste, sa cravate, puis reprit Allegra dans ses bras et l'embrassa. Elle déboutonna tant bien que mal sa chemise et fit glisser l'étoffe de coton sur ses larges épaules, puis promena ses mains sur ses muscles fermes.

Après un autre baiser langoureux, Tobias descendit la fermeture de sa jupe. L'air frais caressa ses jambes nues lorsque le vêtement tomba à ses pieds. Elle se dégagea le temps de passer sa chemise et son caraco par-dessus sa tête. Quelques secondes plus tard, son soutien-gorge était au sol, et elle eut le souffle coupé quand Tobias posa les mains sur ses seins et mordilla l'un de ses tétons.

Un tourbillon de sensations vrilla en elle tandis qu'ils reculaient jusqu'au lit. Déboutonnant le pantalon de Tobias, elle plongea la main sous son caleçon et encercla son sexe durci.

Tobias haleta, immobilisa sa main et reprit possession de ses lèvres le temps d'un baiser enfiévré. Puis il sortit de sa poche un emballage en aluminium et acheva de se déshabiller. Le souffle court à présent, elle se débarrassa de son slip de dentelle et monta sur le lit, regardant, fascinée, Tobias dérouler le préservatif sur lui. Enfin, il la rejoignit, mais, lorsqu'il voulut se caler entre ses jambes, elle posa les mains sur ses épaules et le repoussa.

— Pas comme ça, protesta-t-elle.

Il se fendit d'un sourire et la laissa volontiers faire. Elle le fit étendre sur le dos, grimpa sur lui et descendit lentement sur son sexe dressé.

Tobias agrippa ses hanches, et elle ondula sur lui, un peu maladroitement au départ, puis avec une assurance croissante. Elle haleta lorsqu'il remonta les mains jusqu'à sa poitrine. Puis, tout à coup, il se redressa et inversa leurs positions. D'un mouvement lent et contrôlé, il se glissa en elle. Elle s'accrocha à ses épaules tandis qu'il allait et venait entre ses replis intimes. Malgré la pluie, l'air était humide et étouffant. Levant les bras vers lui, elle pressa les lèvres sur les siennes. Et, soudain, elle s'atomisa dans la chaleur sensuelle de l'après-midi.

Une demi-heure plus tard, Allegra se réveilla et se rendit compte aussitôt que quelque chose n'allait pas.

Vêtu uniquement de son pantalon, Tobias était debout près de la porte et tenait dans sa main le collier de diamants. Son regard doux et chaleureux avait laissé place à un regard distant. Un frisson glacé la parcourut.

— Où est-ce que tu as eu ça ? questionna-t-il.

Elle s'assit sur le lit et remonta le drap au-dessus de sa poitrine. Il y avait encore quelques instants, elle se sentait détendue et heureuse, et maintenant elle était angoissée et assaillie par mille pensées. Elle tenta de remonter le fil des événements. Tout à l'heure, son fourre-tout était tombé du siège passager de sa voiture. La portière étant ouverte, le contenu s'était sans doute répandu sur le siège et sur le sol. Tobias était probablement allé dans le garage et avait vu les bijoux.

— Je pense que ça me regarde, mais si tu veux le savoir, les diamants appartenaient à Esmae. Ce sont les bijoux de la famille Mallory.

— Trouve autre chose, Allegra. Tout le monde sait qu'Esmae était sans le sou quand elle a épousé mon grand-père. Apparemment, elle possédait quelques bijoux de l'époque édouardienne, mais rien qui ait de la valeur.

Les mots, et le ton, lui firent l'effet d'une gifle.

Tout à coup, son cœur se mit à battre la chamade.

— D'accord, dit-elle calmement. Dis-moi comment je les ai eus, dans ce cas.

— Je suis au courant pour le scandale à San Francisco.

Donc, il pensait que c'étaient les deux amants supposés d'Allegra qui lui avaient offert ces bijoux.

— Évidemment. C'est pour cette raison que tu m'as abandonnée il y a deux ans, alors je suppose que c'est aussi une bonne excuse pour m'abandonner maintenant.

Il sembla décontenancé.

— Je ne compte pas te quitter.

Elle nota qu'il n'avait pas nié l'avoir abandonnée parce qu'il avait cru aux mensonges de Halliday et de Fischer.

— Donc, tu veux toujours coucher avec moi, en dépit de tout cela ?

Elle ne lui laissa pas le temps de répondre.

— Si tu veux savoir d'où vient le collier, tu peux toujours demander à ton petit détective de mener l'enquête.

L'expression de Tobias lui serra le cœur.

— Tu lui as déjà demandé d'enquêter sur mon passé, conclut-elle, blessée.

— Seulement parce que certains éléments ne collaient pas.

— Bien sûr. Difficile de savoir où les jolies femmes ont eu leurs bijoux, surtout lorsqu'elles les ont hérités de leur famille ou qu'elles les ont gagnés à des concours de beauté. Mais si tu as besoin d'informations, téléphone chez Ambrosi et interroge Clark. À ma demande, il vérifie la provenance et la valeur de ces bijoux. À cette heure-ci, il devrait avoir les documents prouvant que les pièces appartenaient à Esmae. Quant aux autres diamants en ma possession, leur provenance ne te regarde absolument pas.

Il fronça les sourcils.

— Il fallait que je te pose la question...

— Je sais. Mais si ça ne t'ennuie pas, dit-elle froidement, enroulant le drap autour d'elle comme une toge et quittant le lit, je dois m'habiller et retourner travailler. L'après-midi n'est pas terminée et, maintenant que Mike est parti, nous sommes en sous-effectifs.

Tobias la dévisagea. Pendant un instant, elle crut qu'il allait la prendre dans ses bras, lui dire qu'il était désolé d'avoir douté d'elle. Qu'il se moquait de savoir d'où venaient les diamants, et que tout ce qui comptait était ce qu'ils ressentaient l'un pour l'autre.

Mais le téléphone de Tobias sonna. Posant le collier sur une commode, Tobias sortit l'appareil de sa poche et quitta la chambre.

Allegra fixa la porte qu'il avait refermée derrière lui. Elle avait réussi à garder contenance, mais le fait que Tobias ait enquêté sur elle et qu'il ne la croie toujours pas l'avait ébranlée.

Au fond d'elle, elle avait espéré qu'il lâcherait enfin prise. Elle avait cru que si elle apportait suffisamment d'amour dans leur relation, il comprendrait qui elle était, et s'autoriserait à tomber amoureux.

Elle avait eu tort.

Elle prit le collier de diamants et eut le cœur lourd en songeant avec quelle facilité Tobias était revenu à ses préjugés. Il la voyait de nouveau comme une femme superficielle et vénale.

Elle n'avait aucune tolérance pour ce genre de stéréotypes. Elle savait que le père de Tobias avait couvert ses maîtresses de bijoux, et cela expliquait sans doute les préjugés de Tobias. Mais ils n'en étaient pas moins difficiles à encaisser. La barrière qui les séparait était toujours là : Tobias n'avait pas confiance en l'amour.

Et en particulier, il n'avait pas confiance en *son amour* pour lui.

Le problème, c'était qu'elle était amoureuse de Tobias, et ce depuis six ans. Cependant, elle était maintenant certaine que l'amour était un sentiment que Tobias n'éprouverait sans doute jamais pour elle. Comment le pourrait-il alors qu'à l'évidence il ne lui faisait pas confiance ?

La recommandation dans le livre d'Elena Lyons-Messena sembla s'éclairer dans son esprit comme une enseigne lumineuse.

S'il n'y a aucun signe que votre mâle dominant est en train de tomber amoureux, quittez-le. Sauvez votre peau.

Oui, il lui fallait partir. Dès aujourd'hui.

Elle ne pouvait pas rester. Ni dans le lit de Tobias ni même dans sa maison. Elle perdrait les parts d'Esmae, mais tant pis, elle préférait garder sa dignité. Il lui faudrait simplement racheter ces parts à Tobias.

Restait la clause du testament qui stipulait que son frère aîné Quin pourrait hériter du complexe si Tobias ne le dirigeait pas pendant tout un mois. Allegra ordonnerait à Quin de ne pas la faire appliquer et lui expliquerait pour quelle raison. Lorsqu'il comprendrait quels étaient les enjeux, son frère serait de son côté. La famille était la famille.

Quitter Tobias serait un déchirement. Allegra souffrirait bien plus qu'après leur première rupture, car à présent elle savait qu'elle était amoureuse de Tobias, et qu'elle l'était depuis le premier jour. Mais elle ne pouvait pas rester auprès d'un homme qui ne lui faisait pas confiance.

Elle s'était réservée pour Tobias durant six ans, mais elle ne pouvait plus se permettre de l'attendre.

Elle sortit de la chambre et se dirigea vers l'escalier. Quelque part au loin, elle distingua la voix de Tobias, ce qui lui serra le cœur, car elle songea qu'elle s'était habituée à sa voix et qu'elle ne l'entendrait plus.

Préoccupée par son rythme cardiaque un peu trop rapide, Allegra téléphona à son médecin et prit un rendez-vous en urgence. Puis elle se doucha et s'habilla, choisissant un pantalon de lin beige, un débardeur blanc et, parce que le temps s'était rafraîchi, un pull blanc. Comme en pilote automatique, elle enfila des pendants d'oreilles argentés et appliqua une légère couche de maquillage.

Tandis qu'elle attachait ses cheveux en chignon, elle remarqua que son cœur battait encore trop vite. Elle commençait même à avoir des vertiges.

Elle mit sa montre de sport, ouvrit l'application sur son téléphone et attendit que le résultat s'affiche. Son cœur battait à cent trente pulsations par minute. Elle pouvait atteindre cette fréquence quand elle faisait du sport, mais en l'occurrence elle ne faisait que marcher normalement dans sa chambre.

C'était mauvais signe.

Il était possible que son cœur ralentisse et qu'il ne s'agisse que d'une fausse alarme. Cependant, juste au cas où elle aurait besoin de se rendre à l'hôpital, elle glissa une tenue de rechange dans son sac fourre-tout. Lors de sa première hospitalisation, elle avait passé une nuit sur place, et lors de la deuxième, juste quelques heures. Par conséquent, mieux valait être préparée. À deux reprises, une intervention chimique avait fonctionné et avait réussi à ramener sa fréquence cardiaque à un rythme normal.

La décision de quitter Tobias maintenant, avant même d'aller chez son médecin, s'imposa à elle. Elle avait vingt-sept ans ;

ses trente ans approchaient, et la vitesse à laquelle les années passaient devenait effrayante.

Jusqu'à maintenant, le mariage et les enfants n'avaient pas été sa priorité. Comment l'auraient-ils pu, alors qu'elle n'avait jamais réussi à nouer de relation, parce qu'elle était désespérément amoureuse d'un homme qui ne savait même pas qui elle était vraiment ?

Oui, elle rêvait d'un mariage d'amour. Avec un homme qui pourrait réellement l'aimer et la chérir.

Et Tobias n'était pas cet homme.

14

Un peu tremblante, Allegra étala ses valises ouvertes sur le lit afin de faire ses bagages. Elle prit la robe Messena à l'imprimé jungle dans le dressing, rassembla sa lingerie et alla mettre le tout dans la grande valise.

Contrariée à l'idée d'avoir dépensé bien trop d'argent pour acheter les créations de Francesca dans l'espoir de lui ressembler, elle prit ses chaussures et les plaça dans un sac à part. Lorsqu'elle eut rangé tous ses vêtements, la valise était pleine de pièces Messena. Il lui faudrait s'en débarrasser, en les donnant à une œuvre de bienfaisance. Après cela, elle pourrait essayer de se retrouver.

Non pas qu'elle se soit perdue. La seule chose qu'elle avait perdue, c'était sa confiance en elle.

Elle alla chercher ses produits de beauté et de soin dans la salle de bains. De retour dans la chambre, elle glissa son maquillage dans son vanity, puis vida la commode et ferma la valise.

Un peu essoufflée à présent, car les allers-retours avaient accéléré davantage sa fréquence cardiaque, elle ferma ses boîtes à bijoux et les plaça dans son fourre-tout. Mue par une impulsion, elle prit aussi le journal intime d'Alexandra. Si elle devait séjourner à l'hôpital, ou se reposer chez elle, elle aurait du temps pour le lire.

Lorsqu'elle entendit une porte se fermer, elle releva brusquement la tête. Cela ne pouvait être que Tobias puisque Marta avait déjà fini sa journée de travail. L'espace d'un instant, elle crut qu'il allait frapper à sa porte, mais il passa devant sa chambre sans s'arrêter.

Quelques instants plus tard, elle l'entendit démarrer son pick-up. Le vrombissement du moteur était à peine audible tant la pluie tombait fort. D'humeur soudain maussade, Allegra enfila des ballerines confortables. Un ouragan était annoncé pour la fin de journée, alors, ce n'était pas le jour pour porter des escarpins à talons aiguilles.

Dix minutes plus tard, elle avait calé tous ses bagages dans sa petite voiture, dont elle avait déployé la capote. Il était encore tôt pour son rendez-vous chez le médecin, aussi décida-t-elle de prendre la direction de son appartement pour y déposer ses bagages.

Tandis qu'elle accélérait dans l'allée, déjà couverte de feuilles à cause du vent, elle téléphona à Janice et lui demanda de passer en revue leur liste de coachs à temps partiel afin de voir qui pourrait remplacer Mike cette semaine.

Une heure plus tard, après avoir déposé ses affaires à son appartement et consulté son médecin, elle rappela Janice, qui connaissait son problème cardiaque dans les grandes lignes, et l'informa qu'elle se rendait à l'hôpital Mercy, sans doute pour l'après-midi seulement. Par chance, son médecin, Alicia Ortez, travaillait à Mercy depuis quelques années et avait pu l'envoyer directement au service de cardiologie, lui évitant ainsi de patienter aux urgences.

Bien qu'elle ait déjà été hospitalisée deux fois, Allegra trouvait la procédure encore légèrement effrayante – après tout, il s'agissait de son *cœur*. Après qu'une infirmière eut contrôlé son pouls et sa tension artérielle, Allegra fut transférée dans une chambre et reliée à un électrocardiogramme. Puis, un médecin vint vérifier ses constantes et lui posa une série de questions pour déterminer ce qui aurait pu déclencher cet épisode.

L'expression *cœur brisé* lui vint à l'esprit. Mais, quand son pouls bondit et qu'elle vit l'air préoccupé du médecin, elle s'efforça de paraître calme et sereine. Elle mentionna le décès d'Esmae et la pression liée à son travail. Il cocha quelques cases, accrocha son dossier au bout de son lit, puis lui administra de l'adénosine, qui réinitialisait chimiquement l'activité électrique cardiaque. C'était le même médicament que lors de ses précédentes hospitalisations.

Si cela ne fonctionnait pas, l'autre option était la cardio version électrique, à laquelle Allegra ne consentirait qu'en dernier recours. C'était déjà assez effrayant de savoir que le médicament injecté dans son corps allait ralentir voire arrêter son cœur dans le but de réguler sa fréquence cardiaque. Elle n'avait aucune envie de recevoir en plus une décharge de volts.

Tandis qu'elle attendait que le traitement fasse effet, elle éteignit son portable. Janice savait où elle se trouvait et pourquoi, alors, il n'y avait aucune raison que son assistante cherche à la joindre. Et puis, Allegra n'avait certainement pas besoin d'attendre ou, pire, d'espérer que Tobias lui téléphone.

Alors, elle prit le journal d'Alexandra et en commença la lecture.

Une heure plus tard, elle le reposa, stupéfiée.

L'histoire qu'Alexandra avait écrite de sa propre main était très personnelle, et bien différente de ce qu'Allegra avait imaginé. Alexandra avait eu une liaison avec Jebediah Hunt, mais ce n'était pas une simple aventure ; ils avaient prévu de se marier. Le solitaire qu'Allegra avait fait agrandir ce matin était sans doute celui que Jebediah avait offert à Alexandra en guise de bague de fiançailles.

Malheureusement, le mari d'Alexandra, un riche et influent aristocrate anglais réputé pour sa violence, et que tout le monde avait cru mort avant le départ d'Alexandra pour les États-Unis, n'était pas décédé. Bien décidé à retrouver son épouse fugitive, il avait fait le voyage jusqu'en Amérique et avait découvert où Alexandra vivait. Avertie par son avocat, Alexandra avait pris la fuite avec ses enfants.

Elle s'était installée à New York, espérant être incognito dans cette grande ville, mais son mari avait fini par la retrouver, lui avait pris sa maison ainsi que tous ses biens. Pire, il avait roué

Alexandra de coups, et elle avait fini à l'hôpital. Puis il était retourné en Angleterre, la laissant sans un sou.

Mais il ne lui avait pas tout pris. Consciente que son époux pourrait la retrouver un jour, Alexandra avait systématiquement investi l'argent de son puits de pétrole dans des diamants, une fortune qu'elle avait enterrée dans le jardin de sa maison de ville, que son mari avait vendue contre son gré. Juste avant de mourir, elle avait ordonné à Esmae de déterrer le trésor et d'en donner la moitié à son frère, le grand-père d'Allegra. L'autre moitié revenait à Esmae. Alexandra lui avait conseillé d'en vendre une partie pour subvenir à ses besoins, mais d'en garder autant que possible comme garantie pour les temps difficiles.Cependant Esmae avait eu plus de chance en amour qu'Alexandra, ce qui expliquait pourquoi elle avait été en mesure de conserver une grande partie des bijoux de sa mère, et pourquoi elle ne les avait jamais portés. En l'honneur d'Alexandra, elle avait continué à les cacher. Une « police d'assurance » qu'elle avait ensuite léguée à Allegra.

Tobias entra dans son bureau et posa sa mallette sur sa table de travail. Il ferma la porte, signalant ainsi à son assistante qu'il ne voulait pas être dérangé. Il n'avait aucune envie que Jean entende ses conversations téléphoniques.

Il venait de passer une heure sur les comptes de réseaux sociaux de Halliday et de Fischer. Par conséquent, lorsqu'il eut Tulley en ligne, il ne fut pas surpris par le rapport que lui fit le détective.

Halliday comme Fischer avaient une réputation douteuse, et un penchant pour les jeunes femmes. Il semblait que Burns-Stein Halliday n'ait pas défendu Allegra car Halliday était le neveu de l'un des associés, et Fischer, marié à la fille d'un associé principal. Or, ce n'était pas la première fois que la direction avait couvert ces deux individus.

Tobias remercia Tulley et raccrocha. Il se dirigea vers la baie vitrée, qui offrait un beau panorama sur les gratte-ciel et sur la mer. Le vent s'était renforcé et la pluie tombait, plongeant la ville dans la grisaille, mais ce n'était pas ce qui préoccupait Tobias.

Allegra avait subi une immense injustice, pourtant, avec toutes les rumeurs que Fischer et Halliday avaient colportées sur le web, il n'avait jamais eu ne serait-ce qu'un aperçu des faits réels. Et Allegra ne s'était jamais confiée à lui.

Pourquoi l'aurait-elle fait ? Elle savait sans doute qu'il avait été trop heureux de croire à ces ragots.

Empoignant sa mallette, il quitta l'immeuble et prit un taxi pour se rendre au centre commercial Atraeus. Quelques minutes plus tard, il entra chez Ambrosi. Le joaillier dont Allegra avait mentionné le nom, Clark, lui confirma qu'Allegra avait téléphoné pour lui demander de fournir à Tobias toutes les informations concernant la provenance de ses bijoux.

Tobias étudia les deux feuilles de papier que Clark lui tendit. Pour chaque pièce, une seule propriétaire était mentionnée. Alexandra Mallory. Le nom Fabergé lui sauta aux yeux. L'estimation actuelle du collier était d'un montant à sept chiffres.

Fabergé... Ce n'était pas le genre de bijoux que des hommes comme Halliday et Fischer offraient comme « récompenses ». C'étaient des investissements. Des pièces que les familles achetaient pour préserver leur fortune. Tobias était bien placé pour le savoir, son grand-père en avait acheté beaucoup.

Tobias remercia Clark puis sortit de la boutique. Tandis qu'il traversait le centre pour regagner le parking, il prit peu à peu conscience des conséquences de ses actes. À la seconde où il avait vu les diamants, il s'était rappelé les disputes entre ses parents, portant sur les bijoux dont son père avait couvert ses maîtresses. Puis il avait pensé aux rumeurs selon lesquelles Allegra avait accepté des bijoux en échange de faveurs sexuelles. Et le sol s'était dérobé sous ses pieds.

Il avait cru connaître Allegra parfaitement, mais, en voyant le collier, il s'était demandé s'il n'avait pas laissé son désir et ses émotions obscurcir son jugement. Et si elle ne s'était pas jouée de lui.

À présent, il savait qu'il avait tiré des conclusions hâtives et qu'il s'était totalement trompé. Il avait laissé ses propres failles et sa jalousie l'influencer.

Il avait commis une erreur impardonnable. Et il s'en voulait terriblement.

Lorsqu'il sortit du centre commercial, la pluie tombait à verse. Tobias héla un taxi pour regagner son bureau et téléphona à Allegra. Comme elle ne décrocha pas, il renouvela son appel, sans succès, puis appela le numéro de Madison Spas.

Ce fut Janice qui répondit. Elle l'informa qu'Allegra n'était pas venue travailler car elle avait dû être hospitalisée.

Une sensation glacée l'envahit. Sa première pensée fut qu'Allegra avait eu un accident.

— Pour quelle raison ? demanda-t-il.

— Oh ! pour son problème cardiaque. Il porte un nom bizarre... TSV. Je ne crois pas que ce soit un problème grave, puisqu'elle est allée seule à l'hôpital avec sa propre voiture.

Tobias raccrocha. Son cœur battait à se rompre. Sa mère était décédée d'un problème cardiaque apparu brusquement. Il avait dix-huit ans à l'époque, mais la douleur de l'avoir perdue était toujours aussi vive.

Lorsque le taxi parvint à destination, Tobias se hâta d'entrer dans l'immeuble et se précipita vers les ascenseurs. L'hôpital Mercy se trouvait dans le quartier de Coconut Grove, à environ quinze minutes en voiture. Une fois dans l'ascenseur, il appuya sur la touche du sous-sol. Lorsque les portes s'ouvrirent sur le parking souterrain, il avait déjà téléphoné à Mercy, et on lui avait confirmé qu'Allegra était hospitalisée au service de cardiologie.

Et, quand il arriva devant son pick-up, il venait de lire un article sur la tachycardie supra-ventriculaire et ses symptômes. Il y avait différentes sévérités et différents traitements, y compris les chocs électriques pour rétablir le rythme cardiaque normal. Apparemment, le stress était un facteur fréquent dans les épisodes de TSV.

Tenaillé par l'inquiétude, il s'installa au volant, démarra et se dirigea vers la sortie du parking.

Il avait commis une erreur en ne croyant pas aux explications d'Allegra concernant les bijoux. Il avait vu la stupéfaction sur son visage, la façon dont elle avait porté la main à son cœur. À présent, à cause de lui, elle était à l'hôpital.

Cela lui rappela un autre moment douloureux, qui remontait à deux ans : l'appel du père de Lindsay, pour lui annoncer qu'elle avait perdu leur bébé. Un bébé dont Tobias ne connaissait même pas l'existence. Brice Howell n'avait pas caché que c'était parce que Tobias avait quitté Lindsay pour une autre femme qu'elle avait perdu cet enfant.

Tobias arriva à l'hôpital, passa devant le bureau d'accueil et se dirigea vers le service de cardiologie. Mais il apprit qu'il avait manqué Allegra de dix minutes.

Le soulagement l'envahit. Si elle avait quitté l'hôpital, cela voulait dire qu'elle allait bien.

Quelques minutes plus tard, il put interroger le médecin qui avait soigné Allegra et se heurta à un refus car il n'était pas un membre de la famille. Toutefois, le praticien l'informa que le problème d'Allegra était maintenant « résolu ».

Tobias serra la mâchoire tandis qu'il regagnait son véhicule sous une pluie battante. S'il n'avait pas pu avoir plus d'informations, c'était parce qu'il n'était ni le mari ni le compagnon d'Allegra.

Une situation à laquelle il allait remédier.

Il avait tout gâché, il en était conscient. Mais cela n'arriverait plus. *Si* Allegra le laissait revenir dans sa vie, il ferait en sorte qu'elle reçoive les meilleurs soins. À partir de maintenant, si elle souffrait ne serait-ce que d'une coupure, il fallait qu'il soit au courant. Si elle avait une urgence médicale, il serait présent.

Lorsqu'il atteignit son pick-up et grimpa à l'intérieur, il était trempé.

Retirant sa veste mouillée et sa cravate, il les lança sur la plage arrière. Sa chemise collait à sa peau, mais il s'en moquait. Tandis qu'il s'insérait dans la circulation, il téléphona à Allegra. Pas de réponse.

Il doutait qu'elle aille au travail, puisque l'après-midi était déjà bien avancée, mais au cas où, il rappela Janice.

Quand l'assistante d'Allegra lui confirma qu'elle n'avait pas eu de nouvelles d'Allegra, il raccrocha. Il composa de nouveau le numéro d'Allegra, en vain, puis se concentra sur la route.

Il alluma la radio locale et entendit les dernières alertes météo. Apparemment, l'ouragan allait frapper Miami de plein fouet. Bien qu'il ne soit que 17 heures, il faisait très sombre, aussi alluma-t-il ses phares.

De fortes bourrasques ballottèrent le pick-up tandis que Tobias se dirigeait vers la maison d'Esmae. Si Allegra n'était pas là-bas, il se rendrait chez elle.

Il était prêt à tout pour la retrouver.

15

Allegra approchait de la demeure d'Esmae. Elle n'avait pas eu l'intention de revenir, mais, pendant qu'elle était à l'hôpital, elle s'était souvenue du tableau qu'elle avait laissé dans le cottage. Maintenant qu'elle avait lu le journal d'Alexandra, il était hors de question que ce portrait reste ici.

Tandis qu'elle se garait dans l'allée, elle remarqua que Jose, l'époux de Marta, était déjà passé pour fermer les volets anti-ouragan. Il n'y avait pas de lumière à l'intérieur, donc Tobias n'était sans doute pas là.

Sortant de sa voiture, elle courut pour rejoindre le cottage. Bien qu'elle porte un imperméable, son jean fut trempé en quelques secondes. Quand elle atteignit la maison, le vent soufflait encore plus fort, déchaînant la mer et emplissant l'air d'une eau brumeuse et salée qui lui piquait les yeux.

Elle remarqua que Jose avait oublié de fermer un des volets de la petite bâtisse. Elle essaya de le fermer mais renonça quand elle se rendit compte que le loquet était cassé.

Écartant des mèches mouillées de son visage, elle s'accrocha à la balustrade de la galerie. Ce fut alors qu'elle aperçut le canot, attaché à une borne d'amarrage au bout de la jetée.

Dans sa hâte de protéger la demeure principale et la maison de la plage, Jose avait manifestement oublié de mettre le canot à l'abri dans le hangar à bateaux. En temps normal, on pouvait le laisser flotter mais, avec la marée haute et l'ouragan qui arrivait, il pourrait s'écraser contre la jetée et se percer, ou être emporté.

Se penchant pour contrer le vent, Allegra dévala rapidement les marches de l'escalier menant à la plage et grimpa sur la jetée détrempée. Agrippant la rambarde, elle se dirigea à pas prudents vers le canot. Lorsqu'elle fut devant la borne d'amarrage, elle s'agenouilla, en gardant une main sur le garde-fou, et commença à défaire le nœud qui retenait l'embarcation.

Une vague s'écrasa contre la jetée, l'éclaboussant au passage. S'essuyant les yeux, elle se remit à batailler avec la corde mouillée, mais le vent et les vagues ne cessaient d'entraver ses efforts.

Elle saisit la corde des deux mains afin de rapprocher le canot et d'avoir un peu plus de marge de manœuvre. Elle avait presque réussi à dénouer la corde quand elle entendit quelqu'un l'appeler. Elle tourna la tête. Tobias ! L'air furieux, il lui hurlait d'abandonner le canot.

Au même instant, une autre vague, plus haute que la précédente, déferla sur la jetée. Allegra sentit ses pieds se dérober sous elle. Poussant un cri, elle tenta de se raccrocher à la rambarde. Mais le bois glissant et la puissance de l'eau l'en empêchèrent.

Quelque chose, sans doute le canot, heurta un côté de sa tête quand elle fut propulsée sur le côté de la jetée, puis elle tomba dans la mer.

Bien qu'elle soit déjà trempée, la froideur de l'eau lui coupa le souffle.

Sa première pensée fut qu'elle devait s'éloigner de la jetée, car elle ne voulait pas être projetée contre les immenses piliers incrustés de coquilles d'huîtres. L'autre danger était le canot, ballotté par le vent et les vagues.

Flottant dangereusement près du petit bateau, elle prit une grande bouffée d'air et nagea pour s'éloigner à la fois de la jetée et du canot, ce qui signifiait qu'elle s'éloignait aussi du rivage. Elle était une excellente nageuse, mais il était difficile d'avancer dans les eaux déchaînées. Quand elle aurait parcouru quelques mètres, elle pourrait reprendre la direction de la plage.

Essoufflée, elle nagea sur place quelques instants et regarda autour d'elle pour se repérer. Une vague la submergea, la ramenant vers la plage. Malheureusement, Allegra était encore trop près du canot.

Elle nagea encore quelques brassées puis se prépara à affronter la prochaine vague. Cette fois, lorsqu'elle émergea de l'eau en toussant et en essayant reprendre son souffle, elle aperçut un mouvement sur la jetée.

Tobias. Il tenait la rambarde des deux mains et scrutait l'eau autour de lui. Sa chemise et son pantalon noir étaient trempés. Après quelques secondes, il la repéra.

Une autre vague survint, mais cette fois, Allegra était prête. Mettant la tête sous l'eau, elle donna quelques coups de jambe et émergea de l'autre côté de la vague. Elle jeta un coup d'œil vers la jetée, qui était vide... Tobias avait sans doute été happé par la vague, se dit-elle, la peur lui comprimant la poitrine. Une seconde plus tard, il apparut à la surface à un mètre d'elle. Puis, sans qu'ils aient le temps de réfléchir, une nouvelle vague les balaya.

Quand Allegra eut repris son souffle, Tobias riva ses yeux aux siens.

— Tu peux nager ? demanda-t-il. Il faut qu'on regagne le rivage avant que ça n'empire.

Le soulagement qui l'avait envahie quand Tobias avait surgi près d'elle se mua en une joie enivrante. Il n'avait pas été emporté par la vague, il avait plongé pour *venir à sa rescousse.*

— Je peux nager.

Après quelques brassées freinées par les vagues hautes, elle sentit qu'elle avait pied. Quand elle se mit debout, une vague la frappa dans le dos. Tobias l'agrippa par la taille, et ils nagèrent sur les derniers mètres qui les séparaient de la terre ferme. Une fois qu'ils eurent atteint la plage, déjà jonchée de bois flotté et d'algues, il la serra contre lui et l'embrassa. Ses lèvres avaient le goût du sel.

Quand il releva la tête, il posa un regard enfiévré sur elle.

— Je croyais que je t'avais perdue. Mais qu'est-ce que tu fabriquais là-bas ? Tu n'as pas entendu ? Il y a un ouragan qui...

— Je voulais récupérer le canot...

— Si c'est Jose qui t'a demandé de le faire, je vais le renvoyer dès demain !

Le rugissement du vent et des vagues sembla s'évanouir quand elle observa ses pupilles argentées ourlées de cils noirs et la cicatrice sur son nez.

— Ce n'est pas lui. Il est parti avant mon arrivée.

— Ce qui veut dire que c'était ton idée. Pourquoi ne suis-je pas étonné ?

Il la serra contre elle, et étrangement, elle trouva cette étreinte encore plus intime que leur baiser.

Elle noua les bras autour de sa taille, savourant la chaleur qui émanait de son corps.

— J'ai failli avoir une attaque quand je t'ai vue sur la jetée.

— Il n'y aurait pas eu de problème si quelqu'un n'avait pas noué un drôle de nœud, bien trop serré.

— Tu veux dire, un nœud d'amarrage classique, un tour mort et deux demi-clés...

— En tout cas, il était impossible à défaire.

— Tu n'aurais pas dû être ici, point. C'est bien trop dangereux. Et tu n'aurais certainement pas dû être dehors en pleine tempête alors que tu sors à peine de l'hôpital.

Allegra se figea.

— Comment es-tu au courant ?

Tobias l'emmena vers le cottage.

— J'ai essayé de te joindre tout l'après-midi. À la fin, j'ai appelé Janice, qui m'a dit où tu étais...

— Tu me *cherchais* ?

— Oui. Je devenais *fou* parce que je ne te trouvais pas.

L'espace d'une seconde, elle ne sut que penser ni que ressentir, puis la colère prit le dessus. Elle avait cru qu'entre Tobias et elle, tout était fini. Elle avait *commencé le deuil* de leur relation. Et voilà que maintenant il se souciait d'elle...

— On ferait mieux d'entrer, dit-il. L'ouragan est censé atteindre un pic dans une heure, et une onde de tempête est prévue.

Le sifflement strident du vent sembla monter d'un cran. Allegra jeta un coup d'œil vers la mer. Les vagues étaient de plus en plus déchaînées et la brume s'épaississait.

— Et le canot...

— Oublie ce fichu canot ! Vu la force de la tempête, nous aurons de la chance si la jetée résiste.

Tobias avait toujours le bras autour de sa taille, comme s'il ne pouvait pas la lâcher, ce qui éveillait chez elle des sentiments contradictoires. Elle était très heureuse qu'il ait sauté dans l'eau pour la sauver, mais elle lui en voulait encore d'avoir douté d'elle.

Le vent les secoua quand ils montèrent les marches du perron. Tobias se pencha pour ramasser sa veste de pluie qu'il avait sans doute laissée là avant de gagner la plage. Allegra regarda derrière elle. La jetée était maintenant presque totalement submergée. L'eau était montée si vite... Elle frémit en songeant à ce qui aurait pu advenir.

Elle le fixa durement.

— Tu n'aurais pas dû sauter !

— Tu t'inquiétais pour moi ?

Elle soutint son regard. Pour une fois, elle ne prit pas la peine de cacher ses émotions. Tobias était fort et résistant, mais la mer était sauvage. Bien qu'Allegra soit furieuse contre lui, l'idée qu'il puisse lui arriver quelque chose lui glaçait le sang.

— Oui, avoua-t-elle.

Il l'aida à monter les dernières marches, puis ouvrit la porte et la referma derrière eux.

Le bruit du vent et le rugissement des vagues étaient encore d'une force effrayante, mais c'était un soulagement d'être à l'abri.

Les volets étant fermés, la maison était plongée dans l'obscurité. Tobias alluma les lumières, puis ils gagnèrent la cuisine.

— Tu saignes, nota-t-il. Qu'est-ce que tu t'es fait à la tête ?

Allegra toucha sa tempe et grimaça. Une bosse était déjà en train de se former.

— Je crois que c'est le canot qui m'a heurtée.

Tobias écarta ses cheveux et examina la blessure avec douceur.

— Ce n'est qu'une éraflure, mais il faut la désinfecter et mettre de la glace dessus.

Tandis qu'elle s'asseyait à table, il sortit du réfrigérateur un bac de glaçons. Il les versa dans un torchon proche et lui tendit la poche de glace de fortune, qu'elle appuya contre sa tête. Puis il disparut un instant. Il revint rapidement avec une pile de serviettes blanches et une trousse de premiers secours.

Lorsqu'il posa une serviette autour de ses épaules, elle se rendit compte qu'elle commençait à grelotter. La température avait baissé, et ses vêtements trempés collaient à sa peau.

Tobias recula une chaise et s'assit face à elle, ses cuisses encadrant les siennes. Il ouvrit la trousse et prit un tube d'antiseptique.

— Au moins, tu nages très bien, souligna-t-il.

Allegra tenta de ne pas remarquer à quel point Tobias était sexy avec sa chemise plaquée contre sa peau hâlée.

— C'était dans ton rapport d'investigation ?

Il plongea les yeux dans les siens.

— J'imagine que je mérite cette pique. Je te regardais souvent nager près de la plage. Mais, je l'admets, j'ai aussi questionné Esmae, qui m'a appris que tu faisais des compétitions de natation.

Il appliqua l'antiseptique sur une compresse.

— Mais elle ne m'a pas dit que tu avais un problème cardiaque, qui rend ce que tu as fait encore plus *grave*...

Elle sursauta un peu lorsqu'il appliqua la compresse sur la plaie.

— Je ne pensais pas finir dans l'eau, et ce n'est pas vraiment un problème cardiaque. C'est juste un dérèglement électrique bizarre, qui se produit en général quand je suis sous pression.

Tobias l'étudia, l'air indéchiffrable, puis il remit l'antiseptique dans la trousse de secours et se leva pour inspecter les placards. La colère qu'elle éprouvait envers lui s'évanouit, et elle regretta l'intimité et la chaleur qu'ils avaient partagées sur la plage.

Reprenant la poche de glace, elle la plaqua contre sa tempe et observa Tobias pendant qu'il préparait du café. Elle remarqua qu'il avait posé une boîte de bougies et un briquet sur le plan de travail, au cas où l'électricité serait coupée. Quand les arômes intenses du café emplirent l'air, Tobias retira sa chemise mouillée et l'accrocha sur le dossier d'une chaise. Prenant une serviette, il se sécha puis s'appuya contre le plan de travail, les bras croisés.

— Pourquoi ne m'as-tu pas parlé de la TSV ?

Allegra détourna le regard de son torse nu.

— Si tu te souviens bien, nous n'avons pas passé beaucoup de temps à discuter, fit-elle valoir.

Soudain lasse de rester assise à ne rien faire, elle se leva pour prendre des tasses.

— Mais puisque tu me le demandes, je ne t'en ai pas parlé parce que je ne pensais pas que c'était important...

— C'était important.

Quand elle mit le sucre et les cuillères à café sur le plan de travail, Tobias posa la main sur la sienne. Soudain, elle se sentit nerveuse.

Entrelaçant leurs doigts, il l'attira contre lui.

— Je t'ai cherchée partout, car je voulais me racheter après ce qui s'est passé tout à l'heure. Janice m'a appris que tu étais au Mercy, à cause d'un problème cardiaque. Je me suis précipité à l'hôpital et je t'ai manqué de quelques minutes...

Il relâcha légèrement sa main.

— Je me suis rendu compte que j'ai commis la même erreur qu'il y a deux ans. Je ne t'ai pas fait confiance.

Il marqua un temps, puis poursuivit :

— Avant de te rencontrer, j'étais en couple avec Lindsay, comme tu le sais.

— Vous viviez ensemble.

— Oui, Lindsay voulait se marier, avoir des enfants. J'ai accepté. Elle commençait déjà à préparer le mariage mais, à ce moment-là, je savais que notre couple ne durerait pas, alors nous avons rompu.

En quelques phrases, il expliqua comment la rupture de ses parents, lorsqu'il avait dix ans, l'avait traumatisé. Son père, infidèle, avait accumulé les conquêtes, et lorsqu'il avait quitté le foyer, sa mère avait sombré dans l'amertume et le chagrin.

— C'est pour ça que j'ai choisi Lindsay. Je cherchais une personne fiable et stable, car je ne voulais pas être comme mon père. Ensuite, je t'ai vue sur la plage et j'ai eu un coup de foudre. Ajoute à cela la culpabilité que j'ai ressentie quand j'ai fini par quitter Lindsay parce que je te désirais...

Il la lâcha et alla vers la seule fenêtre non protégée par un volet. Il observa la tempête au dehors, l'air lointain.

— Mais ce n'était pas le pire. Je l'ai appris plus tard, Lindsay était enceinte quand je l'ai quittée. Peu après, elle a fait une fausse couche.

Il haussa les épaules.

— J'ai voulu limiter les dégâts. Ce qui signifiait nier mon désir pour toi.

Une forte bourrasque frappa la maison, mais Allegra y prêta à peine attention ; elle était encore stupéfiée par ces révélations.

— Je suis vraiment désolée que vous ayez perdu votre bébé, dit-elle avec douceur. Quand exactement Lindsay a-t-elle fait sa fausse couche ?

Tobias tourna la tête vers elle, le regard étrangement sombre.

— Le lendemain de notre nuit ensemble.

Soudain, tout s'expliquait. Allegra s'était toujours demandé pourquoi Tobias l'avait abandonnée si vite, alors que l'attirance entre eux avait été si forte et que leur nuit avait été si merveilleuse. À présent, elle savait. Tobias avait agi sous l'effet du choc, du chagrin, de la culpabilité.

— Tu t'en voulais pour la fausse couche.

— Comment aurait-il pu en être autrement ?

Après cela, les rumeurs qui couraient sur elle l'avaient conforté dans sa décision, gâchant toute chance d'une histoire sérieuse entre eux.

Il fallait aussi qu'ils parlent de la scène dans la chambre d'amis ce matin.

— Et ta réaction devant les bijoux ? J'imagine que tu as vu

sur Internet certains des mensonges que Halliday et Fischer ont colportés à mon sujet.

— Ça a réveillé de vieilles blessures. Mon père a dépensé une fortune en bijoux pour ses différentes « amies », et puis, je ne pouvais pas supporter l'idée que tu aies pu coucher avec Fischer et Halliday. Quand j'ai vu ces diamants éparpillés sur le siège de ta voiture, j'ai... réagi de manière excessive.

Elle prit une grande inspiration.

— Te rends-tu compte à quel point tu m'as *blessée* ?

Tobias effaça la distance qui les séparait et la prit dans ses bras.

— Chérie, je suis désolé de t'avoir fait du mal, et je suis navré qu'il m'ait fallu si longtemps pour admettre la vérité. Quand tu es partie, j'ai failli devenir fou...

Ils furent soudainement plongés dans l'obscurité. L'électricité était coupée.

Tobias marmonna un juron. Il alla jusqu'au plan de travail, alluma une chandelle et la plaça dans un verre. Il fit de même avec trois autres chandelles qu'il disposa à des endroits stratégiques.

La cuisine était maintenant baignée d'une lumière chaleureuse, et le café était prêt. Tobias remplit une tasse et la tendit à Allegra.

— Bois ça, dit-il. Tu es toute pâle.

Elle avait bien besoin de se réchauffer. Un café sucré lui semblait aussi délicieux que de l'ambroisie à cet instant.

— Il y a autre chose dont nous devons parler, dit-il. J'ai demandé à Tulley d'enquêter sur les deux hommes qui ont tenté de détruire ta réputation.

Allegra releva vivement la tête, ce qui fit pulser sa tempe douloureusement. Si elle en jugeait par le ton de sa voix, Tobias semblait penser qu'elle était *innocente*.

— Pourquoi ?

— Parce que ces histoires sur le web n'ont rien à voir avec la personne que tu es. Et il s'avère que ces deux hommes ont une réputation douteuse.

— Et beaucoup d'argent et de pouvoir, enchérit-elle. Fischer a essayé de me séduire dans mon propre bureau…

— Je vais le tuer.

— Inutile. Je l'ai frappé avec une agrafeuse.

— Tu as fait *quoi* ?

— C'était une grosse agrafeuse. Il s'est écroulé, dit-elle avec satisfaction.

Une lueur amusée passa dans le regard de Tobias.

— Je sais ce qu'ils t'ont fait, dit-il. C'est pour cela que j'ai demandé à Tulley d'enquêter. Il a découvert que Halliday et Fischer traînaient depuis des années sur des sites de rencontre, sous de faux profils. Il y a eu d'autres plaintes pour harcèlement, qui ont été étouffées, soit en menaçant les victimes, soit en achetant leur silence. Pour le dire poliment, ils avaient un comportement de prédateurs.

Il croisa les bras.

— Mais il se trouve que Hunt Security, ainsi que les entreprises des familles Messena et Atraeus, font des affaires avec Burns-Stein Halliday. J'ai envoyé par mail à Burns le rapport d'enquête, et je lui ai fait comprendre que s'ils continuaient d'employer Halliday et Fischer, il y aurait des répercussions. J'ai aussi ajouté qu'ils devaient réparer le tort qu'ils t'ont causé, dès que possible, sinon, ils auraient affaire à moi.

Allegra avait la gorge nouée par l'émotion. Elle avait cru s'être remise de cette histoire, mais la pression dans sa poitrine lui indiquait que ce n'était pas le cas.

Ce qui s'était produit l'avait *blessée*, oui. Elle avait consacré des années à ses études et à sa carrière, ensuite, presque du jour au lendemain, tout lui avait été arraché, de la plus humiliante des manières.

Lorsqu'elle fut enfin capable de parler, sa voix était rauque.

— Qu'est-ce que tu entends par *réparer* ?

— Pour commencer, ils te doivent des excuses. Il y a des lois contre le harcèlement au travail, et ils les ont ignorées. Et puis, il y a la question de la compensation pour ta carrière gâchée…

— Je suis partie de mon plein gré.

— Tu es partie à cause de ce qui s'est passé.

— Je n'ai pas vraiment les moyens de les poursuivre en...

— Raison pour laquelle *je* les poursuis en justice.

Elle trouvait cela incroyablement romantique. Tobias était venu à sa rescousse tout à l'heure, et maintenant il allait se battre pour qu'elle obtienne justice.

Il était de son côté, ce qui voulait dire que le cabinet Burns-Stein Halliday était dans de beaux draps. Elle n'aimerait pas être à la place de ses anciens patrons si Tobias se rendait dans leurs bureaux. Mais, si cela arrivait, elle tenait absolument à être présente.

— Quand tu iras les voir, je viendrai avec toi.

Il fronça les sourcils.

— Tu n'iras pas travailler pour ces clowns. Ton institut est fantastique, et en ce qui me concerne, le bail est à toi tant que tu le souhaites.

Une délicieuse onde de chaleur se propagea dans sa poitrine. Tobias était autoritaire, mais elle trouvait cela viril et sexy. En temps normal, elle n'aimait pas les ordres, mais elle accepterait volontiers celui-ci. Et elle était ravie que Tobias veuille la protéger.

— Pourquoi est-ce que je retournerais chez BSH ? Ce serait comme reprendre les concours de beauté. J'aimais ces concours et j'aimais gagner, mais un jour j'en ai eu assez, parce que ce n'était plus vraiment moi...

— Chérie, je ne te suis plus.

— Ce que je veux dire, c'est que j'ai aimé étudier, mais je n'ai pas obtenu mon diplôme pour travailler pour Satan.

— J'imagine que tu parles de Burns ? demanda-t-il en riant.

— Oui, Satan. Mais revenons-en au bail... Puisque je suis parfaitement heureuse à Miami, et que je commence à croire que je me suis enfin trouvé un petit ami, bien sûr que je reste !

L'émotion qui passa dans le regard de Tobias fit vaciller son cœur.

Il avança vers elle, lui prit la tasse des mains, puis l'attira contre lui.

Ils étaient encore trempés et couverts de sel, et ils avaient bien besoin d'une douche, mais Allegra n'avait aucune envie d'interrompre leur étreinte. Elle voulait rester dans les bras de Tobias car, en dépit de tout ce qui avait été dit, elle craignait encore que cette intimité nouvelle disparaisse.

— J'aurais aimé connaître tous ces éléments sur ta relation avec Lindsay il y a deux ans.

— Et moi, j'aurais aimé être au courant pour Halliday et Fischer.

Puis il appuya le front contre le sien.

— Nous ne savions pas tout l'un sur l'autre... mais je suis presque sûr que quelqu'un d'autre savait.

— Esmae.

— Elle savait que j'étais tombé amoureux de toi.

À ces mots, Allegra sentit un bonheur l'envahir, lumineux et enivrant.

Elle mit la tête en arrière pour étudier les contours de son visage, l'angle rude de sa mâchoire.

— Amoureux ? demanda-t-elle, juste pour être sûre d'avoir bien entendu.

Il esquissa un sourire.

— Follement, éperdument, amoureux.

Elle sourit à son tour.

— J'éprouve exactement les mêmes sentiments pour toi, affirma-t-elle.

Elle avait envie de danser, mais elle se contenta d'étreindre Tobias.

Il lui donna un long baiser. Lorsqu'il détacha enfin ses lèvres des siennes, Allegra était accrochée à lui, baignée par la chaleur de son corps et bercée par le rythme régulier de son cœur.

— J'ai l'impression de rêver, déclara-t-elle. Ça me semble presque irréel.

Tobias tendit le bras vers sa veste, suspendue sur la chaise à côté d'eux, et sortit un petit écrin de l'une des poches.

— Nous pouvons rendre les choses plus réelles, dit-il. Du moins, si ta réponse est oui.

La boîte portait le logo Ambrosi. Tobias l'ouvrit, exposant

un solitaire en diamant. Bien que sobre, la bague était d'une beauté à couper le souffle.

— Elle est magnifique, murmura-t-elle.

— Et elle est neuve. Donc, elle n'est chargée d'aucune histoire.

Elle inspira brusquement.

Maintenant, c'était réel.

— Tu l'as achetée pour moi.

Tobias se mit sur un genou.

— Allegra Mallory, acceptes-tu de m'épouser ?

Elle n'envisageait qu'une réponse à cette question.

— Oui, oui, et oui !

Elle tendit la main afin qu'il puisse glisser la bague à son doigt. Et, lorsque ce fut fait, elle sentit son regard s'embuer. Mais, cette fois, c'étaient des larmes de joie.

Tobias et elle avaient enfin trouvé le chemin du bonheur.

NICKI NIGHT

Intimes négociations

Traduction française de
PATRICIA RADISSON

PASSIONS

HARLEQUIN

Titre original :
INTIMATE NEGOTIATIONS

Ce roman a déjà été publié en 2021.

1

— Eh bien… La chance vous sourira une autre fois, décréta Seth Sanders d'un ton froid dénué de toute empathie.

En voyant le contentement que son patron ne pouvait dissimuler, Zoe se maîtrisa, espérant ne rien laisser paraître de son amertume.

— Sans doute, répondit-elle avec un sourire pincé en détournant la tête.

Se désintéressant de Seth, elle fixa l'écran de son ordinateur, le dos bien droit, la tête haute.

Laisser éclater sa colère l'aurait soulagée. Pourtant il n'était pas question de donner l'image d'une employée frustrée de ne pas avoir été promue. Malgré tout, elle *était* frustrée. Et furieuse ! Elle venait de nouveau d'être écartée d'une promotion, suivant le même scénario que la dernière fois : une employée formée par ses soins prenait le poste qui lui revenait de droit. Dans les deux cas, sans pouvoir le prouver, elle sentait l'intervention malveillante de Seth.

Celui-ci s'attarda un instant avant de se retirer.

Dès qu'il fut sorti, elle sentit les larmes lui brûler les yeux. Son smartphone à la main, elle se dirigea vers les toilettes, où elle donna libre cours à sa colère. Cette injustice la mettait hors d'elle, mais surtout, elle enrageait contre cette colère qui la faisait pleurer, la rendait vulnérable.

Inspirant à plusieurs reprises, elle se redressa enfin, ferma les yeux et ravala ses émotions.

Nul doute que Seth se vengeait. Elle faisait partie des quelques femmes à Bowman Advisors qui avaient osé repousser ses avances – qu'il soit le fils d'un des membres du conseil d'administration lui importait peu. Il n'avait jamais fait de deuxième tentative. Cependant, depuis, il s'évertuait chaque jour à lui rendre la vie professionnelle difficile. La plupart du temps elle traitait par le mépris cette revanche enfantine, mais à présent il lui barrait la route vers une ascension au sein de l'entreprise. Elle n'en avait pas encore la preuve formelle, mais ça viendrait.

Elle prit une profonde inspiration. L'un des deux devait quitter la boîte, elle ou Seth. Son mentor lui avait appris que certaines fois, les patrons renvoyaient leurs employés, mais d'autres fois, c'étaient les employés qui renvoyaient leur patron. Le moment était peut-être venu de virer Seth…

Elle se lava les mains, essuya ses larmes et étudia son image dans le miroir. Plantant son regard dans ses yeux de biche, si semblables à ceux de sa mère, elle en tira une force nouvelle. Un sourire plaqué sur son visage, elle se mit à réfléchir. Puisqu'elle parvenait à relever les défis actuels de sa vie, elle n'avait aucune raison de ne pas triompher de types tels que Seth Sanders. Armée d'une conviction toute neuve, elle sortit des toilettes et composa le numéro de téléphone de Willena Williams. Forte, brillante et très respectée, Willena était une icône de la finance. Elle avait aussi été un de ses professeurs à l'université, et plus tard son mentor.

— Bonjour Zoe, dit cette dernière.

Elle avait une voix pleine et forte, qualité qui lui permettait d'imposer le silence à une salle comble, ou d'entraîner une équipe derrière elle. Zoe l'imagina dans son grand bureau, éclairé de larges baies vitrées, vêtue d'un de ses tailleurs bien coupés, les cheveux poivre et sel, dont une mèche lui barrait le front.

— Tu as passé un bon week-end ? s'enquit Willena.

— Oui, mais aujourd'hui, c'est beaucoup moins bien… On pourrait déjeuner ensemble ?

— Déjeuner, non. Mais dîner, oui. Il y a longtemps que je ne suis pas allée chez Smith, et j'ai envie d'un bon steak.

— C'est parfait ! 18 heures ?

— Plutôt 17 h 30.

— Entendu. À tout à l'heure !

Un peu soulagée, Zoe se dirigea vers son bureau, ignorant le regard moqueur de Seth. Elle n'avait plus qu'une hâte : arriver à l'heure du dîner avec Willena.

À la minute même où l'écran de son ordinateur indiqua 17 heures, elle rangea ses affaires, prit son sac à main et se dirigea vers la sortie.

Se faufilant à travers la foule de la sortie des bureaux de New York, elle marchait d'un bon pas, au rythme qui s'accordait à l'âme de la ville. Dès qu'elle se trouvait dans la rue, ce pas alerte lui venait naturellement. Après un rapide trajet en métro, elle arriva au restaurant avec quelques minutes d'avance. Willena la rejoignit peu après, et on leur donna une table.

— Un Johnny Walker Blue, commanda Willena. Sec. Et pour toi ?

— Un verre de riesling.

— Votre meilleur riesling, précisa Willena au moment où le serveur les quittait.

Un jour, Zoe aussi boirait du whisky sec, comme Willena. La boisson de son mentor exprimait sa personnalité : une femme mûre, raffinée, dure et douce à la fois, une femme de pouvoir. Pour le moment, Zoe était de celles qui boivent du vin blanc.

— Comment ça va, mon petit ? demanda Willena en beurrant une tartine de pain chaud.

— Ça va.

— Pas plus que ça ? Comment va ta famille ?

— Bien. Rien à signaler. Et la tienne ?

Willena n'avait ni mari ni enfants. Elle avait épousé son travail et ne vivait que pour lui depuis vingt-cinq ans. Juste quelques amants par-ci par-là. Elle avait refusé plus d'une proposition en mariage. En revanche, elle était la tante gâteau d'une tribu de neveux et nièces.

— Mon neveu a opté pour Harvard, répondit-elle. Il marche sur les traces de sa tante, et je suis très fière de lui.

— Formidable ! Je sais que cela te rend heureuse.

Elles prirent quelques instants pour commander leur repas et, une fois le serveur parti, Willena la regarda dans les yeux, l'observant avec attention.

— Alors, que se passe-t-il ? demanda-t-elle.

— Une promotion m'est passée sous le nez… une fois de plus.

— Ah.

— Cette fois-ci, je le prends vraiment mal. La première fois, on pouvait croire à la de malchance. Mais là, je le prends de manière… personnelle. Une espèce de sabotage, en quelque sorte. Comme si on ne voulait pas que je grimpe les échelons de la boîte.

Willena hocha la tête sans un mot.

— Seth a eu l'air content que je ne sois pas promue, poursuivit Zoe. Je suis sûre que c'est lui qui a posé son veto, et je vais faire une réclamation contre lui, mais je voulais m'assurer que le moment était bien choisi. Je n'ai pas envie de passer pour une mauvaise perdante.

Pour se calmer, elle prit une profonde inspiration avant de poursuivre :

— Il prend plaisir à me barrer la route. J'ai toutes les qualifications requises, pourtant. Je mérite cette promotion.

— Tu sais que ton entreprise favorise la cooptation entre copains de la même promotion. C'est noble de ta part d'avoir cru qu'en travaillant dur tu serais récompensée. Mais dans ce cas, cela ne se passe pas ainsi. Si tu ne connais pas un cadre important au sein de la boîte, si tu n'as pas quelqu'un de ta famille au conseil d'administration, tu as peu de chances de parvenir en haut de l'échelle. Mais bien sûr, tu savais tout ça. Dis-toi une chose, tu as appris chez eux ce dont tu avais besoin. Quand les autres entreprises liront le nom de ta boîte sur ton curriculum vitæ, cela retiendra leur attention. Il est temps pour toi de prendre ton envol. Passe à autre chose ! Tu as un plan ?

Bonne question ! Zoe n'y avait pas vraiment pensé. Elle sentait juste que le moment d'agir était venu. Mais comment ?

— Non, pas vraiment, reconnut-elle.

— Garde la spontanéité pour la vie amoureuse, lui conseilla Willena. Dans les affaires, faire des plans est indispensable. S'agissant de sa carrière, on ne prend pas de décisions à l'emporte-pièce. Commence par imaginer où tu te vois dans les années à venir, et ensuite, assure-toi que tes actions te rapprochent de ce but.

Zoe but une gorgée de vin, un peu soulagée. Elle se félicitait de s'être adressée à Willena. Cette dernière donnait rarement des conseils, mais elle venait en quelques mots de lui apporter son avis éclairé.

— J'ai quelques amis bien placés, ajouta Willena. Tu connais Blackwell Wealth Management, je pense ?

— Bien sûr.

— Ils s'agrandissent. Je demanderai à Bill si d'aventure il y aurait une ouverture pour toi. Je te tiens au courant.

— Je t'en serais reconnaissante.

— En attendant, élabore un plan d'action et envoie-le-moi. Nous verrons alors quelles possibilités s'offrent à toi.

Soudain plus légère, Zoe hocha la tête. Seth ne lui barrerait pas la route vers son but, se jura-t-elle. Ce n'est pas parce qu'il ne voulait pas la promouvoir qu'elle n'atteindrait pas par elle-même ses ambitions professionnelles.

— Et maintenant, demanda Willena en la scrutant avec attention, comment va ta vie amoureuse ?

Zoe rejeta la tête en arrière en riant.

— Tout va bien, déclara-t-elle.

— Il faut que tu t'amuses un peu, ma chérie.

— Hum… Ce saumon est délicieux, éluda Zoe en retenant un sourire amusé.

Elle ferma les yeux pour mieux savourer sa bouchée. Quand elle les rouvrit, le regard perçant de Willena était toujours posé sur elle.

Zoe se mit de nouveau à rire. Que répondre à son amie ? Aurait-elle un jour une réponse à offrir à cette question ?

2

— Je viens de faire passer le pire entretien de ma vie, déclara Ethan en passant une main sur son front. Le type était d'une arrogance incroyable. Il agissait comme s'il devait se choisir un patron, et non l'inverse !

— Eh bien on dirait que tu n'as eu que des candidats nuls, ces derniers temps. Ce poste de vice-président va finir par me revenir, répliqua son frère Carter, à l'autre bout du fil.

— Jamais de la vie ! Ne va pas te faire imprimer de nouvelles cartes de visite, mon vieux ! Il me reste encore trois postulants à recevoir, rien que pour aujourd'hui. Et ce poste de vice-président *me* revient.

— Et si on pariait ?

— On parie quoi ?

Carter chantonna quelques instants avant de déclarer :

— Voyons... quelque chose de bien humiliant.

— Ne te fais pas de mal, petit frère. Je détesterais voir ta tête quand je gagnerai.

Carter éclata de rire.

— C'est moi qui vais gagner ! Voyons voir... Ça y est ! J'ai une idée ! Le perdant offre au vainqueur une série de clubs de golf Callaway.

— Oui ! s'exclama Ethan. Ce sont d'excellents clubs qui me permettront de te battre une nouvelle fois sur le green ! Si on ajoutait une voiturette, pour corser le pari ?

— Tu veux aussi m'offrir une voiturette ? Super !

— Non, c'est *toi* qui vas devoir casser ta tirelire pour m'en acheter une ! Et ensuite, je me présenterai chez toi avec ma nouvelle carte de visite, gravée à mon nouveau titre professionnel, et…

— Excusez-moi, monsieur Blackwell.

Ethan sursauta. Tournant la tête vers la porte, il aperçut son assistante.

— Oui, Bella ?

— La postulante suivante est arrivée, dit-elle. Une Mlle Baldwin. Zoe Baldwin.

— Accordez-moi deux minutes et envoyez-la-moi.

— Bien, monsieur.

Quand elle fut sortie, Ethan reprit sa conversation avec son frère :

— La prochaine candidate arrive. Espérons qu'elle sera meilleure que le précédent. On se reparle bientôt, vieux frère.

— Bonne chance. Je t'envoie des photos des clubs que tu vas bientôt m'offrir.

— Si ça te fait plaisir. Allez, à plus tard.

Ethan raccrocha en souriant. Cette petite conversation avec son frère lui avait fait le plus grand bien. Cette suite d'entretiens l'épuisait. Les postulants se succédaient depuis quelques jours pour occuper le poste de directeur d'une nouvelle branche de Blackwell Wealth Management.

Leur père les avait chargés, Carter et lui, ainsi que leur collègue, Dillon Chambers, d'agrandir l'entreprise en ouvrant différentes branches dans leurs domaines respectifs. Ethan était responsable de tout Long Island, depuis Cross Island Parkway jusqu'à Montauk. Le domaine de Carter comprenait les cinq arrondissements de New York. Dillon avait la responsabilité du comté de Westchester. Chacun des trois occupait le poste de directeur régional. Selon leurs performances dans les six prochains mois, l'un d'eux deviendrait vice-président des trois domaines d'activité.

Le poste impliquait un salaire très élevé, des primes

importantes, et un vaste bureau avec une vue imprenable sur Lower Manhattan.

Et maintenant que Carter avait lancé ce pari, le vainqueur bénéficierait en plus d'une série de clubs flambant neufs et d'une voiturette de golf !

— Prêt, monsieur ? demanda Bella depuis la porte.

— Oui, merci.

Ethan ferma les yeux un bref instant, priant pour que l'entretien se déroule au mieux, et ouvrit une nouvelle page de bloc-notes pour inscrire ses impressions.

— Bonjour, monsieur Blackwell.

Cette voix féminine au timbre mélodieux le fit frémir. Il leva les yeux et se leva lentement. D'instinct il tendit la main à la vision qui s'approchait de lui. Une femme magnifique. Magnifique au point qu'il dut faire un effort pour trouver les mots d'une réponse appropriée.

— Euh... Bonjour, mademoiselle...

— Baldwin. Zoe Baldwin.

Ethan lui serra la main puis fourra ses poings dans les poches de son pantalon.

Zoe Baldwin le regarda, un peu gênée.

Le silence entre eux sonna comme une alarme aux oreilles d'Ethan.

— Asseyez-vous, je vous prie, dit-il vivement. Avez-vous une copie de votre curriculum vitæ sur vous ?

— Bien sûr, répondit-elle en le lui tendant.

Ethan regarda si elle portait une alliance. Non.

— Parfait, dit-il.

S'emparant du curriculum, il parcourut les informations sans en saisir une miette.

C'était déjà décidé, il ne nommerait pas une telle femme au poste de directeur de succursale. Un simple regard sur elle et il en oubliait son nom, le protocole, le décorum. Ce n'était pas bon du tout. Il était pourtant un professionnel aguerri, habitué aux belles femmes, de surcroît.

— Hum...

Il parcourut le document, toujours sans en comprendre un traître mot. Cela aurait pu être du chinois. Il se racla la gorge, se reprit et finit par étudier avec soin le curriculum vitæ. Qui était… impressionnant.

Puis il reposa le document devant lui et s'appuya contre le dossier de son fauteuil.

— Pourquoi Blackwell Wealth Management ? demanda-t-il.

— Au cours de la décade écoulée, votre histoire a été édifiante, en dépit de quelques hauts et bas. Votre entreprise semble avoir très bien réagi aux défis auxquels vous avez fait face, et au lieu de se contenter de survivre, elle prospère. Votre expansion est exceptionnelle, et en même temps, votre durabilité est remarquable.

Elle s'était animée tout en parlant d'un ton posé, et il ne pouvait que la trouver… plus irrésistible encore.

— Les médias financiers vous avaient à l'œil, poursuivit-elle, mais maintenant ils vous placent sur la liste des compagnies les plus solides. Vos employés et vos clients sont satisfaits. Une telle réputation ne résulte pas de la chance ou du hasard, mais d'un travail acharné et de dirigeants capables.

Elle releva le menton, le regarda bien en face et reprit :

— Je suis travailleuse, je me sens bien au sein d'une équipe dynamique, j'apprends vite et j'ai les qualifications correspondant à ce que vous recherchez. J'ai fait de solides études, et j'ai eu la chance d'avoir des mentors intelligents qui, grâce à leurs réseaux étendus et efficaces, m'aident à gérer ma carrière. Je suis également très ambitieuse et crois vraiment être un atout pour atteindre les buts que vous poursuivez. Je cherche à entrer dans une équipe forte pour continuer à progresser, et je crois fermement que Blackwell est l'endroit idéal pour parfaire ma carrière.

Elle se tut et lui offrit un sourire confiant. Confiant, pas suffisant, nota-t-il.

Il ne savait plus quoi dire. Elle avait tout bon. Il avait envie de s'exclamer : « Je vous embauche ! » Au lieu de cela, il hocha la tête, se replongea dans son curriculum, et posa quelques questions précises sur les différents postes qu'elle avait occupés.

Chaque réponse se révélait meilleure que la précédente.

Il était impressionné. Il la voyait déjà diriger une branche et même prendre sa place, une fois qu'il serait promu vice-président. Intelligente *et* belle. Alors, pourquoi hésitait-il ?

— Avez-vous d'autres questions à me poser, mademoiselle Baldwin ?

— J'en ai quelques-unes, oui. Avec les rumeurs de récession potentielle, quelle est la stratégie de Blackwell pour protéger les intérêts de la compagnie, de vos employés et de vos clients, ainsi que leurs biens ?

Elle est vraiment douée, reconnut Ethan.

Il lui expliqua qu'en dépit des rumeurs de récession, c'était le bon moment pour agrandir l'entreprise.

Elle prenait des notes et posa d'autres questions pertinentes.

En se rendant compte qu'il fixait ses lèvres, Ethan tressaillit et se reprit vivement. C'est sur les propos de cette jeune femme qu'il devait se concentrer, pas sur sa bouche !

Il bougea plusieurs fois sur son siège pour éviter de trop la fixer. Il ne voulait à aucun prix la mettre mal à l'aise, ni qu'elle juge son attitude inappropriée.

Il était certain qu'un des défis auxquels elle avait fait allusion avait trait au problème de harcèlement sexuel qu'ils avaient rencontré, quelques années auparavant. Blackwell avait immédiatement réagi et pris des mesures drastiques contre le harcèlement, pour éviter que la situation se reproduise. Mais certains médias s'étaient montrés plus rapides et en avaient fait les gros titres de leurs journaux, et l'entreprise avait accusé le coup, mettant du temps à s'en remettre. Il avait fallu beaucoup de travail pour assurer la sécurité des employées et redorer le blason de la boîte. Il était donc hors de question qu'une telle mésaventure se reproduise.

Ethan répondit à une dernière question de Zoe Baldwin puis se leva.

— Impressionnant, dit-il. Si vous êtes sélectionnée pour le prochain tour d'entretiens, nous vous avertirons.

— Merci monsieur. J'espère avoir très vite de vos nouvelles. Je suis enthousiaste à l'idée de collaborer à Blackwell Wealth Management. Et je pense que ce serait à notre bénéfice mutuel.

Ethan sourit. Une nouvelle fois elle avait eu la bonne formule.

— Merci mademoiselle Baldwin, dit-il en lui tendant la main.

La paume de la jeune femme se révéla d'une douceur sans pareille... Il la lâcha rapidement et la salua de la tête.

Quand elle sortit de son bureau, il fit de son mieux pour ne pas s'attarder sur sa démarche et se laissa tomber dans son fauteuil.

C'était de loin la meilleure candidate. Mais comment embaucher une femme dont on ne parvenait pas à détacher son regard ? Ce serait une source de problèmes sans fin.

Consultant sa montre, il s'octroya un quart d'heure avant le prochain candidat. Il nota quelques impressions sur le curriculum vitæ posé devant lui, avant de se rendre sur LinkedIn pour vérifier la photo de la personne suivante. Pas question d'être pris au dépourvu par une autre beauté !

Soudain il éclata de rire. Il était vraiment ridicule. Carter et lui allaient passer un bon moment, lorsqu'il lui raconterait cette expérience !

Il lui restait quelques minutes et il en profita pour consulter ses mails. Il avait besoin d'oublier Zoe Baldwin et sa voix ensorcelante.

Quand il ouvrit sa messagerie... le nom de la jeune femme lui sauta aux yeux. Il ouvrit son mail et le lut. Elle le remerciait d'avoir pris le temps de considérer sa candidature, rappelait quelques points importants de l'entretien et espérait avoir bientôt de ses nouvelles. Elle terminait en remerciant son mentor, Willena Williams, de l'avoir informée de l'opportunité d'un poste chez Blackwell.

Très fine mouche, cette Zoe Baldwin. Mentionner une femme respectée telle que Willena Williams ne pouvait pas faire de mal. Entre ça et le mail de remerciement rapide et à propos, elle gagnait encore des points.

Peut-être devrait-il envisager un moyen de travailler avec une belle femme qui l'empêchait de se concentrer comme il le fallait, après tout ? Il était un homme d'expérience, un professionnel sans faille. Seulement, quelque chose en Zoe Baldwin allait le mettre à l'épreuve, il le sentait.

Cependant, sa chance était à portée de main. Il ne lui restait qu'une chose à faire pour impressionner son père : obtenir ce poste de vice-président.

Il avait davantage à prouver à son père que Carter.

3

Zoe en était à sa cinquième tenue ! Celles qu'elle venait d'essayer gisaient sur son lit.

Elle se contempla dans le miroir, hocha la tête, enleva la veste de son tailleur, la jeta à son tour sur le lit. Puis elle ôta son pantalon, qui rejoignit la pile de vêtements délaissés.

Lucide, elle se moqua d'elle-même. Certes sa tenue importait, dans la mesure où c'était son premier jour de travail chez Blackwell Wealth Management, et il convenait de faire bonne impression et d'avoir l'air professionnelle. Sauf que… tout cela n'était qu'en partie vrai. En fait, elle se mettait sur son trente et un pour son nouveau patron…

Ethan Blackwell était sans contestation possible l'un des hommes les plus attrayants qu'elle ait jamais rencontrés. Elle ne cherchait pas à le séduire, non. Seulement à paraître à son avantage.

Cet homme avait quelque chose de spécial. Intelligent, sûr de lui. Et très sexy. Son second entretien avec lui s'était déroulé à merveille. Déterminée à obtenir le poste, elle avait donné le maximum. Cependant, à la fin de l'entrevue, elle avait le béguin pour lui. C'était indéniable. Les jours suivants il avait occupé ses pensées par intermittence. Quand il lui avait téléphoné pour lui offrir le poste, elle avait senti ses genoux flageoler à la simple idée de se retrouver près de lui au quotidien.

N'étant pas du genre midinette, elle s'était moquée d'elle-même. Pourquoi diable se comportait-elle comme les filles du lycée, à tomber amoureuse du premier play-boy ? À dire vrai, sur Internet, après s'être renseignée sur Blackwell Wealth Management, elle avait fait des recherches… sur son nouveau patron. C'était un homme respecté qui se dédiait à l'entreprise. Son frère Carter et lui étaient célibataires. Étant des Blackwell, la généalogie les plaçait dans un monde particulier, où abondaient les privilèges. Issue d'un milieu plus modeste, le seul créneau qui s'offrait à elle et lui ouvrirait les portes de ce monde très fermé, c'était le management financier de ses clients. Elle ferait en sorte, bien sûr, que ceux-ci en sachent le moins possible sur ses origines modestes.

Elle réenfila son ensemble pantalon bleu marine, associé à un joli chemisier rose pâle et une ceinture de la même couleur et glissa ses pieds dans de jolies chaussures bleues. Après avoir choisi une paire de boucles d'oreilles dorées et un discret collier assorti, elle se sentit d'attaque pour son premier jour chez Blackwell.

Contrairement à son précédent emploi, le trajet pour rejoindre l'entreprise ne lui prendrait pas plus d'un quart d'heure, sans souci de parking. Plus jamais elle n'affronterait l'heure de pointe dans le train puis le métro pendant une heure et demie pour rejoindre le sud de Manhattan. Outre son salaire impressionnant, c'était un des plus gros avantages de ce nouveau poste. Ça et le fait d'avoir désormais un patron séduisant avec qui travailler.

Car c'est tout ce qu'Ethan serait pour elle : quelqu'un de beau à regarder. Avoir une relation avec lui était hors de question. Elle avait vu trop de femmes perdre leur emploi après une idylle avec leur patron. De toute façon, au bout de quelques semaines à travailler avec Ethan Blackwell, elle ne remarquerait même plus sa beauté.

Pour l'instant cependant, la perspective de le voir chaque jour ajoutait du piment à cette nouvelle situation. En fait, un homme tel que lui devait avoir à ses pieds un tas de jolies femmes. Il en fréquentait sans doute plusieurs à la fois, en changeait à sa guise. En plus, elles venaient sans doute toutes de milieux aisés et privilégiés. Rien à voir avec sa propre situation, et c'était très bien comme ça.

Avant de sortir, elle se prépara un Thermos de café, et enroula autour de son cou un pashmina pour se protéger de l'air frais automnal.

Ethan Blackwell était certainement arrogant, se dit-elle en jetant un œil dans le rétroviseur avant de s'engager dans la rue. Arrogant et à juste titre. Dans son service, les femmes devaient toutes se pâmer devant lui. Cette seule idée l'incitait à rester à l'écart. Elle appréciait les hommes beaux, mais n'était pas du genre avoir *besoin* d'un homme.

Elle brancha sa playlist, et chantonna tout en se frayant un chemin dans la circulation.

Ce poste de directrice de succursale représentait tout ce qu'elle souhaitait. Bientôt elle dirigerait une équipe importante et se sentait prête à relever ce défi. Elle avait glané ses idées sur la gouvernance d'une équipe en observant ses différents patrons, et s'apprêtait à se montrer juste, ferme et motivante.

Ces pensées l'occupèrent jusqu'au parking de Blackwell Wealth Management, où elle se gara sur un espace réservé.

Bella, la nouvelle chef de bureau, l'accueillit et la conduisit vers le bureau qu'elle occuperait désormais. Situé juste à côté de celui d'Ethan, il était un peu plus petit.

À l'extérieur de son bureau, il y avait un espace moderne divisé en différents postes de travail, et un espace commun qui servait aussi de cuisine. Le tout éclairé par de grandes baies vitrées. Des œuvres d'art abstrait étaient accrochées aux murs. Elle contempla les espaces encore vides de personnel, qu'elle aiderait à remplir au cours des deux prochaines semaines. Contribuer à construire une équipe l'excitait au plus haut point.

Comme Bella finissait de l'aider à s'installer, elles entendirent des pas. Zoe eut aussitôt des papillons dans l'estomac et tout son corps frémit. Avant de voir son visage, avant d'entendre sa voix, elle le sentit. Ethan venait d'arriver.

Quelques instants plus tard, il parut dans l'encadrement de la porte de son bureau, une véritable œuvre d'art. Elle ne put s'empêcher de l'examiner avec attention, le savourant des yeux. Son costume bien coupé, ses chaussures italiennes, sa chemise blanche amidonnée, la ligne ferme de sa mâchoire, ses dents blanches parfaites, ses lèvres pleines, son sourire éclatant.

La politesse aurait sans doute voulu qu'elle se lève, mais elle resta assise à son bureau... pour éviter de trembler. Un jour prochain, il ne lui ferait plus cet effet. Elle se familiariserait avec lui, ne remarquerait plus sa beauté insolente. Pour l'instant, il fallait composer, ce qui ne lui arrivait jamais.

— Bonjour mesdames ! lança-t-il.

— Bonjour, répondit Zoe avec un bref hochement de tête.

Aussitôt elle s'obligea à se concentrer sur l'écran de son ordinateur, sans rien voir.

— Bonjour, monsieur Blackwell, répondit Bella.

— Je vous ai déjà dit de m'appeler Ethan, répliqua-t-il avec un sourire.

— C'est vrai ! Bonjour, Ethan.

— C'est aussi valable pour vous, Zoe.

Il avait prononcé son prénom de façon très anodine, et pourtant sa voix sonna comme une musique à ses oreilles.

— Rendez-vous dans une heure, quand vous serez bien installée, dit-il.

— Entendu, monsieur Bl... euh... Ethan.

— Bien rattrapé ! Nous sommes une équipe, ici.

— Oui, bien sûr, murmura-t-elle.

— À tout à l'heure, donc.

Zoe hocha la tête sans répondre.

Au bout d'une demi-heure en compagnie de Bella, Zoe se sentit tout à fait installée, dans son élément. Quand elle se retrouva seule, elle fit le point sur tout ce qu'elle avait enregistré. Enfin, elle se leva pour admirer la vue de sa baie vitrée, qui donnait sur le parc arboré de la compagnie.

Fermant les yeux, elle soupira.

•

Les papillons dans son estomac s'étaient calmés, mais comment survivre en travaillant à proximité de cet homme hors du commun ? D'une façon ou d'une autre, elle y parviendrait.

Elle avait besoin de ce poste.

4

Animé d'une énergie positive, Ethan pénétra dans le quartier général de Blackwell Wealth Management. La première phase de leur plan d'expansion s'achevait. Carter, Dillon et lui avaient identifié trois endroits où implanter des succursales dans leurs territoires respectifs, et avaient nommé des directeurs qu'ils jugeaient dignes de faire décoller leurs affaires.

L'image de Zoe se profila dans son esprit, et il tenta une fois de plus de l'en déloger.

Aujourd'hui, leurs équipes se réunissaient pour la première de leurs réunions mensuelles, au quartier général de la compagnie, à Wall Street. Zoe, Jasmine et Brian rejoignaient tous les trois son équipe avec des références élogieuses, et avaient déjà commencé à prouver leur valeur.

Il avait fait les bons choix et il était sûr de se retrouver à court terme au sommet de cette expansion. En vérité, le côté professionnel expliquait, bien sûr, son excitation, mais pas uniquement. Aujourd'hui, il allait voir Zoe pour la première fois depuis quelques jours. Comme il dirigeait plusieurs branches, il ne la voyait pas quotidiennement. Les jours où il ne lui rendait pas visite dans son bureau, il pensait beaucoup à elle. Mais cela n'allait pas au-delà.

Elle avait beau être belle, c'était une de ses employées, et cela excluait toute relation avec elle. Blackwell Wealth Management avait établi des règles strictes interdisant toute relation avec des employés, et Carter et lui se gardaient bien d'enfreindre les règles. Leur père, William Blackwell, que presque tout le monde appelait « Bill », exigeait de ses fils une attitude plus qu'irréprochable. Le grave problème de harcèlement sexuel dont l'entreprise avait été victime avait jeté une ombre sur la réputation de la boîte pendant un certain temps, et ils avaient tous travaillé dur à rétablir leur réputation. Depuis quelques années, ils étaient classés parmi les entreprises les plus respectables, et Bill s'était récemment retrouvé en couverture d'un grand journal financier qui vantait leurs succès et leur nouvelle expansion. Ils ne pouvaient se permettre un nouveau scandale.

— Ethan !

Carter le rattrapa à la porte de la salle de conférences et ils se serrèrent la main.

— Tu es prêt à ce que je devienne ton patron ? demanda Carter.

— Non. Parce que ça ne va pas arriver !

Les deux frères éclatèrent de rire et entrèrent dans la salle.

Les y attendait un buffet, comprenant différentes eaux gazeuses ou plates, du café et du thé.

— Café ? proposa Ethan.

— Oui. J'ai hâte de faire la connaissance de ton équipe.

— J'ai recruté des gens bien. Ils font déjà du bon boulot. Et ton équipe ?

— Ils ne sont pas mal non plus. Tout commence bien.

Ethan se demanda s'il devait parler de Zoe à son frère ou garder cela pour lui.

— Qu'y a-t-il, vieux frère ? demanda Carter. Tu es bien rêveur.

— Euh... Rien.

— Tu as des réserves sur ton équipe ?

Après avoir jeté un regard autour de lui pour s'assurer que personne ne l'entendait, Ethan répondit :

— Aucune réserve. C'est cette directrice que j'ai embauchée. Son curriculum vitæ est excellent mais... attends de la voir. C'est une beauté à couper le souffle.

Les yeux de Carter s'agrandirent.

— Et ?

— Et rien. Je dis juste qu'elle est magnifique, répondit Ethan.

Jamais je ne ferais quoi que ce soit qui mette la compagnie en danger, mais je dois dire que les deux premiers jours ont été difficiles. Il m'a fallu beaucoup de concentration. C'est réglé maintenant, mais tu vas voir. Non seulement elle est belle, mais aussi très intelligente, avec un esprit très créatif. Je peux déjà prédire que sa succursale va faire merveille.

— Compris. J'ai hâte de la voir. Beauté et intelligence, c'est la combinaison parfaite. Je suis certain que tu feras *attention*, avec elle.

— Absolument. Elle est belle à regarder, mais je suis strictement professionnel.

— Et tu respectes les règles plus que moi, conclut Carter en riant.

C'était vrai. Depuis leur adolescence, Carter se montrait un peu plus rebelle que lui. Ethan, de son côté, faisait tout pour ne pas contrarier leur père ; il s'était toujours montré très prudent, et ce, pour une bonne raison.

Des pas se firent entendre dans le couloir et tous les deux tournèrent la tête vers la porte.

Zoe apparut sur le seuil.

— Bonjour Ethan, dit-elle en pénétrant dans la salle de conférences. Je me demandais si j'étais au bon endroit, avant de vous apercevoir.

— Vous êtes au bon endroit, répondit Ethan.

Carter et lui échangèrent un bref regard et se comprirent à demi-mot. Carter trouvait Zoe aussi belle qu'il la lui avait décrite.

— Carter, je te présente Zoe Baldwin. Directrice de succursale pour la branche de Garden City. Zoe, je vous présente mon frère, Carter Blackwell, directeur régional des arrondissements de New York.

Carter lui tendit la main.

— Ravi de vous rencontrer, dit-il. Dommage que vous fassiez partie de l'équipe perdante.

Les yeux écarquillés de Zoe allèrent d'Ethan à Carter.

— N'importe quoi ! répliqua Ethan. Ne faites pas attention à lui, Zoe. C'est un petit plaisantin. Et pas réaliste du tout ! Il croit pouvoir faire un chiffre d'affaires plus important que le nôtre dans les six prochains mois ! Quand il perdra, il me devra une série de clubs de golf toute neuve et une voiturette dernier modèle.

Le visage de Zoe s'éclaira d'un grand sourire.

— Oh ! Je vois, dit-elle en riant. En général, je ne perds jamais, ajouta-t-elle en se dirigeant vers le buffet.

Carter la regarda s'éloigner, redevenu sérieux.

— J'aime son assurance, dit-il, visiblement impressionné.

Quand elle revint avec un café, ils entamèrent une conversation à bâtons rompus jusqu'à l'arrivée de Bill, de Dillon et des autres directeurs de succursales.

— Bonjour tout le monde, déclara Bill de sa grosse voix.

En entendant la voix de son père, Ethan se raidit, puis il se força à se détendre. Une attitude dont il n'avait pas réussi à se défaire depuis l'adolescence. L'ambiance joviale avait pris fin. Place aux affaires.

L'équipe exécutive, dont faisaient partie Ethan et Carter, souhaita la bienvenue aux nouveaux directeurs de succursales, et chacun commença à exposer le plan stratégique de l'entreprise. Le vice-président des ressources humaines déclara que la force d'une entreprise résidait pour l'essentiel dans la valeur de ses employés. La salle s'en trouva électrisée. Tous semblaient heureux à l'idée de travailler ensemble pour que la boîte atteigne les buts qu'elle s'était fixés.

Ethan obtint un franc succès lorsqu'il annonça ce qu'il avait décidé, pour créer une atmosphère ludique et un esprit de compétition sain : la succursale qui aurait les meilleurs résultats dans six mois se verrait gratifiée d'un bon repas offert par les deux autres équipes.

Il vit Zoe se tourner vers Carter et lui lancer un regard de défi. Puis elle se pencha vers lui, hocha la tête et articula un silencieux : « Le repas, c'est pour nous ! »

La réunion achevée, tout le monde se retrouva autour d'un déjeuner savoureux. Les plaisanteries de Carter et Zoe égayèrent l'atmosphère, et à la fin du repas, l'équipe tout entière avait établi des liens.

La matinée s'était bien déroulée, songea Ethan. Il avait présenté son équipe, et se sentait fier de la façon dont Zoe s'était intégrée au sein de Blackwell. La façon dont elle gérait la personnalité de Carter, répondant du tac au tac à chacune de ses blagues, l'impressionnait. Brian et Jasmine s'étaient bien débrouillés aussi, mais bien sûr, Zoe monopolisait son attention. Pourvu que ce ne soit pas trop évident aux yeux des autres.

Les directeurs régionaux s'attardèrent après le départ des directeurs de succursales, et Carter et Ethan allèrent prendre un café.

— Je l'aime bien, dit Carter.

— Qui ? Zoe ?

— Évidemment !

Ethan hocha la tête sans répondre.

— Elle est vraiment belle, poursuivit Carter. Intelligente, avec le sens de l'humour. Elle tient bien sa place.

— Oui, répondit Ethan en souriant.

— Fais attention, mon vieux.

— Qu'est-ce que tu racontes ? Je sais me conduire avec les belles femmes.

Il avait la ferme intention d'être un patron responsable. Trop de choses étaient en jeu.

Carter buvait son café à petites gorgées, les yeux fixés sur son frère.

— Il n'empêche, je te le répète, fais attention, dit-il.

5

Zoe attrapa son portable sur la table toute proche et arrêta la sonnerie du réveil. Éreintée, elle laissa le téléphone retomber sur le canapé, posa sa tête sur le coussin, et referma les yeux en soupirant.

Le soleil n'était pas encore levé, mais si elle voulait arriver à l'heure au travail, elle devait se lever immédiatement. Elle avait dormi dans une mauvaise position sur le canapé et se massa le cou en gémissant. Un coup d'œil autour d'elle dans la pièce sombre la renseigna : sa sœur Shena n'y était pas. Elle grinça des dents puis mobilisa son énergie pour se lever.

— Tu es réveillée ?

La voix de Laura, sa mère, la fit sursauter.

Sa mère descendait l'étroit escalier en se tenant des deux mains à la rampe. Sa canne pendait à l'un de ses bras.

— Bonjour maman, dit Zoe en l'aidant à descendre les dernières marches.

— Bonjour, ma chérie. Tu as pu dormir un peu ?

— Un peu.

— Moi je n'ai pas fermé l'œil de la nuit. Où est ta sœur ?

— Je n'en sais rien.

Elle regarda autour d'elle. Les bottes et le pull de Shena ne se trouvaient plus sur la chaise près de la fenêtre.

— Elle n'était pas là quand je me suis réveillée, dit-elle. Elle reviendra, ne t'inquiète pas.

Ce n'était pas la première fois que Shena leur faisait le coup.

Elle ne partait jamais longtemps. Quelques heures, certaines fois. D'autres fois, plusieurs jours. Mais elle était toujours revenue à la maison.

Sa mère soupira.

— Tu as le temps de prendre un petit déjeuner ? s'enquit-elle.

Zoe aurait bien voulu ne pas laisser sa mère seule, mais elle était trop nouvelle chez Blackwell pour prendre sa journée. Elle ne souhaitait pour rien au monde expliquer sa vie familiale difficile à son nouveau patron.

— Non, maman. Il faut vraiment que je rentre chez moi me changer pour aller travailler. Et toi, tu vas travailler ?

Se rendre au bureau empêcherait sa mère de trop penser à Shena, de l'attendre près du téléphone ou à la porte.

— Oui, je dois y aller. J'ai beaucoup de travail en retard.

Zoe hocha la tête. Sa mère n'avait qu'une cinquantaine d'années, mais elle espérait qu'elle pourrait prendre une retraite anticipée. La vie n'avait pas été facile pour elle, et son moral s'en ressentait. L'accident qui l'avait rendue partiellement invalide quelques années plus tôt n'avait rien arrangé.

Appuyée à sa canne, sa mère reprit dans un soupir :

— J'ai tout essayé, pour ta sœur. Je me sens impuissante. Je ne sais plus quoi faire.

— Je sais, maman. Tu n'es pas responsable de la maladie de Shena.

— Si seulement elle prenait les médicaments que les médecins lui prescrivent...

Zoe pinça les lèvres et prit une profonde inspiration.

— Oui, il y aurait moins de...

Elle chercha les mots pour qualifier l'hystérie de la nuit passée.

— Moins... *d'épisodes*, conclut-elle.

Après quelques jours sans prendre ses médicaments, Shena avait eu une crise. Laura avait appelé Zoe pour l'aider à maîtriser sa sœur. C'était la routine. Shena prenait ses médicaments quelque temps, se sentait mieux et les arrêtait. Cela s'achevait en crise d'hystérie puis en dépression massive. Qu'est-ce qui avait provoqué ce dernier épisode, elles n'en savaient rien. Une querelle avec son petit ami ? Elles n'avaient réussi à calmer Shena que tard dans la nuit. Et maintenant elle avait disparu. Il n'y avait plus rien à faire que s'inquiéter en attendant son retour.

Zoe prit son sac et sa veste et embrassa sa mère.

— On s'appelle si on a de ses nouvelles, d'accord ? dit-elle.

— D'accord.

Zoe sortit et essaya de recouvrer sa sérénité. Prendre en charge la maladie de sa sœur se révélait à la fois douloureux et exténuant. Bien sûr, sa douleur ne pouvait se comparer à celle qu'éprouvait sa mère. C'est la raison pour laquelle elle n'hésitait jamais à accourir dès que sa mère l'appelait au secours. De plus, elle aimait sa sœur cadette. Elle espérait toutefois que cette dernière se montrerait raisonnable un jour et suivrait son traitement à la lettre.

Elle mit le contact mais resta immobile quelques instants avant de démarrer. Que faire, pour aider sa sœur à s'en sortir ? Comme sa mère, elle ne savait plus.

De retour chez elle, elle se prépara rapidement. Mais même après une bonne douche et un bon petit déjeuner, elle se sentait toujours très fatiguée.

Sur le chemin du bureau, elle s'arrêta pour acheter un café fort qu'elle but tout en conduisant. En se garant, elle éprouva la sensation d'avoir déjà vécu une longue journée. Le reste de ce lundi serait fait de réunions, à commencer par un entretien avec son patron. Pourvu qu'elle tienne le coup.

— Bonjour ! lui lança Bella d'un ton alerte.

— Bonjour, répondit-elle avec un sourire forcé.

Tout en se dirigeant vers son bureau, elle sentit la présence d'Ethan. Elle qui avait espéré arriver avant lui pour préparer la réunion et rassembler son énergie...

Elle s'enferma dans son bureau, et appela brièvement sa mère pour savoir si elle avait des nouvelles de Shena. Bien entendu, elle n'en avait pas. Ensuite elle réunit les curriculum vitæ de différents candidats dont elle voulait s'entretenir avec Ethan au cours de la réunion.

Un petit coup frappé à sa porte la tira de son travail.

Se raclant la gorge, elle plaqua un sourire sur son visage et, feignant une gaieté qu'elle n'éprouvait pas, répondit :

— Entrez !

Un air frais sembla accompagner l'arrivée d'Ethan. Tout comme Bella, il paraissait d'humeur joyeuse.

— Bonjour ! Avez-vous passé un bon week-end ? s'enquit-il.

— Oui, merci. Et vous ?

— Excellent, déclara-t-il en prenant place sur une chaise en face de son bureau.

Il lui raconta brièvement la magnifique soirée de samedi, pour fêter l'anniversaire de son grand-père. Rien à voir avec les modestes festivités entre elle, sa sœur et sa mère !

— Une belle fête, fit-elle remarquer.

Ethan posa sur elle un regard pensif. Elle eut le sentiment d'être mise à nu.

— Tout va bien, Zoe ?

— Oui. Je vais bien... Je vais bien.

Pourquoi le dire deux fois ? se demanda-t-elle.

Ethan ne sembla pas convaincu.

— Vous êtes sûre ?

— Tout à fait ! On dirait que vous avez une grande famille sympathique.

Après un dernier regard pénétrant, il hocha la tête.

— Une famille tentaculaire, répondit-il, avec des quantités de cousins, d'oncles et de tantes.

Comme il lui donnait quelques détails supplémentaires, elle les imagina, tous élégamment vêtus dans leur somptueux environnement, le club-house d'un golf où ils avaient fêté l'événement.

Tout cela était à des années-lumière de ce à quoi elle était habituée ! Elle ne savait rien de l'opulence qu'offre la richesse avant de fréquenter l'université et de travailler dans la finance. Étudiante, elle avait côtoyé des filles bien plus fortunées que ce qu'elle pensait possible. Quant à l'industrie financière, à travers ses collègues et ses clients, elle lui avait fait entrevoir la vie facile ou carrément luxueuse. Elle l'observait de loin, mais n'en avait jamais rêvé pour elle-même.

Elle se sentait fière de ce qu'elle avait accompli au cours de sa jeune carrière. Cela lui avait permis un style de vie différent de ce qu'elle avait connu. Elle aimait sa maison décorée à son goût, prenait plaisir à acheter ce dont elle avait besoin – et même le superflu – sans regarder le prix, et éprouvait une grande satisfaction à aider sa mère à joindre les deux bouts. À l'occasion, elle l'invitait, ainsi que sa sœur, à dîner dans de bons restaurants, et ces dernières années elle leur avait même offert des vacances au bord de la mer. Grâce à elle, sa mère avait accompli son premier vol en avion, et cela lui avait procuré beaucoup de joie.

— Assez parlé de ma famille, décréta Ethan en posant ses mains à plat sur le bureau.

Zoe sortit de la dérive de ses pensées.

— Si vous êtes prête, nous pouvons nous retrouver dans mon bureau ou la salle de conférences, au choix, ajouta-t-il en se levant.

— L'un ou l'autre me conviennent.

Sur le point de sortir, Ethan se retourna vers elle.

— Et... Vous êtes sûre que vous allez bien ?

— Juste un peu fatiguée. Mon week-end a été... exténuant. Sans être aussi animé que le vôtre.

— Rendez-vous dans... dix minutes ? dit-il en consultant sa montre. Dans mon bureau.

Pour une fois, elle se réjouit de le voir s'éloigner. Il était beaucoup trop tôt pour lui parler du drame que vivait sa famille. Et d'ailleurs, y aurait-il un moment où elle se sentirait en confiance pour lui en parler ?

Elle rassemblait ce dont elle aurait besoin pour la réunion avec Ethan quand son téléphone sonna. Le nom de sa sœur s'afficha sur l'écran.

— Shena ! s'écria-t-elle, essayant de maîtriser son émotion.

Puis d'un ton plus retenu, elle demanda :

— Où es-tu ?

— À la maison.

La voix de sa sœur était si faible que le cœur de Zoe se serra. Elle semblait en mauvais état.

— Quelqu'un est avec toi ? demanda-t-elle.

— Personne. Maman est partie travailler, je crois.

Zoe soupira. Maintenant que sa sœur était en sécurité, elle se sentait un peu soulagée. La bipolarité de sa cadette était un danger constant, mais pour l'heure, elle se trouvait à la maison, saine et sauve.

— Je viens te voir après le travail, dit-elle. On pourra parler. D'accord ?

— Oui, murmura Shena dans un filet de voix.

Zoe raccrocha. Elle avait plus l'impression d'être la mère de Shena que sa sœur.

Elle inspira profondément et expira lentement avant de se diriger vers le bureau d'Ethan.

Sa sœur dominant ses pensées, elle trouva plus facile que d'habitude d'oublier le physique de son patron. Ce matin, inutile de faire des efforts de concentration en sa présence. Et les détails qu'il venait de lui donner sur son style de vie fastueux l'aidaient à analyser la situation : leurs mondes étaient très éloignés l'un de l'autre. À part le travail, ils n'avaient rien en commun.

Elle ne devrait pas l'oublier.

6

Ethan battait la mesure d'un vieil air de rock sur le volant de sa voiture. Il se dirigeait vers la maison de Zoe pour la prendre au passage, et ne pouvait s'empêcher de sourire. Elle l'avait informé par téléphone de son retard pour la conférence qui devait avoir lieu au centre de Brooklyn. Un de ses pneus avait crevé. Ethan avait tout de suite offert de passer la chercher. Il avait ensuite appelé les deux autres directeurs de succursale pour savoir s'ils voulaient faire du covoiturage, mais ils étaient déjà en route. Au moins avait-il tenté à la fois de mettre Zoe à l'aise, et de faire taire les mauvaises langues éventuelles.

Se garant devant la maison de la jeune femme, il lui envoya un texto pour la prévenir de son arrivée. Quelques minutes plus tard, elle sortait de chez elle, vêtue d'une jupe bien ajustée, d'un chemisier jaune et de chaussures assorties.

Il aimait son sens de l'élégance. Sexy tout en demeurant professionnelle, avec toujours une petite touche inattendue. Il connaissait peu de femmes capables d'associer les couleurs avec autant de goût. Ce gris et ce jaune la faisaient resplendir. Il la suivit du regard jusqu'à ce qu'elle ouvre la portière. Il était content d'avoir choisi sa voiture la plus sport.

— Bonjour, dit-elle de sa voix mélodieuse.

— Bonjour.

Il attendit qu'elle ait bouclé sa ceinture pour démarrer.

— Merci beaucoup de m'avoir proposé de m'emmener, Ethan. Je ne voulais pas vous détourner de votre itinéraire, mais je n'avais pas d'autre choix. Au début, je voulais juste changer le pneu, mais en fait, la roue est abîmée. Hier soir j'ai roulé sur un nids-de-poule.

Il ne voulait pas avoir l'air vieux jeu, mais... une femme, changer un pneu ? Cela l'intriguait.

— J'aime l'idée que vous sachiez changer un pneu, dit-il.

— Changer un pneu, vérifier le niveau d'huile, ce sont des choses que doit savoir faire une femme seule, de nos jours.

— Vous m'impressionnez.

— Ma mère y a veillé. Elle souhaitait que ses filles sachent vivre de manière indépendante.

— Les bons arbres donnent de bons fruits.

— Je rêve ou vous venez de me comparer à un *fruit* ?

Ils éclatèrent de rire en même temps. Ethan aimait son sens de l'humour, et il aurait pu l'écouter rire toute la journée. En fait, il l'appréciait de plus en plus...

— Quelles autres choses savez-vous faire ? demanda-t-il.

Il eut tout de suite le sentiment désagréable que ces paroles pouvaient être mal interprétées.

Zoe le regarda. Il sentit la brûlure de son regard.

— Je n'avais pas de mauvaise intention, ajouta-t-il vivement.

— Je sais que vous êtes un gentleman, répondit-elle en souriant. Pour répondre à votre question, je sais faire beaucoup d'autres choses, comme tirer à la carabine. Ma sœur et moi avons fait du karaté pendant quelques années. Dans notre quartier, il y avait des leçons gratuites pour les jeunes. Nous étions les deux seules filles.

— Donc, vous savez tirer à la carabine, faire du karaté et changer un pneu. Un exploit, pour un fruit !

Zoe éclata de rire. Si la beauté avait un son, ce serait son rire, pensa-t-il.

— Où avez-vous appris à tirer ? s'enquit-il.

— J'avais un oncle au fin fond de la Caroline du Sud. Il chassait et m'a appris à tirer, ainsi qu'à ma sœur, lorsque nous y passions l'été. Et vous ? Que savez-vous faire ?

La question de Zoe semblait aussi suggestive que la sienne.

Il avala sa salive avec difficulté. Son esprit vagabonda vers des territoires coquins, et il dut canaliser ses pensées.

— Je collectionne les voitures, répondit-il. C'est un de mes passe-temps. Mes parents m'ont toujours dit que les voitures m'obsédaient depuis mon plus jeune âge. Petit, j'avais des centaines de petites voitures, on m'en offrait pour Noël, pour mon anniversaire. À trois ans, je citais le nom de chaque véhicule sur l'autoroute. Je retenais même les numéros de plaques d'immatriculation !

— Vraiment ? Combien de voitures possédez-vous ?

— Cinq.

Zoe écarquilla les yeux.

— Quelles marques ? Quels modèles ? demanda-t-elle.

— Celle-ci, un coupé BMW. J'ai aussi une Aston Martin, un SUV Bentley, et un pick-up Silverado. Et puis ma favorite, une Mustang 1969 noire.

— Sans blague ? J'adore les Mustang !

— Vous aimez les vieilles voitures ?

— Je les adore ! Vous l'avez restaurée vous-même ?

Il aurait dû prendre la Mustang pour lui faire plaisir, songea-t-il.

— Oui, répondit-il. Mais j'ai sans doute passé plus de temps à m'en occuper qu'à la conduire. Je ne la sors que pour des occasions particulières.

— Quoi d'autre ?

— C'est-à-dire ?

— Eh bien, quels sont vos autres goûts ?

De toute évidence, elle ne se rendait pas compte de l'effet qu'elle produisait sur lui. Mais il ne pouvait se permettre de le lui dire.

— Moi aussi, j'ai fait un peu de karaté quand j'étais très jeune, répondit-il. Mon père et mes deux frères sont des grands amateurs de golf. En dehors de ça, on peut dire que je suis assez aventurier.

— Ah bon ? Quel genre d'aventures ?

— Tout ce qui fait monter l'adrénaline et battre le cœur. Les bolides, le saut à l'élastique, les randonnées en 4x4...

Zoe sourit.

— C'est chouette ! J'ai fait du saut à l'élastique une fois, j'avais l'estomac renversé, mais ça m'a plu !

Ethan était ravi de cette conversation. La communication entre eux coulait de source. Pour une fois, le trafic intense ne l'agaçait pas. Il aurait pu rester des heures en voiture avec Zoe, à rire et à apprendre à mieux la connaître.

Plus elle parlait d'elle, plus elle l'intriguait. Ils abordaient tous les sujets, depuis leur enfance jusqu'à leurs rêves en passant par la politique et le travail. Zoe avait des opinions bien arrêtées en politique. Ils débattirent de l'actualité et parlèrent de leurs talk-shows favoris. Concernant les séries, Zoe était une fan de Netflix, alors que lui, il regardait des séries plus anciennes, telles que *Law and Order*.

Il leur fallut plus d'une heure et demie pour atteindre l'hôtel où avait lieu la conférence. New York était connu pour ses heures de pointe infernales, ses cris doublés d'insultes, ses manœuvres agressives, ses coups de klaxon rageurs. Malgré ce temps perdu, Ethan eut le sentiment d'arriver trop tôt. Ces moments précieux, seul avec Zoe, s'achevaient. Il se prit à rêver du retour en voiture en fin de journée. La circulation serait aussi encombrée, sinon plus, mais la présence de Zoe effacerait tout.

Durant le trajet, un lien s'était établi entre eux, et il ne voulait pas se mentir, cette jeune femme lui plaisait. Beaucoup. En plus de toutes ses qualités, elle était incroyablement sexy et cela ne le laissait pas indifférent. Mais étant son employée, toute relation sentimentale ou sexuelle était exclue. À la rigueur, ils pourraient être bons amis.

Il aurait aimé la rencontrer en d'autres circonstances. Tout en elle lui plaisait, sa conversation, son esprit, son style. Le fait qu'elle soit capable de changer un pneu et qu'elle aime les Mustang jouait en sa faveur. Jamais encore il n'avait rencontré une femme comme elle.

Il se dégageait d'elle une force, un calme et une volonté remarquables. Les femmes qu'il côtoyait habituellement manquaient cruellement de ces qualités auxquelles, jusqu'à maintenant, il n'avait pas accordé d'importance particulière.

Zoe était une belle jeune femme intelligente, habillée avec goût, et elle avait bien d'autres atouts, il en était sûr. Sa curiosité était piquée, il allait lui falloir des trésors de concentration pour suivre la conférence...

Il se gara dans le parking souterrain de l'hôtel, et ils prirent l'ascenseur. Au moment d'appuyer sur le bouton de l'étage, leurs mains s'effleurèrent. Gênés, ils interrompirent leur geste et se sourirent.

Un courant électrique se propagea le long du bras d'Ethan. Il avala sa salive avec difficulté et se racla la gorge. Zoe avait-elle éprouvé la même sensation que lui ?

La journée s'annonçait très, très longue.

7

Comme ils approchaient de l'accueil du luxueux hôtel, Zoe essaya de chasser la sensation de chaleur qui persistait en elle. La proximité d'Ethan dans la voiture… Et quelle voiture ! Jamais elle n'était montée dans un véhicule de cette classe. Pour sa part, elle était fière de son Acura sport, qui traduisait à ses yeux son ascension sociale et possédait les meilleures options. Mais la BMW d'Ethan, c'était autre chose !

Elle adorait les voitures. Malgré les ornières de la chaussée new-yorkaise, le trajet s'était déroulé en douceur. Elle avait parfois le sentiment que le véhicule ne touchait pas la route. Le siège de cuir souple était une merveille de confort. La sono rendait un son parfait. On avait le sentiment que le chanteur se trouvait sur la banquette arrière !

Et la conversation avec Ethan était tellement facile, sans la moindre gêne. Il se montrait un interlocuteur très ouvert, drôle. Elle adorait son sens de l'humour, sa façon de réagir du tac au tac à ses propres plaisanteries.

Ils signèrent le registre d'entrée, reçurent un badge et se dirigèrent vers la grande salle où était installé un buffet pour se restaurer avant la conférence. Ethan la conduisit à une table portant le nom de leur entreprise. Levant les yeux vers les grands écrans derrière le podium, elle se sentit fière que Blackwell Wealth Management fasse partie des sponsors de la conférence.

Elle trouva un siège et y posa son sac. Apercevant Jasmine,

elle lui fit un signe de la main et lui indiqua leur table réservée. Elle chercha Ethan des yeux. Il semblait avoir disparu dans la foule des élégants professionnels de la finance, venus des quatre coins de la métropole, qui discutaient et s'activaient.

Tout en s'approchant du buffet, elle remarqua quelques visages connus. Elle pensa soudain à Seth, son ancien patron, et pria pour ne pas le croiser. Mais, alors qu'elle faisait la queue pour le buffet, une assiette à la main...

— Tiens tiens ! Quelle surprise !

La voix de Seth la glaça. Fermant les yeux, elle prit une profonde inspiration avant de pivoter lentement sur elle-même. Il se tenait juste derrière elle. Beaucoup trop proche à son goût.

Elle le salua sèchement de la tête.

— Comment se passe votre nouveau travail ? s'enquit-il en la dévisageant de la tête aux pieds.

— Très bien, répondit-elle avec un sourire crispé, avant de se concentrer sur les œufs au bacon qu'elle mettait dans son assiette.

— Ravi de l'apprendre.

Elle se dépêcha de remplir son assiette pour revenir vite à sa table et prendre ses distances avec son ex-patron.

Il se rapprocha d'elle davantage, un léger sourire au coin des lèvres. Essayait-il de flirter avec elle ? De l'intimider ?

— Dites-moi, Zoe, vous avez porté plainte contre moi parce que vous n'avez pas eu votre promotion ?

Elle cilla plusieurs fois avant de le regarder bien en face. La colère bouillonnait en elle. Elle avait en effet porté plainte à cause de sa conduite inappropriée, mais il n'y avait pas eu de suites.

Seth rejeta la tête en arrière et fit un geste désinvolte de la main.

— Je ne suis pas en colère contre vous, rassurez-vous. Vous étiez bouleversée, ça se comprend.

Se rapprochant encore davantage d'elle, il murmura :

— Si vous aviez été un peu plus... *amicale* avec moi, vous l'auriez eue, cette promotion.

Zoe grinça des dents et quitta le buffet pour rejoindre sa table.

— Dînons ensemble un de ces soirs ! lança-t-il tandis qu'elle s'éloignait.

Elle ne répondit pas.

À sa table, plusieurs membres de la compagnie étaient arrivés. S'efforçant de reprendre son calme, elle salua Bill et Carter, occupés à discuter avec Ethan et quelques autres personnalités du groupe. Ils l'accueillirent tous chaleureusement.

Elle l'aurait juré, Carter avait lancé un regard rapide à Ethan. Cela avait-il un lien avec elle ? Elle chassa cette pensée. Ils étaient frères, cela pouvait être n'importe quoi.

Elle s'installa à la place qui lui était réservée et commença son petit déjeuner. Mais elle n'avait plus faim.

— Je ne suis pas sûr que vous m'ayez entendu...

Elle sursauta. Seth l'avait suivie jusqu'ici !

— J'aimerais que nous déjeunions ensemble, poursuivit-il. J'espère que vous ne nourrissez pas de rancune concernant... notre collaboration antérieure.

Ce type était incroyable ! Zoe serra les lèvres avant de se lever lentement.

— Non, répondit-elle en se forçant à sourire, je n'éprouve aucune rancune. En fait, je vous remercie. Grâce aux bâtons dans les roues que vous m'avez mis, j'ai pris mon envol. Maintenant j'ai un poste de rêve, je collabore avec des gens formidables, et je gagne beaucoup plus d'argent. Donc ne vous inquiétez pas pour moi. Quant à déjeuner avec vous, c'est non, conclut-elle en lui décochant un sourire satisfait.

Seth ouvrit la bouche, mais aucun mot n'en sortit. Cependant il reprit vite contenance.

— C'est parfait, dit-il. Tant mieux pour vous. Mais plus j'y pense et... au lieu d'un déjeuner, je préférerais dîner avec vous, précisa-t-il à voix basse en jetant un regard circulaire autour de lui. J'ai toujours été attiré par... les femmes comme vous.

— Les femmes comme moi ?

Seth lui offrit un sourire mielleux.

— Vous savez bien, des femmes hors norme... Vous, les femmes de couleur, vous avez du culot, et j'aime ça. Qu'en dites-vous, Zoe ? Nous ne travaillons plus ensemble, cela ne peut nous porter tort.

Le sang de Zoe ne fit qu'un tour. Pointant son doigt vers Seth, elle ouvrait la bouche pour lui servir les propos culottés qu'il semblait tant apprécier quand Ethan intervint d'une voix coupante :

— Ethan Blackwell, de Blackwell Wealth Management, dit-il en tendant la main vers Seth. Et vous êtes ? ajouta-t-il en posant sa main sur les reins de Zoe.

Reconnaissante de son intervention opportune, Zoe referma la bouche.

Le regard de Seth passa d'Ethan à elle avant de se fixer sur Ethan.

— Ravi de vous rencontrer, articula-t-il. À bientôt, Zoe.

Et il s'éloigna sans attendre.

Zoe le suivit des yeux, soulagée que ce petit intermède désagréable soit enfin terminé.

— Un ancien petit ami ? demanda Ethan.

— Pas du tout ! Un pauvre type, plutôt. Mon ancien patron, qui est la raison principale qui m'a fait quitter mon job précédent.

— Une chance pour moi ! J'aurais dû le remercier au lieu de le faire fuir ! Sait-il ce qu'il a perdu ?

— J'en doute. Il a un tel ego. Merci de m'avoir sortie de ce pétrin.

— Vous aviez l'air sur le point d'exploser. Entre vos lèvres pincées et le doigt dirigé vers son visage, j'ai compris qu'il n'était pas le bienvenu. Et comme vous avez fait du karaté, dans votre jeunesse… Désolé d'avoir posé ma main dans votre dos, c'était juste pour vous aider.

— Je l'ai bien compris, merci encore.

Prenant un verre d'eau glacé sur la table, il le lui tendit.

— À cette heure de la journée, c'est la boisson la plus forte que je supporte, dit-il.

La plaisanterie la fit sourire. S'emparant du verre, elle le but d'un trait. Cela l'aida à se calmer.

Ethan l'ignorait sans doute, mais elle avait apprécié au plus haut point sa manière ferme et tranquille de lui venir en aide. Elle sentait encore sur ses reins l'empreinte de sa main, une délicieuse sensation de chaleur...

Un homme d'un certain âge en costume bleu bien taillé, des cheveux blancs coupés court, des yeux bleus étincelants, une mâchoire bien dessinée, monta sur le podium. C'était le P-DG d'une des plus importantes banques d'investissement, membre d'un grand nombre de conseils d'administration de puissantes compagnies. Un pur produit de Wall Street.

L'homme remercia les participants de leur présence ainsi que les sponsors, puis fit un bref exposé sur l'état de l'industrie. Pour terminer, il invita chacun à se disperser pour se rendre dans la session qui le concernait.

L'agenda de Zoe comprenait deux jours pleins de sessions, de réunions, de déjeuners, un dîner et une soirée de clôture très attendue à la fin du second jour. Reviendrait-elle en voiture avec Ethan demain ? Sans doute, puisque la compagnie n'avait pas retenu de chambres à l'hôtel. Elle n'aurait pas le temps de faire réparer sa roue et son pneu avant la fin de la conférence, dont elle ne voulait rien manquer. C'était la première fois de sa carrière qu'elle occupait un poste assez important pour participer à ce genre d'événements, et elle entendait bien ne pas en perdre une seconde.

Elle suivit le reste de son équipe vers sa première session, dirigée par le P-DG d'une compagnie offrant les mêmes services que Blackwell.

À la fin de la session, elle se dirigea vers la porte. Elle souhaitait complimenter Robert Richford, le P-DG qui avait conduit le débat, pour tout ce qu'elle avait appris en l'écoutant. Beaucoup de gens l'entouraient. Elle attendit.

Quand elle put s'approcher de lui, elle lui tendit la main et se présenta.

— Vous faites partie de l'équipe Blackwell, c'est bien ça ? demanda-t-il.

— Oui, répondit-elle en lui souriant. Zoe Baldwin.

— Je vous ai vue en leur compagnie tout à l'heure. On dit qu'ils veulent s'agrandir ?

— Je dirige une des branches de Long Island.

— Oh ! très bien ! Qui est votre directeur régional ?

— Ethan Blackwell.

— Eh bien, voici ma carte. Nous devrions boire un café ensemble à un moment ou un autre. Parler boutique, élargir notre réseau. Je promets de ne pas chercher à vous voler à Blackwell, conclut-il en riant.

— Ce serait formidable. Vous devez être très occupé. Faites-moi connaître vos disponibilités et je m'arrangerai.

— D'accord, déclara-t-il en lui souriant, avant de se tourner vers un nouvel interlocuteur.

Robert Richford s'était comporté avec elle de façon étrangement familière, songea Zoe. Elle se demandait ce qui l'avait poussé à lui offrir un café, mais elle était contente qu'il l'ait fait. Willena lui avait appris l'importance de se constituer un bon réseau. Elle devait davantage s'en préoccuper.

Elle se rendit à la deuxième session, où Bill, Dillon, Carter et Ethan se succédèrent pour parler des changements dans le mode de direction des entreprises.

Zoe écouta avec attention, tandis que les patrons des trois branches partageaient leurs connaissances du marché, des nouvelles tendances, et de l'environnement industriel toujours changeant. Le style de communication d'Ethan l'impressionna particulièrement. Carter et lui avaient de l'esprit et leurs propos déclenchèrent quelques rires dans l'assemblée, mais Ethan était doté d'un charisme particulier, qui aimantait l'auditoire. En les écoutant tous, sa poitrine se gonflait de fierté à l'idée de faire partie de cette équipe. Pourtant, une question lui brûlait les lèvres.

Elle leva la main. Ethan regarda dans sa direction. Elle aurait juré qu'il cherchait à dissimuler un sourire. Leurs yeux se rencontrèrent brièvement.

— Ma question porte sur la diversité, surtout en ce qui concerne les femmes, dit-elle. Je vous trouve tous brillants et j'apprécie ce que vous venez de partager avec nous, mais quand je considère le panel que vous constituez, uniquement masculin, je me pose la question suivante : où en est l'industrie concernant les occasions pour les femmes de se retrouver au sommet de la hiérarchie ? Pouvez-vous nous dire quels changements vous envisagez pour que les femmes accèdent aux postes les plus élevés ?

Plusieurs femmes de l'assistance applaudirent.

Zoe regarda Ethan directement, et elle vit son sourire s'épanouir.

— J'aimerais répondre à cette question, intervint Bill en levant la main.

Il prit la parole et répondit très franchement. Tout d'abord, le ratio de femmes et d'hommes chez Blackwell frôlait les cinquante pour cent. Ensuite, de grands changements s'opéraient dans l'industrie de la finance, afin d'assurer la plus grande équité possible. Enfin il insista longuement sur la valeur et l'expertise que les femmes apportaient dans sa proche entreprise.

— Pour terminer, je souhaite que vous vous joigniez au prochain panel, mademoiselle Baldwin. Nous pourrons alors démontrer la valeur ajoutée que les femmes apportent chez Blackwell.

— Avec plaisir, monsieur. Merci d'avoir répondu à ma question.

Ethan prit la parole :

— Pour faire écho aux propos de mon père, j'ajouterai que nous avons travaillé dur pour choisir les meilleurs talents parmi le creuset le plus divers possible. Ce sont toutes les perspectives différentes qui assurent la satisfaction de nos clients et permettent notre croissance. La diversité doit faire partie intégrante de l'ADN d'une entreprise, c'est cela qui nous assurera prospérité et réussite.

Un large sourire s'afficha sur le visage de Zoe. Blackwell ressemblait si peu à sa précédente boîte... Elle regarda autour d'elle pour voir si Seth se trouvait parmi eux. Elle regretta de ne pas l'y apercevoir. Les propos d'Ethan lui auraient donné une bonne leçon.

La session achevée, les gens se pressèrent pour parler avec Dillon et les Blackwell. *Les Blackwell.* Ils devaient être la fierté de Mme Blackwell et de toute leur nombreuse famille, songea Zoe. À en croire ses conversations avec Ethan, la famille représentait tout pour lui. Sans doute avaient-ils leurs problèmes, mais en apparence ils offraient un front uni.

Beaucoup de monde tournait autour des Blackwell. Elle remarqua l'attitude de certaines femmes envers Carter, Dillon et surtout Ethan. Le langage de leur corps trahissait une envie de flirt. Un pincement de jalousie l'assaillit inopinément. Elle la chassa rapidement de son esprit. Quelles raisons aurait-elle de jalouser l'attention que les femmes portaient à Ethan ?

Elle sortit son agenda, le vérifia avec ses collègues directeurs de succursales, et se rendit à la session suivante. Elle avait beau se convaincre du ridicule de sa jalousie, elle n'avait nulle envie de rester dans cette salle, à contempler les femmes qui se pâmaient devant Ethan. Combien d'entre elles lui suggéraient « un déjeuner ou un dîner » avec lui ?

Elle se força à penser à autre chose.

Ethan n'était rien d'autre que son patron. Et il ne serait jamais que cela.

8

Lydia Blackwell présidait la longue table du dîner avec grâce. Un véritable festin s'étalait sur la table.

Lydia avait fait rôtir un jambon, cuire à l'étouffée un beau saumon, avec du riz basmati parfumé aux herbes fraîches, accompagné de haricots verts.

Depuis que les enfants étaient devenus adultes, son mari avait essayé de la convaincre de prendre une cuisinière, mais elle avait refusé. Elle aimait trop cuisiner pour confier cette tâche à quelqu'un d'autre, surtout pour sa famille.

Bill trônait à l'autre bout de la table. Leur fils Lincoln, sa femme Britney, et leurs deux jeunes enfants, Ava et Logan, occupaient un côté de la table. En face d'eux étaient assis Ethan, Carter et leur jeune sœur, Ivy. Ivy n'avait que deux ans de moins qu'Ethan, mais la famille la qualifiait tout de même de « petite sœur ».

Carter avait invité sa compagne du mois, Edison Wells, une avocate charmante aux cheveux de miel et à la peau très blanche. À la surprise générale, elle venait pour la seconde fois au traditionnel dîner familial du dimanche soir.

À la fin des études universitaires de leurs quatre enfants, Bill et Lydia avaient instauré un dîner une fois par mois. En dépit de leurs agendas variés et bien remplis, toute la famille se réunissait le soir du premier dimanche de chaque mois. Jusqu'à maintenant, Carter n'avait jamais amené la même amie deux fois. La curiosité de chacun autour de la table en était tout émoustillée.

— Les garçons, il paraît que vous avez tous fait du bon travail à la conférence, dit Lydia avec un grand sourire.

— Qui te l'a dit ? Papa ? demanda Carter en riant. Je suis content que tu nous l'aies dit, maman. Sans ça nous ne l'aurions jamais su ! Les louanges paternelles sont une denrée rare !

Bill se distinguait par une certaine austérité ; il distribuait les compliments au compte-gouttes, de peur que ses fils deviennent suffisants. Il agissait différemment envers sa fille Ivy, qu'il louait très souvent, ainsi que son épouse.

— Papa est avare de compliments, intervint Lincoln. C'est son plus grand défaut, ajouta-t-il, pince-sans-rire.

Tous les membres de la famille éclatèrent de rire, sauf Ethan, qui se contenta de prendre une bouchée de saumon. Le manque de reconnaissance de leur père était une source de plaisanterie pour ses frères, mais pour lui, il en allait autrement. Il désirait l'approbation ouverte de son père. C'était très important pour lui.

— Bon, bon, marmonna Bill en s'essuyant la bouche avec sa serviette. Vous faites tous du très bon boulot. Voilà ! Ça va mieux, comme ça ?

— Bill ! le gronda Lydia.

Tournée vers ses fils, elle ajouta en souriant :

— Votre père vous veut du bien à tous. Il souhaite que vous alliez plus haut encore. N'est-ce pas, Bill ?

— Ça se pourrait, répondit-il avec humour.

Les blagues sur leur père continuèrent, une ambiance légère animait la table. Seul Ethan ne plaisantait toujours pas.

— Ce serait bien d'entendre des commentaires positifs de temps en temps, dit-il soudain d'un ton calme.

Les rires s'éteignirent. Lydia soupira. Bill se racla la gorge. Les autres demeurèrent muets.

Pour briser la gêne ambiante, Carter ajouta :

— Papa, c'est juste agréable d'avoir l'approbation du grand chef, de temps en temps.

— Je vois, répondit Bill d'un ton neutre.

— Bon ! J'ai fait un bon gâteau aux noix de pécan ! intervint Lydia en se levant.

— Je vais encore devoir courir deux kilomètres de plus, si je comprends bien ! s'exclama Ivy. J'en veux... un gros morceau !

— En tant qu'aîné, j'ai droit à la première tranche ! lança Lincoln.

— Non ! C'est moi la plus jeune, répliqua Ivy.

— Pas du tout ! rétorqua Logan, le fils de Lincoln. C'est Ava la plus jeune. Et ensuite, c'est moi.

Tout le monde éclata de rire.

— Il a raison, déclara Britney. Et puisque je suis leur mère et qu'il me revient de les nourrir, je dois recevoir mon morceau juste après eux !

La distribution faite, on entendit des murmures de plaisir autour de la table. Après le dessert, tout le monde aida à débarrasser. Les femmes se réunirent ensuite au salon, tandis que les hommes gagnaient la véranda pour leurs rituelles discussions.

Bill attrapa doucement Ethan par la manche. Celui-ci se retourna et le regarda bien en face.

— Qu'est-ce qui ne va pas ? s'enquit-il.

Regardant autour de lui pour s'assurer que ses autres fils n'entendaient pas, il l'entraîna dans son bureau et ferma la porte.

— Je voulais te parler de quelque chose, Ethan. J'ai remarqué comment tu as mis ta main sur les reins de Zoe, à la conférence. Le geste m'a paru assez... familier.

Ethan se sentit mal à l'aise. Il n'avait réfléchi qu'après coup aux implications éventuelles de son geste spontané. Il avait seulement eu l'intention de soustraire la jeune femme à la présence d'un homme qui la mettait visiblement dans l'embarras. Il se racla la gorge et attendit la suite.

— Tu n'as pas de relation intime avec cette personne, n'est-ce pas ? lui demanda son père.

— Non, papa.

— Je n'ai pas besoin de te rappeler la pénible situation que nous avons eu à traiter précédemment.

— Bien sûr que non. Je ne mettrais pas la compagnie en danger.

Son père le regarda d'un air peu convaincu, et cela tracassa Ethan.

— Il nous a fallu du temps pour surmonter cette situation, fils. Nous devons continuer à bien nous comporter envers les employés. Si tu as une quelconque relation avec cette femme, cela doit cesser tout de suite. Si tu n'as aucun lien avec elle, fais en sorte que ta familiarité avec elle ne soit pas taxée à tort de conduite inappropriée.

Ethan réprima un soupir d'exaspération. Il comprenait l'inquiétude de son père, mais ses sentiments naissants pour Zoe rendaient les choses compliquées.

Cette accusation de harcèlement avait presque ruiné la réputation de Blackwell. Cinq ans plus tôt, un directeur avait fait des plaisanteries et des commentaires déplacés qui avaient mis certaines femmes mal à l'aise. L'une d'entre elles avait eu le courage de porter plainte. La direction avait immédiatement lancé une enquête, tenu des forums, et affirmé la forte opposition de l'entreprise au harcèlement. Au bout du compte, l'homme avait présenté des excuses à toutes les femmes, mais avait quand même été renvoyé. Cependant, à cause des médias, l'image de l'entreprise avait longtemps été entachée. Il avait fallu plusieurs années pour assainir la réputation de Blackwell Wealth Management.

— Nous sommes en pleine expansion de nos activités, reprit Bill. Un problème tel que celui-ci pourrait tout compromettre. Trop de choses sont en jeu. Notre croissance, notre réputation, la culture d'entreprise que nous avons mis tant de temps à construire. Et ta promotion, mon garçon.

Ethan reçut ce commentaire comme un coup de poignard.

— Je te fais confiance pour prendre la bonne décision, conclut Bill en le regardant dans les yeux.

Ethan avala sa salive avec difficulté. Il n'avait évidemment pas l'intention de causer le moindre problème à l'entreprise familiale.

— Tu peux me faire confiance, assura-t-il.

Bill lui tapota l'épaule et hocha la tête.

— Bien, dit-il.

Ils restèrent silencieux un instant, puis Bill soupira et hocha de nouveau la tête.

— Bien, répéta-t-il, comme s'il s'était apprêté à dire quelque chose mais y avait renoncé. Rejoignons les autres dehors.

Ethan le suivit sur la terrasse pour leur séance habituelle agrémentée de cigares et de scotch.

Il lui fallut du temps pour dissiper la tension provoquée par l'aparté avec son père. Au bout d'un moment, il se décontracta et put jouir de cette petite réunion intime avec son père et ses frères. La conversation roula sur les résultats du base-ball, l'expansion des succursales, le golf, les projets.

Au bout d'un moment, Bill se leva pour rejoindre les femmes devant la télévision. Lincoln les quitta aussi, les enfants devaient se coucher tôt. Ethan et Carter demeurèrent seuls.

— Ça va, vieux frère ?

La question de Carter prit Ethan de court.

— Moi ? Très bien.

Un silence s'installa entre eux, qu'ils passèrent à siroter leur scotch à petites gorgées.

— Si je te confie quelque chose, dit enfin Carter, promets-moi de le garder pour toi.

— Bien sûr. Que se passe-t-il.

Carter prit une profonde inspiration avant de dire d'un trait :

— Je ne sais pas si je veux continuer à travailler dans notre boîte.

Ethan écarquilla les yeux. Il s'attendait à tout sauf à ça !

— Je suppose que tu n'en as rien dit à papa ? demanda-t-il.

— Non. Il a été trop malheureux quand Lincoln a décidé de voler de ses propres ailes.

— C'est normal. Il rêve que ses fils prennent sa place. Qu'est-ce que tu veux faire ?

— Je ne sais pas encore, avoua Carter. Quelque chose de différent, sans doute pas tout de suite. Je sais juste que je ne veux pas faire la même chose éternellement. Ça fait un moment que j'y pense.

De nouveau ils se turent. Puis Carter reprit :

— Ce n'est peut-être que passager. Le fait que je pense à partir ne m'empêche pas de vouloir gagner notre pari !

— Tu as une satanée confiance en toi ! J'espère que tu ne feras pas une dépression, le jour où tu perdras !

Ils éclatèrent de rire.

— Et toi ? demanda Carter. Je t'ai trouvé un peu tendu au dîner et quand tu nous as rejoints avec papa sur la terrasse. Pourquoi sa façon d'être te tracasse-t-elle autant ?

Ethan avait toujours aimé les bonnes blagues et les réparties, mais il n'appréciait pas que son père ne voie pas la nécessité de féliciter ses fils de temps en temps. Il comprenait l'austérité de son père, et il aimait profondément ses parents. Mais il connaissait aussi à leur sujet des choses que ses frères et sa sœur ignoraient. Et c'était à cause de ce secret qu'il recherchait tant l'approbation de son père.

— Je ne sais pas, mon vieux, finit-il par répondre. C'est important pour moi, c'est tout.

— Pour moi aussi, ça compte. Pourtant nous savons qu'il est fier de nous, même s'il ne le dit pas.

— Bien sûr, mais ce serait bien de l'entendre nous le dire, non ?

— C'est vrai, répondit Carter en avalant une gorgée de scotch.

— Venons-en au fait qui passionne toute la famille ! Edison est-elle ma future belle-sœur ?

— Oh là ! J'ai déjà donné, répondit Carter en faisant allusion au mariage qui n'avait finalement pas eu lieu. Je ne suis pas sûr d'avoir envie de refaire ce chemin. Edison et moi sommes des amis qui passons du bon temps ensemble, c'est tout.

Depuis la fin désastreuse de ses fiançailles, quelques années auparavant, Carter fuyait l'amour comme la peste. Malgré ses innombrables conquêtes, il ne s'attachait à personne. Il prenait plaisir à la compagnie des femmes – de nombreuses femmes ! – et c'était son droit.

Ethan songea soudain à Zoe. Lui aussi prenait plaisir à sa

compagnie. Il savait qu'il n'aurait pas dû, mais il rêvait de passer davantage de temps avec elle. Leurs conversations étaient vivantes et passionnantes. Même leurs silences avaient de la valeur.

Mais... Il pensait à elle beaucoup trop souvent. Et sa récente conversation avec son père pesait comme une épée de Damoclès sur sa tête. Peut-être devrait-il rechercher la compagnie d'une autre femme, puisque de toute façon, entre Zoe et lui, c'était impossible.

Il se pencha vers son frère comme pour lui confier un grand secret et s'enquit :

— Est-ce que ton amie a une amie ?

— Elle en a des tas, mais elles ne t'intéresseraient pas.

— Pourquoi ça ?

Carter lui adressa un regard moqueur et ne répondit pas.

— Quoi ? demanda Ethan.

— En un mot, Zoe.

— Quoi ? Zoe ? Mais c'est mon employée, protesta-t-il.

— Ce qui ne t'empêche pas de te montrer *charmant* avec elle.

— *Quoi ?*

— Tu peux faire illusion auprès de ton équipe, mais je te connais trop bien, vieux frère. Tu as un penchant pour elle depuis le jour où elle a franchi le seuil de ton bureau pour son premier entretien d'embauche. Je sais que tu n'as rien fait de mal, et je te rassure, aucune rumeur ne circule à votre sujet. Mais pour moi, c'est clair comme de l'eau de roche. Ça se voit dans tes yeux quand tu parles d'elle, dans ton sourire dès que l'on prononce son nom. Ça se voit dans ta manière d'essayer de l'éviter en présence d'autres personnes. Tu peux tromper tout le monde, mais pas moi.

Ethan ne trouva rien à dire. Il était proche de toute sa fratrie, mais le lien entre Carter et lui était encore plus indéfectible. Et apparemment, son frère avait remarqué quelque chose, entre Zoe et lui.

Il repensa à sa conversation avec son père. Ce dernier avait raison. Se rapprocher de Zoe était dangereux. Trop de choses étaient en jeu, et il détesterait mettre la réputation de Blackwell en danger à un moment aussi crucial de son développement. Sans parler de la perspective de sa promotion. Il se devait d'être prudent avec Zoe.

— Rien ne peut se passer avec elle, dit-il.

— Le fait qu'elle soit si belle ne facilite pas les choses, lui fit remarquer Carter en buvant une gorgée.

Ethan laissa échapper un petit rire, puis il soupira.

Que dire ?

Zoe se faufilait en lui d'une façon qu'il ne contrôlait pas. Et pourtant, il devait la rejeter.

9

Zoe adorait New York. Cependant, l'énergie et l'excitation que la ville dégageait avaient un prix. Après avoir subi l'heure de pointe du système ferroviaire de Long Island et du métro pour assister à la réunion des managers de ce mois-ci, elle se réjouissait de ne plus avoir à faire ce trajet aller-retour tous les jours.

La météo annonçait un ouragan pour le soir, et des vents violents soufflaient déjà. L'air la glaçait. D'ordinaire, la saison n'était pas encore aux écharpes et aux gants, mais aujourd'hui, ils auraient été les bienvenus !

Leur réunion mensuelle durait en général toute une journée. Aujourd'hui pourtant, Bill avait déclaré qu'ils termineraient plus tôt, de façon à ce que chacun rejoigne son domicile avant l'ouragan annoncé.

Zoe avait rempli le réfrigérateur de sa mère et le sien pour quelques jours, et attendait avec impatience un long week-end confortable à la maison : lire, regarder des films, boire une bonne bouteille.

L'état de sa sœur s'était stabilisé. Elle avait réussi à la convaincre de reprendre ses médicaments. Pourvu que ça dure... Peut-être l'inviterait-elle, ou irait-elle passer le week-end chez sa mère ? La journée commençait à peine, elle avait le temps de choisir.

Bravant le vent qui forcissait, elle pénétra dans l'immeuble avec un quart d'heure d'avance. Elle s'engouffra dans l'ascenseur pour le vingtième étage, où se trouvait le quartier général de Blackwell.

Quelques membres de l'équipe étaient déjà là, rassemblés en petits groupes. L'odeur de café frais embaumait l'espace. Elle s'assit à côté de sa collègue Jasmine.

— J'ai dû lutter contre le vent, expliqua-t-elle en désignant ses cheveux ébouriffés. De toute évidence j'ai perdu !

Jasmine se mit à rire en montrant sa propre chevelure désordonnée.

— Je reviens, dit Zoe en se dirigeant vers les toilettes pour remettre de l'ordre dans sa tenue.

Elle se rendit ensuite jusqu'au buffet, choisit un bagel qu'elle fourra de crème de fromage, et se fit couler un mug de café brûlant.

Rejoignant Jasmine, elle mordit à pleines dents dans son bagel.

— Soit c'est le meilleur bagel de ma vie, soit je mourais de faim, dit-elle, la bouche pleine.

— Crois-moi, tu mourais de faim !

Elles riaient toutes les deux au moment où entrèrent Carter et Ethan. Zoe se redressa un peu, remarquant une fois de plus l'effet que son patron avait sur elle. Dès qu'il paraissait, elle se tenait plus droite, souriait davantage, remettait ses cheveux en place, même si elle n'était pas décoiffée. Qu'elle le veuille ou non, sa présence la mettait en état d'alerte. Son seul souhait était que personne ne le remarque.

— Bonjour ! lança Carter.

— Bonjour tout le monde, renchérit Ethan.

Comme à chaque fois, sa voix profonde donna des frissons à Zoe.

— Sacré vent, dit-il en s'asseyant juste en face d'elle, son manteau sous le bras.

Dommage qu'il ne se soit pas installé à côté d'elle ; elle n'aurait pas eu à contempler son beau visage. Maintenant, elle devait s'efforcer... de ne pas le regarder !

Quelques instants plus tard, Bill fit son entrée, attirant

l'attention de tous. Malgré sa stature imposante, il se montrait toujours chaleureux. Ethan lui ressemblait.

— Bonjour à tous ! lança-t-il. Nous allons commencer tout de suite, pour que vous rentriez le plus vite possible chez vous. Dillon, à vous.

L'équipe de Dillon se dirigea vers l'avant de la salle, et exposa ses progrès.

Vint ensuite l'équipe de Carter. Son très bon rapport fut néanmoins surpassé par celui de l'équipe d'Ethan. Carter se trouvait en tête pour le nombre de nouveaux clients, mais Ethan menait la course pour le montant des avoirs. Dillon les suivait de près.

Les sujets à traiter étaient nombreux, et la matinée passa vite. Après le déjeuner, ils abordèrent sans tarder les thèmes suivants.

Tout à coup, Monica, l'assistante de Bill, fit irruption dans la salle pour expliquer ce qui se passait dans les rues. Au vingtième étage d'un solide gratte-ciel, ils étaient préservés du véritable impact des éléments ; ils ne voyaient que le ciel gris et la pluie.

Bill passa un des écrans sur la chaîne météo. Tout le monde fut stupéfait de ce qui se déroulait en bas et sur l'ensemble de New York. L'ouragan frappait plus tôt et plus fort qu'annoncé. Les vents violents avaient déjà arraché les lignes électriques autour de la ville. De nombreux trains de banlieue faisaient face à des problèmes de signaux. De gros débris barraient certains rails.

Aussitôt, Bill mit fin à la réunion et souhaita à chacun le meilleur retour possible à domicile, les priant de l'avertir de leur arrivée sains et saufs chez eux. Tout le monde se salua à la hâte, et s'empressa de quitter l'immeuble.

Jasmine, Brian, Zoe et Ethan, qui se rendaient tous à Long Island, décidèrent de rejoindre ensemble Penn Station. Vingt minutes plus tard, ils atteignaient la gare, qu'ils trouvèrent plongée dans un chaos total. Les gens, en attente de leur train, se bousculaient, se plaignaient des retards et des annulations.

Ils se faufilèrent parmi la foule, essayant de glaner des informations au sujet des trains en partance pour Long Island.

Celui de Jasmine partait dans sept minutes. Elle se précipita vers son quai sans plus attendre. Brian décida de se rendre chez sa mère dans le Queens et sauta dans une rame de métro qui fonctionnait encore. Ethan et Zoe, eux, étaient toujours en attente d'informations sur leurs trains.

Zoe téléphona à Jasmine pour s'assurer qu'elle était bien à bord.

— J'y suis, mais tu n'imagines pas le nombre de passagers ! s'exclama cette dernière. Je suis écrabouillée contre la porte ! Et plein de gens n'ont pas pu monter.

— Tu as de la chance ! Mon train est retardé, ils n'arrêtent pas de changer les informations. De plus en plus de lignes sont affectées par des problèmes divers. Bon retour chez toi, répondit Zoe en raccrochant.

Ethan lui montra l'écran de son téléphone, qu'elle contempla avec stupeur. Une météo comme jamais elle n'en avait vu à New York... C'était bien pire que l'ouragan que la ville avait subi quelques années plus tôt. Le New Jersey avait déjà reçu des trombes d'eau, et la pluie s'abattait sur New York avec une force particulière. Les vents rugissaient, on parlait même de tornades à certains endroits. L'ouragan déracinait des arbres, inondait des maisons et des magasins, et plongeait des milliers de personnes dans le noir.

Zoe sentit la panique la gagner. Heureusement, Ethan était avec elle, et tous deux attendirent les horaires des quelques trains encore en fonction.

Au bout d'une heure, son train n'était toujours pas annoncé, et elle commençait à perdre espoir. Inquiète, elle appela sa mère pour s'assurer qu'elle et sa sœur étaient en sécurité. Oui. Tout allait bien.

— Tiens-nous au courant, ma chérie, lui dit sa mère. Viens ici, si c'est plus facile pour toi.

— Merci maman, je te rappelle.

Elle s'efforça de réfléchir calmement. Que ferait-elle, si elle ne pouvait rentrer chez elle ? N'ayant aucune amie proche à Manhattan, il ne lui restait plus que l'hôtel.

Ethan et elle continuaient à consulter les panneaux d'affichage à la recherche d'un de leurs trains. Mais les haut-parleurs n'annonçaient que des annulations et des retards.

— Des nouvelles de votre train ? demanda Zoe.

— Non, mais pour moi ce n'est pas grave, j'ai un appartement en ville. Quand j'étais étudiant, je vivais à Manhattan, et ensuite j'ai gardé l'appartement que j'occupais. J'y vais parfois après le travail, ou si je n'ai pas envie de faire le trajet jusqu'à Long Island quand je sors tard du bureau. Vous y êtes la bienvenue, si vous voulez. J'ai toujours quelque chose à grignoter, dans mes placards.

— Merci, mais je vais trouver une solution.

C'était gentil de sa part, songea-t-elle, mais elle ne pensait pourtant pas que passer du temps chez son attirant patron soit une bonne idée.

Son téléphone sonna. C'était Jasmine.

— Alors, comment ça se passe, pour toi ? demanda Zoe.

— Je ne t'entends pas...

Zoe répéta sa question plus fort. Penn Station était maintenant bondée de gens énervés, anxieux de rentrer au plus vite auprès de leurs enfants.

— Je viens de sortir du train ! hurla Jasmine. Le parking est inondé, Je n'ai jamais vu ça ! J'ai de l'eau jusqu'aux chevilles pour rejoindre ma voiture. Et toi ?

— Toujours à la gare ! Il n'y a presque plus de trains, ça fait plus d'une heure que l'on attend.

— Quelle poisse ! s'exclama Jasmine. Si un train n'arrive pas rapidement, il va falloir que tu trouves un endroit où dormir.

— C'est un vrai cauchemar. Il faut espérer que l'ouragan s'éloigne aussi vite qu'il s'est abattu sur nous.

— Envoie-moi un texto dès que tu es chez toi, conclut Jasmine.

— D'accord. Toi aussi. Bon week-end quand même !

Zoe raccrocha et se mit à réfléchir. Que faire ?

— Ethan, dit-elle, vous n'êtes pas obligé de m'attendre. Si

un train n'arrive pas très vite, je vais prendre une chambre dans un hôtel. J'apprécie le souci que vous vous faites pour moi, ajouta-t-elle en souriant, mais je refuse de vous retenir plus longtemps. Vous pourriez être au chaud et à l'abri depuis longtemps. Au fait, comment se sont débrouillés votre père et votre frère ?

— Ne vous inquiétez pas pour moi. Mon père et mon frère vont bien. Carter a attrapé au vol un train pour Brooklyn, où il habite. Et papa a traversé le pont Williamsburg juste avant que les autorités le ferment. Quant à Brian, il est chez sa mère.

— Je n'arrive pas à y croire ! s'exclama un homme près d'eux. J'ai entendu dire que certaines stations de métro étaient inondées !

Un peu sonnée, Zoe secoua la tête. Le plus sage serait de prendre une chambre d'hôtel à Manhattan.

— Je vais vite chercher une chambre près d'ici, avant que les hôtels soient complets, dit-elle.

— Je viens avec vous, je tiens à m'assurer que vous êtes en sécurité.

Elle accepta d'un hochement de tête.

La sincérité d'Ethan était touchante. De plus, elle se réjouissait de sa présence. Le fait de ne pas pouvoir regagner son appartement la déstabilisait, et la panique se profilait.

Une femme à côté d'elle hurlait dans son téléphone portable. Elle n'avait personne pour aller chercher sa fille à l'école. *Pauvre femme*, songea-t-elle. Elle aurait aimé lui venir en aide, mais comment ? Elles se trouvaient dans le même pétrin.

— Sortons, dit-elle à Ethan. Il faut que je trouve une chambre.

Lui prenant la main, il l'entraîna à travers la foule de plus en plus nerveuse.

Dehors, la pluie tombait à verse. Le parapluie de Zoe s'envola dès qu'elle l'ouvrit. Bouche bée, elle le regarda rouler dans la 34e Rue. Elle avait peur d'être emportée de la même façon.

Ils traversèrent la rue et se précipitèrent vers l'hôtel Pennsylvania. Des files de voitures encombraient la 7e Avenue.

Leurs essuie-glaces faisaient gicler de l'eau de toutes parts. Le temps d'atteindre la porte de l'hôtel, ils étaient trempés.

Quand la réceptionniste leur annonça qu'ils n'avaient plus de chambres, Zoe n'en crut pas ses oreilles. Ethan la conduisit dans un coin du hall.

— Je vais téléphoner à d'autres hôtels dans le secteur, proposa-t-il. On peut retenir une chambre en ligne.

Après plusieurs appels infructueux, il parvint à lui réserver une chambre située à quelques encablures. Trouver un taxi libre leur prit vingt minutes, et il leur fallut encore une demi-heure pour atteindre l'hôtel, où on les informa... qu'il n'y avait plus de chambres.

— Mais j'ai une confirmation de réservation ! s'exclama Zoe, indignée.

La réceptionniste, à bout de nerfs, leur expliqua que l'application avait commis une erreur. L'hôtel était complet.

Un accès de désespoir submergea Zoe, mais elle se ressaisit vite en pensant aux innombrables personnes, à la gare, qui espéraient encore pouvoir rentrer chez elles.

— Écoutez, Zoe. Venez chez moi, vous y serez en sécurité. Avec un peu de chance, les trains seront de nouveau en service dans quelques heures.

— Merci Ethan, mais j'ai horreur de m'imposer.

S'imposer n'était pas le problème. La vérité était plus gênante. Avoir un petit béguin pour lui, c'était anodin et amusant. Se retrouver dans son appartement de célibataire à Manhattan, c'était une autre paire de manches.

— Allez, venez...

— Je ne sais pas.

— Quelle alternative avez-vous ? Si on reste dehors plus longtemps, nous allons tous les deux attraper froid.

Elle laissa échapper un gros soupir. Trempée, elle commençait à frissonner.

— Essayons encore quelques hôtels, suggéra-t-elle.

Sans succès. Soit les chambres étaient déjà prises, soit les réceptionnistes ne pouvaient garantir la réservation jusqu'à leur arrivée, tant les demandes affluaient à réception.

Au bout d'un moment, Zoe s'avoua vaincue.

— Bon. Il ne reste plus que votre solution, dit-elle, sans enthousiasme.

— Allons-y.

Lui prenant de nouveau la main, ils sortirent du hall de l'hôtel et affrontèrent de nouveau des torrents de pluie. Au bout d'un moment qui leur sembla durer une éternité, ils hélèrent un taxi et s'y engouffrèrent. La course jusqu'à So-Ho dans les rues inondées prit un temps infini, mais ils parvinrent enfin devant l'immeuble d'Ethan.

Zoe était ruisselante, ses cheveux lui collaient au visage, mais dès qu'elle mit les pieds dans l'appartement d'Ethan, elle oublia tout ce qu'elle venait de subir.

Le loft d'Ethan était splendide. Le plancher en beau bois sombre contrastait avec les murs blancs où étaient accrochés de magnifiques tableaux contemporains. Le décor masculin mais raffiné mêlait les tons sombres à des teintes crémeuses. Sur les canapés bleu marine étaient jetés des coussins ivoire ou gris. L'espace ouvrait sur une cuisine ultramoderne, un îlot recouvert de granit la séparait de la salle de séjour. Près de la cuisine se trouvait une table pour six personnes.

— Donnez-moi votre manteau, proposa Ethan.

Zoe l'enleva et le lui tendit. Immédiatement, elle frissonna et croisa les bras sur sa poitrine. À travers les immenses baies vitrées, l'ouragan lui apparaissait comme une œuvre d'art magnifique, quoiqu'un peu inquiétante. Enlevant ses chaussures imbibées d'eau, elle se promena lentement dans la pièce.

— C'est superbe, ici, dit-elle enfin.

— Merci. Je vais chercher quelque chose de sec à vous prêter. Ensuite je verrai ce que j'ai dans le congélateur. Je peux aussi faire des pâtes avec une sauce en boîte.

Quelques instants plus tard, il reparut avec un T-shirt et un sweat à capuche, tous deux trop larges pour elle, ainsi qu'un bas de jogging.

— Changez-vous dans cette chambre, ou dans la salle de bains, proposa-t-il.

— Merci, répondit-elle avec un gros soupir.

Elle se dirigea vers la salle de bains, tapissée de marbre du sol au plafond, avec un lavabo en pierre et de beaux robinets contemporains.

Elle ôta ses vêtements mouillés, ne gardant que ses sous-vêtements, et enfila les affaires d'Ethan. Le T-shirt et le sweat étaient grands, doux et, surtout, secs ! Elle retroussa le bas du jogging et resserra le lien de la ceinture au maximum.

Elle porta ses vêtements dans la chambre d'amis qu'il lui avait indiquée, les mit à sécher, puis regagna la salle de séjour, où elle retrouva Ethan déjà changé.

Elle avait l'habitude de le trouver beau dans ses costumes sur mesure, mais elle ne s'attendait pas à le découvrir sexy en diable en sweat tout simple. Sur son large torse s'étalait le logo d'une université. Sous les manches légères, on devinait ses bras musclés et bronzés. Il sortit plusieurs choses du congélateur. Ne sachant que faire, elle le rejoignit dans la cuisine.

— Je peux vous aider ? demanda-t-elle sans trop s'approcher.

Seule avec lui dans son appartement, elle ressentait une tension à la fois stimulante et très éprouvante pour les nerfs. De toute façon, elle n'avait pas eu le choix.

— Vous aimez les burgers avec des frites ? s'enquit-il. J'ai trouvé de la dinde hachée dans le congélateur.

— Parfait pour moi.

— Je n'ai pas besoin d'aide, installez-vous devant la télévision et trouvez-nous les dernières nouvelles de la météo.

De nouveau elle le remercia intérieurement d'être resté avec elle. Qu'aurait-elle fait s'il était rentré chez lui en la laissant se débrouiller à Penn Station ? Elle aurait peut-être fini la nuit sur un banc…

Elle envoya un texto à Jasmine pour lui dire que tout allait bien pour elle – sans plus de précisions –, et appela sa mère pour l'informer qu'elle avait été invitée par un ami en attendant la fin de la tempête.

La chaîne météo dispensait au fur et à mesure les dernières nouvelles du temps. Peut-être pourrait-elle rentrer chez elle dans quelques heures ?

Elle lança à Ethan un regard en coin. Il chantonnait en malaxant la viande pour les burgers. Jamais auparavant elle ne s'était trouvée dans un tel appartement, en compagnie d'un homme comme lui. L'espace de quelques instants, elle laissa son imagination vagabonder...

À quoi cela ressemblerait-il d'être la petite amie d'Ethan Blackwell ?

10

— Ce burger était délicieux ! Comment faites-vous ? demanda Zoe en avalant sa dernière frite.

— C'est un secret.

Confortablement installé sur le canapé, Ethan se mit à rire, les yeux rivés à l'écran de télévision.

Zoe le regarda du coin de l'œil.

— Je ne m'attendais pas à ce que vous sachiez cuisiner, poursuivit-elle.

— Vous pensiez que j'étais un gosse de riche gâté ?

Il laissa la question flotter dans l'air.

Zoe ne répondit pas tout de suite.

— Je plaide coupable, avoua-t-elle au bout d'un instant.

— Eh bien, de même que vous faites du karaté et savez changer un pneu, moi je cuisine, entre autres. Et je sais aussi changer un pneu !

— Mille pardons. Je vous ai sous-estimé.

— En effet ! Nous sommes quittes, donc. J'ai été surpris de voir l'étendue de vos connaissances en matière de voitures.

Zoe éclata de son rire si mélodieux.

Ses lèvres pulpeuses attiraient Ethan comme un aimant et lui donnaient le désir irrésistible de les embrasser. Pour résister, il se leva, prit leurs deux assiettes et les emporta à la cuisine.

— Encore un peu de thé glacé ? proposa-t-il.

— Avec plaisir.

Pour mettre une distance entre eux, il s'attarda dans la

cuisine plus longtemps que nécessaire. Être assis à côté de Zoe, l'avoir pour lui seul, lui donnait du fil à retordre. C'était pour lui une véritable épreuve, puisque cette femme lui était interdite.

Il jeta un regard dans sa direction. Elle regardait les nouvelles. Ses cheveux avaient un peu séché. Même ses vêtements beaucoup trop grands pour elle la mettaient en valeur. Son imagination galopa... Stop ! Zoe Baldwin était une magnifique source d'embrouilles.

Au bout d'un moment, il revint avec une carafe de thé glacé, emplit leurs verres respectifs et fixa les images qui défilaient sur l'écran. Se cantonner à la situation des trains était une distraction sans danger.

— Je dois..., commença-t-elle.

Notant qu'il la regardait, elle s'interrompit. Puis, se raclant la gorge, elle reprit :

— Je dois prévenir ma mère que je serai de retour chez moi plus tard que prévu.

— Je vous en prie.

Il lui sourit avant de se replonger dans les informations.

Elle se leva, prit son téléphone et appela sa mère. Elle faisait les cent pas dans la cuisine. D'après ce qu'il entendait, sa famille avait l'air d'aller bien.

Pendant qu'elle parlait, il composa sur son portable le 311, la ligne d'information de New York et demanda les dernières mises au point des transports. À sa grande surprise, Manhattan était coupé des autres arrondissements. À cause des vents violents, les ponts étaient barrés. D'autre part, les tunnels, les gares et les rues étaient inondés dans toute la ville et les banlieues. Des pannes de feux de signalisation et d'électricité rendaient la circulation pratiquement impossible. Des arbres s'étaient abattus dans beaucoup d'endroits.

Il posa son téléphone et monta le son de la télévision.

Le maire décrétait l'état d'urgence, les autorités invitaient tous les habitants à rester à l'intérieur jusqu'à la fin de l'ouragan. Des envoyés spéciaux trempés sous leurs parapluies inefficaces, bousculés par le vent, rendaient compte de conditions météorologiques exceptionnelles. Les caméras montraient des gens trouvant refuge dans des restaurants, des magasins. Des voyageurs s'entassaient sous les abris de bus et dans les gares de toute la ville.

Il regarda par les baies vitrées de son appartement. Le ciel noir était menaçant, les nuages roulaient. Des éclairs zébraient le ciel, le tonnerre grondait.

Cet orage ne semblait pas près de se dissiper rapidement. Et même si c'était le cas, combien de temps faudrait-il aux transports pour reprendre leur cours normal ? Les ponts rouvriraient sans doute les premiers. Dans ce cas, il conduirait Zoe chez elle – il avait une voiture, dans le parking souterrain de son immeuble. Sauf si les routes étaient inondées. Et dans ce cas...

Son appel téléphonique achevé, Zoe vint se rasseoir sur le canapé.

— J'ai de bonnes nouvelles, et de moins bonnes, lui annonça-t-il.

— Qui sont ?

— La bonne ou la mauvaise d'abord ?

— Commençons par la mauvaise, répondit-elle dans un soupir. Ça ne peut pas être bien pire que la situation actuelle.

— Eh bien, je ne crois pas que vous pourrez rentrer chez vous ce soir.

Et il lui communiqua les informations glanées sur le 311.

— C'est horrible, gémit-elle. Je ne pensais pas vivre une telle situation un jour...

Ils se turent quelques instants, puis elle demanda :

— Et quelle est la bonne nouvelle ?

— Vous êtes la bienvenue pour passer la nuit chez moi.

Elle se raidit.

Conscient de son malaise, il s'empressa d'ajouter :

— Si vous êtes d'accord, bien entendu. Vous dormirez dans la chambre d'amis. S'il n'y a toujours pas de trains demain matin, je vous conduirai chez vous. J'ai une voiture dans le garage de l'immeuble.

— Vous êtes sûr que cela ne vous dérange pas ? demanda-t-elle en se raclant la gorge.

— Vous avez une meilleure solution ?

— Je... Non.

— Nous avons de quoi manger et boire, Netflix, un jeu de cartes, un lecteur de DVD, toutes...

— Pardon ? Qui possède *encore* un lecteur de DVD ? s'exclama-t-elle en riant, les yeux écarquillés.

— Moi ! J'ai le Blu-ray avec le wi-fi, Netflix, Amazon Prime et YouTube, mais parfois j'ai envie de regarder des films qui ne sont ni sur Netflix ni sur Prime. J'ai quelques films fétiches que je regarde de temps en temps.

— Maintenant que j'y pense, ce n'est pas une si mauvaise idée. Vous êtes malin, au fond.

— Plus que malin, en effet, dit-il en se levant pour aller vers sa bibliothèque.

— Et modeste, avec ça !

Tout en riant il choisit quelques DVD dans sa collection.

— Venez voir si quelque chose vous tente, proposa-t-il.

Elle le rejoignit. Elle paraissait plus à l'aise, maintenant. Joyeuse, même. Cela lui fit plaisir. Il ne voulait surtout pas la mettre dans l'embarras. Certes, il devait garder ses distances, avec elle, mais il avait tout de même le droit d'aimer sa compagnie, non ?

La perspective qu'elle passe la nuit ici le réjouissait au plus haut point. Mais pas question de mal se conduire, même s'il mourait d'envie de s'emparer de ses lèvres attirantes...

— Vous possédez tant de vieux films, murmura-t-elle.

Il regarda le film qu'elle avait entre les mains. Le premier de la série de *Fast and Furious*.

— Une nouvelle saison sort cette année, dit-il. Je peux donc regarder toutes les précédentes et me préparer pour la suite.

— J'adore cette série. Moi aussi j'ai regardé toutes les saisons d'*Avengers* avant la sortie de la dernière saison. Je crois que le moment est venu pour moi d'acheter un lecteur de DVD, finalement !

Elle continua à fouiller dans sa collection, parlant des films qu'elle avait adorés.

— Vous trouvez votre bonheur ? demanda-t-il.

— J'ai du mal à choisir… Oh ! *Avatar* ! J'ai adoré ce film ! On peut le repasser ?

— Pourquoi pas.

Elle lui tendit le film, qu'il inséra dans le lecteur avant de revenir vers le canapé, muni de la télécommande.

— Quelque chose à boire, avant de regarder le film ? proposa-t-il. J'ai du soda, quelques bouteilles de vin, et un bon choix de scotch et de bourbon.

— J'ai eu un patron qui buvait du scotch. Et mon père, avant de disparaître dans la nature, m'a appris à l'apprécier. Grâce à cette double formation, certains des hommes d'affaires les plus en vue me respectent !

— Ça a l'air fou, mais c'est vrai. Une femme qui sait reconnaître un bon scotch et l'apprécier, c'est une perle rare, ça se respecte !

La remarque amusa Zoe.

— Votre réserve d'alcool semble plus importante que vos réserves de nourriture, lui fit-elle remarquer d'un ton moqueur.

— Exact ! Je viens ici avec des amis, en général, donc je ne suis jamais à court d'alcools.

— Je prendrai du vin, dit-elle.

— Rouge ou blanc ?

— Rouge.

— Oh ! C'est osé, comme choix !

— C'est encore meilleur avec du chocolat noir, précisa-t-elle.

— Hélas, je n'en ai pas.

À quoi ressemblerait une relation amoureuse avec une femme comme elle ? songea-t-il. Elle ne ressemblait à aucune autre. Bien entendu, les femmes qu'il rencontrait étaient intelligentes, sûres d'elles, ambitieuses, élégantes. Mais Zoe les dépassait sur tous les plans. De plus, la plupart des femmes de sa connaissance étaient incapables de changer un pneu – elles savaient à peine comment ouvrir le capot ! L'assurance de Zoe n'avait rien à voir avec de la suffisance. Elle était tout simplement à l'aise avec elle-même. Simple. De même était-elle sexy d'une façon toute naturelle. Elle ne cherchait à convaincre personne de sa beauté. Elle se contentait d'être. L'attirance qu'elle exerçait paraissait innée, elle ne lui demandait aucun effort, et cela l'intriguait au plus haut point.

Elle ne semblait pas avoir de petit ami. Bien entendu, il n'avait pas posé la question. De la part d'un patron, cela aurait été incorrect. Pourtant, il mourait d'envie de le savoir. Il y avait tant à découvrir chez cette jeune femme, avec tact et prudence.

— Ethan ? On le regarde, ce film ?

Il sortit de la dérive de ses pensées et les chassa de son esprit. Puis il enclencha le lecteur.

— Excusez-moi, dit-il en se versant un verre de vin. Allez, ça commence.

Pendant deux heures quarante, ils se plongèrent avec délice dans le film, tout en buvant deux verres de vin et en grignotant des chips et autres biscuits salés qu'il avait dénichés dans ses placards.

Le film achevé, ils observèrent un profond silence un peu gêné. Ethan consulta sa montre. 21 heures.

— Voyons où en est la situation, dit-il en cliquant sur la chaîne météo.

L'ouragan était classé comme l'un des plus dangereux de ces dernières années. New York s'était certes préparé à pareille éventualité, sans envisager de tels dégâts. Et ce n'était pas fini. Le maire de la ville détaillait toutes les actions entreprises pour venir en aide aux personnes. Les trains ne circulaient toujours pas, les ponts demeuraient fermés. Zoe ne rentrerait pas chez elle ce soir...

Il éteignit la télévision. Assez de mauvaises nouvelles pour la soirée. Zoe et lui s'adossèrent au canapé au même moment et se sourirent.

— Un autre film ? proposa-t-il.

— Si on jouait plutôt aux cartes ?

Il alla chercher son paquet.

— On joue à la guerre ? suggéra-t-elle.

— Je ne connais pas.

Il préférait le poker, mais il était heureux de lui faire plaisir.

Elle battit les cartes tout en lui expliquant les règles du jeu.

— Compris ? demanda-t-elle.

— Je crois.

Une fois qu'il eut bien enregistré l'esprit du jeu, il se montra plus agressif, faisant monter les enchères. Il ouvrit une autre bouteille de vin, ce qui leur délia la langue. Une sorte de vibration désinhibée, aisée, se propageait entre eux. Dans le feu de l'action, ils passèrent au tutoiement.

— Ah ! Guerre ! s'exclama soudain Ethan en levant les mains en signe de triomphe. Je t'ai eue ! C'est moi qui gagne !

— Ça s'appelle la chance du débutant !

— Rien à voir avec la chance ! C'est le talent !

Elle se moqua de lui, et ils débattirent en riant de leurs qualités respectives.

Ils firent d'autres parties tout en parlant à bâtons rompus et en riant de celui ou celle qui perdait. Ils jetaient avec emphase sur la table la carte gagnante, grinçaient des dents quand ils perdaient, s'amusaient comme des fous.

Au cours de la dernière partie, les enjeux se resserrèrent. Zoe était sur le point de gagner, mais tout n'était pas encore joué, il restait une chance à Ethan.

Elle jouait sa toute dernière carte. Le temps sembla soudain s'écouler très lentement.

Elle leva la main. Au même moment, il leva la sienne. Tous les deux visaient la victoire. La main de Zoe atteignit la table une petite seconde avant la sienne.

En recouvrant la main de Zoe de la sienne, il sentit tout son corps s'électriser. La peau de Zoe était si douce... Si seulement il pouvait s'attarder...

Le moment passa aussi vite qu'il avait surgi.

Elle retira rapidement sa main, sauta sur ses pieds et leva les bras en signe de triomphe.

— C'est encore moi qui gagne ! s'exclama-t-elle en ébauchant une danse effrénée. Je suis une gagnante, chantonna-t-elle.

Puis elle se laissa tomber sur le canapé avec un grand soupir de satisfaction.

Ethan était écroulé de rire. D'ordinaire, il n'aimait pas perdre, mais en voyant la joie enfantine de Zoe, en l'écoutant chanter, il avait envie de la voir gagner tout le temps. Son rire semblait provenir du fond de son être, et c'était un véritable enchantement pour lui. Il la contempla. Ses lèvres pleines entrouvertes, ses dents parfaites, la ligne sensuelle de son cou quand elle rejetait la tête en arrière. Ses cheveux tressés qui frôlaient ses épaules au rythme de ses mouvements, sa peau lisse et brillante.

Tout à coup, il tendit la main et caressa doucement la joue de la jeune femme.

Le rire de Zoe s'éteignit, ses yeux se rivèrent aux siens.

Ils ne dirent pas un mot.

Le désir qu'ils avaient jusqu'ici tenté d'étouffer les submergeait soudain, les poussant l'un vers l'autre. Ils n'étaient plus qu'instinct. Ils se rapprochèrent lentement l'un de l'autre, bouche entrouverte, prêts à sauter le pas.

Ethan ferma les yeux avant que leurs lèvres se touchent, et quelque chose explosa en lui. Il enlaça Zoe avec passion. Au même moment, elle prit son visage entre ses mains, l'attirant vers le sien avec fougue.

Ils s'embrassaient comme deux êtres affamés, comme si seules leurs lèvres pouvaient apaiser cette faim.

Ethan n'aurait jamais voulu cesser de l'embrasser.

Zoe s'accrocha à lui comme une noyée.

Ils s'embrassèrent encore et encore, à perdre haleine, jusqu'à en oublier de respirer.

11

Zoe ouvrit les yeux avec difficulté. De chauds rayons de soleil filtraient à travers la grande baie vitrée. D'un regard circulaire, elle tenta de chasser la confusion qui régnait dans son esprit. Où se trouvait-elle ? Pas chez elle, de toute évidence. Il lui fallut quelques secondes pour reprendre pied... et tout lui revint en bloc.

Les souvenirs défilèrent en flashs successifs. Les infos, l'ouragan, les éclairs, *Avatar*, le jeu de cartes, le vin... et le baiser. D'instinct elle toucha sa bouche, se remémora la sensation des lèvres d'Ethan sur les siennes, leur souffle court.

Elle avait embrassé son patron !

Les yeux fermés, elle secoua la tête. Elle avait embrassé son patron, et cela lui avait plu intensément ! Pour être honnête, elle avait même une terrible envie de recommencer...

À cette évocation, elle laissa sa tête retomber sur l'oreiller. Elle se sentait pâteuse, avec un léger mal de tête.

Rouvrant les yeux, elle contempla la luxueuse salle de séjour. Elle n'avait pas dormi dans la chambre d'amis. Ethan non plus n'avait pas rejoint sa chambre ; il était étalé sur le plancher, près du canapé où elle s'était endormie. À quel point avaient-ils trop bu, tous les deux ?

Un vent de panique l'envahit. Elle s'était toujours gardée de trop boire en compagnie de collègues de travail. Certains qui s'y étaient risqués en avaient payé le prix. Elle avait toujours su éviter la honte d'avoir à traverser tout le bureau sous les regards moqueurs des autres, après une soirée beaucoup trop arrosée organisée par l'entreprise.

Les couleurs spectaculaires du lever du jour attirèrent de nouveau son attention. Au lieu de sombrer dans la panique, elle décida d'admirer le lever du soleil. La situation de l'appartement d'Ethan lui offrait une vue inégalable. Prenant une profonde inspiration, elle se perdit dans sa contemplation. Elle avait passé toute sa vie à New York, mais jamais elle n'avait vu l'aube se lever depuis une telle hauteur. C'était… féerique.

L'envie d'aller aux toilettes l'obligea toutefois à se lever. Aussi discrètement que possible, elle se glissa hors du canapé, s'empara de son téléphone et se dirigea sur la pointe des pieds vers la salle de bains, le tout sans réveiller Ethan.

Elle sourit. Elle avait vraiment passé un bon moment en sa compagnie ! Sa gêne de partager un espace intime avec son patron s'était dissipée au fur et à mesure que la soirée avançait. Le vin y avait sans doute été pour quelque chose… Elle s'était retrouvée au sec, dans un endroit chaud et en sécurité. Que demander de plus ?

Elle pensa à tous ceux restés bloqués dans les gares. Que leur était-il arrivé ? Qu'avaient fait les parents qui n'avaient pas pu rejoindre leurs enfants ? Elle pria pour ceux que l'ouragan avait touchés d'une manière ou d'une autre.

Puis, pour ne pas réveiller Ethan, elle s'attarda dans la salle de bains, afin de prendre des nouvelles de sa mère et de sa sœur.

— Maman, comment ça va ?

— Ça pourrait être pire. Mais nous n'avons plus d'électricité.

— Mince ! Ils ont dit quand ils la rétabliraient ?

— Pas pour le moment. Et toi ? Tu es toujours en ville ?

— Oui. Je n'ai pas eu de train. J'espère pouvoir rentrer aujourd'hui.

— Quelle histoire ! Heureusement que nous avions fait les courses hier matin !

— Vous avez de la nourriture, c'est l'essentiel. J'aurais été folle de vous savoir le réfrigérateur vide, sans pouvoir vous aider.

— Quand tu pourras rentrer chez toi, ne t'oblige pas à

passer ici, ma chérie. Va plutôt vérifier si tu as de l'électricité. J'écoute la radio depuis ce matin, les dégâts sont considérables, les lignes électriques à terre, des arbres se sont abattus sur des maisons et des voitures, et parfois sur les rails de chemin de fer. Certaines gares sont inondées, c'est spectaculaire !

— Sûrement, d'après la violence de la tempête. Je vais raccrocher. Je te préviendrai quand je serai chez moi.

— D'accord. Sois prudente.

— Bien sûr.

Zoe raccrocha et appela une de ses voisines. Elle n'était pas particulièrement proche de ses voisins, mais ils faisaient attention les uns aux autres. De même que chez sa mère, il n'y avait plus d'électricité, lui apprit sa voisine qui lui fit la liste de tout ce qui était abîmé dans le quartier. Quel gâchis ! Il lui faudrait jeter tout le contenu de son congélateur, songea Zoe. Mais inutile d'y penser à l'avance, il serait bien assez tôt de s'en préoccuper le moment venu. Pour l'instant, elle avait besoin d'une bonne douche.

Ethan avait disposé une grande sortie de bain, une brosse à dents et du dentifrice à son intention. Sa douche prise, elle regagna la salle de séjour, guidée par une délicieuse odeur de café, mêlée à un zeste de vanille. Ethan n'était plus là, mais le bruit de l'eau qui coulait la renseigna. Il prenait une douche.

Dans la cuisine, elle se servit une grande tasse de café fumant, y versa une rasade de crème puis revint au salon pour écouter les dernières nouvelles.

L'ouragan était passé mais la ville demeurait paralysée suite aux dégâts qu'il avait laissés dans son sillage. Les ponts et les tunnels restaient fermés. Les bureaux et les maisons d'habitation fonctionnaient sur générateurs, conséquence des lignes électriques détériorées. Beaucoup de transformateurs avaient pris feu. Il allait falloir du temps pour que la ville retrouve son visage habituel.

Elle soupira. Quand rentrerait-elle chez elle ? Elle n'en savait rien, mais demeurait optimiste. N'avait-elle pas déjà réussi à survivre une nuit dans le domaine privé de son patron ?

Elle espérait cependant ne pas devoir rester chez lui une seconde nuit. D'abord elle ne voulait pas s'imposer, et surtout, le côtoyer si intimement constituait un véritable défi. D'ordinaire, elle le voyait en costume-cravate. Contempler son corps musclé en T-shirt et sweat, les pieds nus, c'était une autre affaire ! Pourvu qu'il n'ait pas surpris les regards furtifs qu'elle posait sur ses biceps et ses pectoraux.

Hier elle avait découvert beaucoup d'aspects de la personnalité d'Ethan. Elle aimait la façon dont il avait pris les choses en main, pour s'assurer que tout irait bien pour elle, et ses petites attentions l'avaient émue. De tout temps elle avait aimé les hommes capables d'un bon équilibre entre humour, intelligence et souci des autres. Ethan était de ceux-là.

Et puis ils s'étaient bien amusés. Son esprit à la fois joueur et compétiteur lui avait plu. Et il n'était pas un mauvais perdant.

Même les silences entre eux étaient agréables !

Et donc, pour toutes ces raisons, il valait mieux qu'elle quitte cet appartement le plus vite possible.

Confortablement installée sur le canapé, elle buvait son café à petites gorgées en regardant les informations quand Ethan la rejoignit.

— Bonjour !

Sa voix profonde la fit sursauter. Une voix un peu plus éraillée que d'habitude, qui déclencha des frissons dans tout son corps. Soudain tendue, elle se racla la gorge.

— Oh ! Bonjour ! répondit-elle d'un ton qu'elle voulait naturel.

— Je n'avais pas l'intention de te faire peur. Comment est le café ?

— Délicieux, répondit-elle en avalant une nouvelle gorgée.

Se dirigeant vers la cuisine, Ethan sortit du réfrigérateur des œufs et quelques autres ingrédients.

— Une frittata, ça te dit ? demanda-t-il.

— J'adore ça !

— Tant mieux, parce qu'il n'y a pas grand-chose pour le petit déjeuner. Je peux te faire une frittata et quelques toasts avec du café, ça te va ?

— Ça m'a l'air parfait.

Elle le regarda sortir une poêle et se mettre à cuisiner.

Vêtu d'un autre T-shirt et d'un autre pantalon, il était tout aussi séduisant que la veille. Son corps parfait était le résultat spectaculaire de la pratique régulière du sport et d'un régime alimentaire sain. En traversant la salle de séjour, il avait laissé une odeur fraîche et délicate, une senteur boisée qui se mêlait agréablement à l'odeur vanillée du café. Un véritable délice...

— Je peux t'aider ? demanda-t-elle. Tu as déjà tant fait, ce serait la moindre des choses que je te donne un coup de main pour le petit déjeuner.

— Si tu veux.

Elle le rejoignit dans la cuisine et, en silence, ils cuisinèrent ensemble. Elle finit de battre les œufs tandis qu'il épluchait les légumes avant de les jeter dans la poêle chaude. Ils faisaient les choses en rythme, comme s'ils l'avaient fait toute leur vie. Et tout se déroulait à merveille.

Les seuls moments embarrassants surgissaient quand leurs mains se touchaient accidentellement. Zoe était alors traversée par un courant électrique qu'elle tentait désespérément de dissimuler. Mais alors elle repensait à leur baiser, ce qui la faisait frémir encore davantage... Elle priait pour qu'Ethan ne remarque rien.

Avoir le béguin pour lui ne la dérangeait pas, tout compte fait ; cela rendait le travail en sa compagnie agréable. Mais elle n'avait pas la moindre intention de laisser les choses entre eux déraper.

— La situation demeure difficile dehors, mais je vais te débarrasser de ma présence aujourd'hui, dit-elle. Merci encore de m'avoir dépannée, la nuit dernière.

— J'ai entendu les nouvelles dans ma salle de bains. Il n'est pas sûr que tu puisses rentrer chez toi.

— Je sais. Mais je dois trouver une solution.

— Zoe.

Seigneur ! Sa façon de prononcer son nom lui donnait des frissons à chaque fois.

Comme il tournait la tête vers elle, elle eut du mal à soutenir son regard à la fois pénétrant et empli de sollicitude.

— C'est dangereux, dehors, poursuivit-il. Ici tu es la bienvenue pour une nuit supplémentaire. Ce n'est pas un problème.

Pour l'instant non, mais elle ne voulait pas tenter le diable.

— Tu en as déjà fait beaucoup, Ethan. J'apprécie, mais je dois rentrer chez moi me rendre compte des éventuels dommages causés par les intempéries.

L'espace de quelques secondes il eut l'air pensif, puis il reprit :

— Je vais faire ce que je peux pour t'aider. Si on peut passer par l'un ou l'autre des ponts ou traverser les tunnels, je te conduirai chez toi en voiture. On discutera de tout ça en prenant le petit déjeuner.

Ne trouvant rien à objecter, elle hocha la tête.

Tous les deux se turent et finirent leurs préparations.

Quand ils eurent fini de petit déjeuner, Ethan passa quelques coups de fil pour connaître l'état des voies de transport en direction de Long Island. Il passa certains de ces appels depuis sa chambre, porte close. Appelait-il une petite amie ? se demanda Zoe. Peut-être devaient-ils se voir aujourd'hui ?

Hélas, il n'y avait pas moyen de retourner chez elle, lui apprit Ethan en revenant au salon. Les routes étaient toujours fermées, les trains ne roulaient pas encore, les autorités se bornaient à évaluer les dégâts. Des voitures se trouvaient bloquées ou fortement ralenties par des inondations sur les voies principales. Un certain nombre de personnes avaient subi des électrocutions dues aux lignes électriques tombées à terre.

Zoe dut se rendre à l'évidence : elle allait rester chez Ethan. Tout au moins ce matin.

— Et maintenant ? demanda-t-elle quand ils eurent débarrassé.

— Un film ? proposa Ethan en pointant sa télécommande vers la télévision.

— Et si je te battais une nouvelle fois aux cartes ?

Il se mit à rire.

— Cette fois, c'est moi qui vais t'apprendre un nouveau jeu, dit-il.

— Apporte tes cartes ! Et tu vas voir qui va être battu !

Il lui montra un nouveau jeu, auquel il jouait avec ses frères et sa sœur.

— C'est un jeu où, si tu soupçonnes ton partenaire de mentir, tu cries « SM ».

— SM ? Comme dans... Quoi ?

— Sacré menteur !

Elle éclata de rire.

— Tes parents savaient que vous jouiez à ça ? demanda-t-elle.

— C'est ma grand-mère qui nous l'avait appris !

— Ta grand-mère me plaît ! s'exclama-t-elle en riant.

L'heure suivante fut occupée à jouer, et quand ils s'arrêtèrent, Zoe avait mal au ventre à force de rire. Tous les deux avaient menti à qui mieux mieux tout au long du jeu.

À un certain moment, ils consultèrent la météo à la télévision pour connaître l'état des transports, puis ils se plongèrent dans un film.

Ethan appela quelques restaurants du quartier, pour savoir s'ils étaient ouverts. Comme certains l'étaient, il commanda de la nourriture asiatique.

Après ces vingt-quatre heures passées ensemble en vase clos, ils se sentaient plus à l'aise l'un envers l'autre. Ethan avait posé ses pieds sur l'ottomane en face de lui. Quant à elle, elle avait replié ses jambes sous elle en grignotant du pop-corn. Ils passaient du rire à des discussions à bâtons rompus, et les sujets soigneusement évités jusqu'ici faisaient maintenant partie de leur conversation. Zoe avait presque le sentiment qu'ils étaient des amis de longue date.

La tête penchée sur le côté, Ethan la regarda un instant avec attention.

— Qu'est-ce qu'il y a ? demanda-t-elle. Une verrue a poussé sur mon nez ?

— Pourquoi n'as-tu pas de petit ami ?

Elle haussa les épaules.

— Je ne peux pas rejeter toute la faute sur les hommes. Je n'ai pas toujours été une bonne petite amie...

— Qu'est-ce qui te fait dire ça ?

— C'est ce que l'on m'a dit, plus d'une fois.

Ethan écarquilla les yeux.

— Oh ! cela ne me dérange pas plus que ça, dit-elle en riant. En tout cas, je m'en moque, à présent. On m'a accusée de me comporter... comme un homme ! L'un d'eux m'a reproché d'avoir trop d'ambition, de faire passer ma carrière avant lui. Je crois que cette remarque résume bien ce que la plupart de mes petits amis ressentaient. Seulement je ne voyais pas comment faire autrement. J'accorde en effet beaucoup d'importance à ma carrière et j'y consacre beaucoup de temps. Et puis il y a ma famille.

Elle s'arrêta. Elle n'était pas prête à parler des siens avec Ethan. Elle avait déjà laissé entendre que son père ne faisait plus partie du paysage, mais la bataille que sa mère et elle menaient contre la santé mentale déficiente de Shena ne le concernait pas.

— Ces hommes me paraissent bien égoïstes, fit-il remarquer.

— Je ne leur en veux pas. Pour moi, c'est parfois difficile de garder l'équilibre entre mon travail et ma vie personnelle. Dans mes précédents postes, j'ai travaillé dur pour gagner le respect de mes employeurs et obtenir des promotions. Chaque fois que je n'obtenais pas la promotion espérée, je travaillais encore plus dur pour la conquérir la fois suivante. Tout cela au détriment de mes relations affectives. Mais je ne le faisais jamais sciemment.

— Tu n'es pas tombée sur les hommes qu'il fallait. Ils auraient dû te soutenir et encourager ta détermination, au lieu de te reprocher ton désir de réussir.

C'est bien ainsi qu'elle voyait les choses, mais elle s'abstint de tout commentaire. Ethan était le premier homme à lui parler de la sorte. Les autres se contentaient de se plaindre du peu d'attention qu'elle leur consacrait.

— À mon avis, poursuivit Ethan, ces types se sentaient menacés par ton potentiel intellectuel.

— Ça se peut...

Elle lui sourit, reconnaissante du soutien qu'il apportait à son ambition.

— En plus, je suis sûr que tu n'étais pas une si mauvaise petite amie.

Le regard profond d'Ethan posé sur elle la troubla.

— Merci, c'est gentil, murmura-t-elle.

— Tant pis pour tous ces types. Et tant mieux pour moi ! conclut-il en emportant le bol de pop-corn dans la cuisine.

Puis il vint se rasseoir près d'elle sur le canapé.

— Comment ça, tant mieux pour toi ? demanda-t-elle.

— Le fait que ton patron ne t'ait pas donné la promotion que tu attendais t'a conduite chez nous. Et tu es un atout de taille. Travailleuse, brillante, sérieuse, pleine de bonnes idées que tu partages. C'est pour cette raison que je t'ai embauchée. Il faudrait être aveugle pour ne pas voir ce que tu apportes à la compagnie.

Zoe sentit ses joues s'empourprer. C'était presque comme s'il venait de lui déclarer son amour. Son précédent patron ne l'avait jamais complimentée de la sorte, il n'avait jamais glorifié son travail ni ses résultats.

— Merci, Ethan.

À ce moment-là, la lumière vacilla.

— Que se passe-t-il ? s'enquit-elle, un peu inquiète soudain.

— J'espère que ce n'est pas ce que je crois, marmonna Ethan.

La lumière vacilla de nouveau. Zoe replia ses jambes sur sa poitrine, priant le ciel que l'électricité ne saute pas.

Soudain ils entendirent un bruit sourd.

La pièce fut immédiatement plongée dans le noir.

12

L'unique clarté dans l'appartement provenait du jour. Bientôt ils devraient se contenter de la lueur de la lune.

Ethan téléphona à la maintenance qui lui expliqua la situation. Une inondation dans le sous-sol avait coupé l'électricité. Le générateur ne pouvait à lui seul éclairer tout le bâtiment. Seul l'éclairage d'urgence fonctionnait dans les halls d'entrée de l'immeuble. Le technicien le rassura sur les secours qui se mettaient en place rapidement pour rétablir le courant.

Ethan raccrocha et soupira. Il avait acheté un loft dans ce bâtiment particulier parce qu'il aimait le charme de l'ancien et les pièces vastes. Mais il présentait l'inconvénient de ne pas être muni des dernières technologies dont jouissaient les immeubles plus récents.

Donc pour résumer, ne pouvant utiliser l'ascenseur, ils se trouvaient coincés dans l'appartement, à moins d'accepter de monter et descendre à pied tous les étages. Jusqu'à nouvel ordre, Zoe et lui étaient confinés dans le noir.

Il transmit à Zoe les informations fournies par le service de maintenance.

— Qu'est-ce qui pourrait encore mal tourner ? demanda-t-elle.

Il croisa les doigts en souriant et s'enquit :

— Tu as encore de la batterie, sur ton téléphone ? Moi, c'est faible.

— Pas de problème de ce côté-là. Tu as quelques bougies ?

— Ça se pourrait, répondit-il après réflexion.

Il avait conduit plus d'une femme dans cet appartement. Il devait donc avoir quelques bougies dans un tiroir quelque part. Après avoir fouillé dans la cuisine et les tiroirs de sa chambre, il en trouva plusieurs. Il les aligna sur l'îlot central de la cuisine, et s'apprêta à les allumer.

— Non ! s'exclama Zoe. Il reste encore un peu de clarté de l'extérieur. Attendons pour les allumer d'en avoir vraiment besoin.

— Tu es vraiment très intelligente, fit-il remarquer en souriant.

— Oh ! Ethan, la flatterie est un vilain défaut !

Ils éclatèrent de rire et cela détendit l'atmosphère.

Il reprit place sur le canapé. Les ombres et la lumière du soleil déclinant jetaient sur le visage de Zoe une lueur mystérieuse qui la rendait encore plus belle.

— Où te vois-tu travailler, après Blackwell ? demanda-t-il.

— J'espère y rester un bon moment, et apprendre le plus possible de toi et de ta famille. J'aimerais plus tard devenir cadre dirigeante.

Ils parlèrent jusqu'à ce que la seule source lumineuse de l'appartement provienne d'un croissant de lune et de quelques bougies disséminées dans la pièce. Les circonstances créaient une ambiance tout à fait romantique, songea Ethan.

Malgré ses efforts pour se concentrer sur la conversation, son attention dérivait constamment vers la silhouette parfaite de Zoe. Deux ou trois fois, incapables de juger de la distance entre eux dans cette lumière minimaliste, ils s'effleurèrent. Chaque fois, Ethan sentait son corps flamber.

Ils discutaient encore et toujours, apprenant à se connaître, de plus en plus à l'aise en présence l'un de l'autre. Il posait question sur question, désireux d'en découvrir le plus possible au sujet de Zoe. Malgré les graves inconvénients causés par les intempéries, il se réjouissait en secret du temps supplémentaire qu'il passait avec elle. Cela ne mènerait à rien, mais qu'importe !

— Et toi, Ethan ? Pourquoi n'as-tu pas de petite amie ?

— J'en ai eu, répondit-il en soupirant. Comme toi, on m'a accusé de consacrer trop de temps et d'énergie au travail. Avec mon père et toute l'équipe, nous avons commencé à travailler à l'expansion de la boîte bien avant de mettre nos plans à exécution. Je faisais des journées très longues, passais les week-ends avec mon père et les autres à échafauder des stratégies. Un après-midi, j'ai voulu faire une surprise à ma compagne et l'emmener quelque part à l'improviste. Je me suis garé devant chez elle. Sur le seuil de sa maison il y avait un homme. Elle lui a ouvert, il l'a prise dans ses bras, l'a soulevée et emportée à l'intérieur en refermant la porte derrière lui avec son pied.

— Oh ! Qu'as-tu fait ?

— Je suis resté un moment assis dans la voiture, très en colère. Puis je me suis rendu compte qu'entre elle et moi, c'était fini bien avant ce jour-là. Les clés de sa maison à la main, je suis sorti de voiture, je suis rentré chez elle en suivant le bruit de leurs voix jusqu'à la chambre. La porte était grande ouverte. Je suis entré calmement en leur disant bonjour. Ma petite amie a crié, et son amant et elle ont bondi du lit en couvrant d'un drap leur nudité. Ils n'avaient pas perdu une minute, leurs vêtements jonchaient le sol depuis la porte d'entrée jusqu'au lit. J'ai déposé ma clé de sa maison sur la table de chevet et j'ai quitté la chambre en leur disant au revoir.

Les yeux écarquillés, Zoe couvrit sa bouche de sa main.

— Qu'est-ce qu'ils ont fait ?

— Rien. Ils m'ont regardé bouche bée. Je suis sorti, je suis monté dans ma voiture et je suis retourné travailler.

— Mon Dieu, Ethan, c'est horrible !

— Comme je viens de le dire, c'était fini bien avant cet épisode. La fin était inévitable, je n'ai donc été qu'à moitié surpris qu'elle se tourne vers un autre homme. D'ailleurs, par la suite, ils se sont mariés !

L'obscurité régnait maintenant dans la pièce, rendant le silence qui venait de s'installer plus intense encore.

Zoe posa sa main sur le bras d'Ethan.

— Cette histoire me navre. Tu es un homme formidable, et il y a une femme quelque part qui t'appréciera à ta juste valeur.

Sous la main de Zoe, Ethan sentit frémir sa peau.

— Bien sûr, dit-il avec confiance.

Il sourit et regarda Zoe avec attention. La lueur de la bougie dansait dans ses yeux, elle semblait radieuse.

La femme qu'évoquait Zoe pour le consoler lui ressemblerait beaucoup, songea-t-il. En dépit du bon sens, il eut, un instant, envie que ce soit elle.

Ses lèvres étaient parfaites, attirantes. Il se rappela leur douceur soyeuse, eut de nouveau envie de les embrasser. La courbe qui allait de son menton à son cou était l'angle le plus sexy qu'il ait jamais contemplé chez une femme. Il en connaissait peu comme elle. Le fait qu'elle n'ait pas besoin d'un homme l'intriguait au plus haut point.

Elle avala sa salive plusieurs fois sans toutefois le quitter des yeux. Il regarda son cou palpiter dans la lumière diffuse. Chacun de ses gestes était empreint de sensualité. Comme la main de Zoe reposait toujours sur son bras, il la recouvrit de la sienne. Des étincelles irradièrent sa paume.

N'y tenant plus, il prit la main de Zoe dans la sienne et, sans se donner le temps de réfléchir, la porta à ses lèvres. Comme poussé par une force indépendante de lui, il se pencha vers elle. De son côté, comme si elle répondait à son attraction malgré elle, elle se rapprocha de lui.

Ils demeurèrent immobiles un moment.

Ethan pensait à la douceur des lèvres de Zoe. Il ne devait pas l'embrasser. Il en mourait d'envie. Il combattit son désir avec vaillance. En vain. La bataille fut bientôt perdue.

Zoe tendit la main, lui caressa la joue, l'attirant doucement vers elle. Cette intimité attisa en lui un feu qu'aucune pensée raisonnable et de bon sens n'apaisa. Leurs lèvres se joignirent.

Celles de Zoe étaient si douces, sucrées mais aussi salées à cause du pop-corn, parfaites. Un feu d'artifice explosa dans la tête d'Ethan. Leur baiser était ardent, profond, passionné. Se rapprochant encore, elle lui prit le visage entre ses mains. Il l'entoura de ses bras, pressant leurs deux corps l'un contre l'autre.

L'incendie les consumait tous les deux.

Les restrictions qu'Ethan s'imposait depuis le premier jour

de leur rencontre s'écroulèrent comme un château de cartes. Le désir le ravageait, il sentait sa température monter. Et visiblement, Zoe s'enflammait de la même façon.

Il ne se rassasiait pas d'elle, éparpillant de petits baisers brûlants sur ses joues, au creux de son cou, avant de revenir à sa bouche comme un affamé. Au bout d'un moment, ils changèrent de position sans que leurs corps se séparent. Leurs mains étaient animées d'une frénésie de découverte du corps de l'autre.

En équilibre au-dessus d'elle, Ethan prenait soin de ne pas trop l'écraser de son poids. Il sentait son érection, pressée contre le ventre de Zoe. Conscient que son désir débordait, le dépassait, il s'arracha à contrecœur à leur baiser.

Quelques instants s'écoulèrent avant que le rythme des battements fous de leurs cœurs ralentisse.

Le souffle court, Ethan regarda Zoe au fond des yeux et lut le désir qu'elle avait de lui comme s'il était écrit sur une feuille de papier.

Elle passa sa langue sur ses lèvres gonflées. Il résista à l'envie de les lécher. Se redressant, il reprit sa respiration. Il luttait pour se séparer d'elle. Mais pouvait-on séparer deux aimants ?

Zoe se redressa à son tour. La respiration aussi saccadée que la sienne, elle lui prit la main. Aucun des deux ne parlait. Ils demeurèrent assis dans le noir.

Bon sang ! Que venait-il de faire ? songea Ethan avec effroi.

13

Zoe était bouleversée. Son patron venait de l'embrasser à bouche que veux-tu. Et elle mourait d'envie que ça recommence, encore et encore.

Dans les yeux d'Ethan elle lisait comme dans un livre ouvert : il était lui aussi chamboulé par ce qu'ils venaient de faire.

Elle venait une nouvelle fois d'embrasser son patron ! se répétait-elle en boucle. Elle aurait dû s'en vouloir encore plus que la première fois. Pourtant… il n'en était rien. Elle y avait pris trop de plaisir pour le regretter. Dès qu'il posait sa bouche sur ses lèvres, elle avait le sentiment de flotter. Ensuite, elle ne pouvait s'empêcher d'y repenser. Son intelligence avait beau lui ordonner de garder ses distances, il suffisait d'un simple effleurement des lèvres d'Ethan pour que toute résistance la quitte. Et… elle voulait davantage. Bien davantage.

Elle lui caressa de nouveau le visage, sachant qu'il prendrait ce geste pour une invite. La regardant au fond des yeux, il hocha la tête. Elle sentit son cœur s'accélérer. À l'idée de goûter à nouveau les lèvres d'Ethan, une faim impérieuse monta en elle.

Leurs bouches se joignirent. La même urgence flamba en eux, un feu dévastateur qui brûlait tout.

Leurs caresses se firent plus insistantes, plus précises. L'attente et le désir dessinaient une ligne de feu depuis le ventre de Zoe jusqu'au creux de sa poitrine.

Mettant fin à leur baiser, Ethan la regarda de nouveau, en

quête d'une permission. En guise de réponse, elle se souleva vers lui pour l'embrasser.

— Tu es si belle, murmura-t-il tout contre ses lèvres. Dis-moi si tu veux que je m'arrête.

Elle l'embrassa avec plus d'ardeur encore.

— Je dois m'arrêter ? murmura-t-il. Dis-moi d'arrêter.

Sous son baiser passionné, Zoe gémit.

— Je m'arrêterai si tu le souhaites, dit-il d'une voix rauque. Dis-moi ce que tu veux.

Sa voix profonde et tendue par le désir vibra jusque dans le ventre de Zoe.

— Toi, répondit-elle contre la bouche d'Ethan.

Sous son regard pénétrant, elle répéta d'une voix frémissante de désir :

— Je te veux, toi.

Dans cet instant passionné, il n'était plus son patron. Elle refusait de penser à demain, se moquait pas mal de ne pas rentrer chez elle. Seule comptait leur intimité présente. Leur attirance réciproque était manifeste ; elle était née à leur arrivée dans cet appartement la nuit dernière, et l'alchimie entre eux était devenue plus intense au fur et à mesure que passaient les heures. Maintenant ils en suffoquaient presque. Ils ne pouvaient plus l'ignorer. Le fait de la nier n'avait pas fonctionné.

Zoe avait secrètement rêvé de ce qui était en train de se produire. Après tout, ils étaient deux adultes consentants. Il suffisait de ne rien attendre de cette nuit. Ce serait leur seule nuit ensemble.

— Seulement cette nuit, dit-elle, convaincue de ne pas avoir besoin de davantage pour assouvir sa faim de lui.

— Seulement cette nuit, répéta Ethan. Si c'est ta volonté.

— Oui.

Elle prit le visage d'Ethan entre ses deux mains et l'attira vers elle. Après un autre baiser passionné elle se déshabilla en hâte, puis aida Ethan à en faire autant.

Nus, ils s'admirèrent mutuellement, comme s'ils contemplaient une œuvre d'art.

Ethan explora chaque recoin du corps de Zoe avec adoration, le parsemant de baisers. Plus il prenait son temps, plus elle le désirait en elle.

La soulevant du canapé, il la porta jusqu'à l'îlot central où il l'allongea sur le dos. Là, il la caressa, la picora de baisers de feu, avant d'enfouir son visage entre ses cuisses et de la lécher.

Sous sa langue chaude, elle se cambra, laissant échapper un long gémissement de plaisir. Elle griffait la surface lisse de l'îlot, se tordait. Le plaisir était violent, presque insupportable. Son corps se convulsa. Attrapant entre ses mains la tête d'Ethan, elle le pressa contre son intimité. Il accéléra le rythme de sa langue, suça, titilla...

Elle explosa en un plaisir multicolore.

Le corps tendu, elle cria. Ethan l'accompagna de sa bouche amoureuse jusqu'au bout de son plaisir.

Tandis que ses convulsions délectables s'apaisaient, Ethan remonta le long de son corps et posa ses lèvres sur les siennes, pour qu'ils goûtent ensemble la saveur du plaisir qu'elle venait d'avoir.

Pendant qu'elle reprenait son souffle, il s'absenta un instant pour aller chercher un préservatif. Puis, la soulevant du comptoir, il la plaqua contre le mur le plus proche et la positionna sur son érection. Elle ferma les yeux quand il la pénétra. Il grogna et elle répondit en gémissant, la tête rejetée en arrière. Tout en plongeant en elle, il l'embrassait dans le cou. Peu à peu son rythme devint ensorcelant.

Jamais on ne lui avait fait l'amour avec une telle intensité. Elle rouvrit les yeux, pour voir son amant dans ce moment crucial.

Sentant son regard, il ouvrit des yeux qui exprimaient un plaisir sans égal. Leurs regards se rivèrent l'un à l'autre sans que le rythme de leurs va-et-vient en soit rompu. Leurs cœurs battaient à grands coups, leurs souffles se mêlaient bruyamment.

La tête roulant de gauche à droite, elle gémit de nouveau en sentant monter en elle le vertige d'un autre orgasme.

Ethan grogna et accéléra son rythme.

Ils bougeaient ensemble, de plus en plus vite, et Zoe s'abandonna rapidement au plaisir. De longues vagues la parcoururent, et elle cria une nouvelle fois.

Ethan l'enlaça et s'agrippa à elle comme s'il craignait de se noyer, puis il laissa son plaisir jaillir.

Ils demeurèrent ainsi contre le mur jusqu'à ce que leurs souffles deviennent un peu plus réguliers. Alors Ethan la transporta dans sa chambre et la déposa doucement en travers du lit. Puis il s'allongea tout contre son dos et la tint serrée contre lui. Seul le bruit de leurs respirations troublait le silence.

Au bout d'un moment, il demanda doucement :

— Ça va ?

— Très bien.

Puis, décidant d'affronter la situation, elle chercha ses mots et se jeta à l'eau.

— Merci pour ce soir, Ethan. Je veux dire, pour tout. Pour hier, et spécialement pour ce soir. Et s'il te plaît, ne t'inquiète pas, je ne suis pas du genre collant. Je savais très bien ce que je faisais il y a un instant, et je ne m'attends à rien de ta part. J'ai eu envie de toi autant que tu as eu envie de moi. Lundi matin, ce sera boulot comme d'habitude. Ça te va ?

— Et si je ne voulais pas de « boulot comme d'habitude » ?

Elle tressaillit et se retourna pour le regarder.

Il avait l'air sérieux.

Elle ouvrit la bouche pour répondre, mais aucun mot ne franchit ses lèvres.

Pour la première fois de sa vie, elle n'était pas sûre de ce qu'elle voulait dire.

14

Depuis son retour chez elle, Zoe cochait méthodiquement sa liste de choses à faire.

Avant de quitter l'appartement d'Ethan, elle s'était assurée que sa mère et sa sœur allaient bien. Elle avait été soulagée de savoir que l'électricité avait été rétablie, mais sa mère lui avait paru fatiguée. Toutefois, cette dernière lui avait une nouvelle fois conseillé de se rendre d'abord chez elle afin de vérifier l'état de son logement.

Ethan l'avait reconduite jusqu'à sa maison et y était entré brièvement pour vérifier que tout allait bien. Là aussi l'électricité était revenue, mais une mauvaise odeur désagréable régnait dans sa cuisine, la poubelle n'ayant pas été sortie depuis jeudi matin. Il l'avait aidée à se débarrasser des aliments abîmés dans son réfrigérateur. Ensuite il avait voulu s'occuper de sa voiture, mais elle l'avait convaincu qu'elle ferait appel à son garagiste, et il était reparti.

Le reste de l'après-midi fut consacré au ménage. Malgré la somme de choses à accomplir, la pensée d'Ethan ne la quittait pas.

En dépit de la gravité de l'ouragan, se trouver en compagnie d'Ethan avait eu un air de vacances. Une fantaisie érotique. À l'évocation des moments passés auprès de lui, elle frissonna.

Ethan s'apparentait à un rêve, un rêve sensuel. En sa présence, elle se sentait au centre d'une absurde comédie romantique, ou encore d'un conte de fées. Il était le prince charmant, riche, beau, élégant, de bonne compagnie. Quant à elle, elle était la fille banale que le prince séduisait.

Mais ce qu'elle avait vécu, c'était beaucoup plus qu'une banale parenthèse due au hasard. Il fallait se l'avouer, elle devenait amoureuse. Ethan ne ressemblait à aucun des hommes avec lesquels elle était sortie. Tous les deux, ils appartenaient à des univers différents, mais ce qu'ils partageaient n'appartenait qu'à un seul et unique univers.

Elle secoua la tête. D'où lui venaient de telles pensées ? Elle ne pouvait en aucun cas sortir avec cet homme. Il était son patron, que diable ! Pourquoi avoir accepté de poursuivre cette liaison ? Loin de lui, elle réfléchissait mieux. Il n'existait pas de solution pour eux.

Elle repensa à l'époque où elle sortait avec Langston, à l'université. Comme Ethan, il appartenait à une famille riche privilégiée.

Un week-end, il l'avait conviée à une réunion familiale. En mettant le pied dans la propriété, elle avait tout de suite senti le malaise. Elle n'appartenait pas à ce monde-là. Hautaine, la mère de Langston le lui avait tout de suite confirmé implicitement, et l'avait dédaignée sans ménagement dès le départ. Le regard acéré, elle l'avait jaugée, le nez froncé comme s'il se dégageait d'elle une mauvaise odeur. Les parents de Langston lui avaient posé une multitude de questions sur sa famille. De toute évidence, à leurs yeux sa modeste origine n'était pas à la hauteur de leur fils. Après le déjeuner, ils avaient pris leur fils à part pour la dénigrer sans discrétion, comme si elle ne se trouvait pas à portée de voix.

À partir de ce moment précis, elle s'était tenue à l'écart des hommes riches. Et elle se gardait bien de parler de sa famille.

Elle devrait pourtant en parler à Ethan, un jour ou l'autre.

Une fois ses rangements terminés, elle se rendit chez sa mère.

Dès que celle-ci ouvrit la porte, Zoe comprit que quelque chose n'allait pas. Sa mère avait l'air exténuée, de larges cernes soulignaient ses beaux yeux.

— Qu'est-ce qui ne va pas, maman ? demanda Zoe, la voix nouée, en regardant autour d'elle. Où est Shena ?

— Dans sa chambre. Elle va mal.

Zoe grimpa l'escalier quatre à quatre.

Shena faisait les cent pas dans sa chambre, s'arrachant les cheveux par poignées. Son visage était ravagé par les larmes, les mots qu'elle prononçait n'avaient pas de sens.

Zoe s'avança avec précaution.

— Shena, tu as envie de parler ? demanda-t-elle d'une voix douce.

— Non ! Je ne veux parler à personne ! Je ne peux pas ! hurla sa sœur avant de se répandre en propos incompréhensibles.

Sa sœur avait besoin d'une pause, songea Zoe.

— Viens passer un moment chez moi, proposa-t-elle, j'ai besoin de ton aide.

Shena cessa son va-et-vient.

— Pourquoi ? Qui est là-bas ?

— Ce sera juste toi et moi. Je ferai une bonne salade. Je sais à quel point tu tiens à garder la ligne, précisa-t-elle en riant pour dérider sa sœur.

En silence, Shena s'assit au bord du lit.

Zoe poussa un discret soupir de soulagement. Sa sœur se calmait. Mais soudain elle éclata en larmes.

— Shena, murmura Zoe en l'entourant tendrement de ses bras. Viens chez moi. Juste un jour ou deux.

Zoe s'attendait à un refus, mais il n'en fut rien.

— D'accord, répondit Shena d'une voix enfantine. Je suis tellement fatiguée.

— Je sais, ma chérie. Prépare un petit sac avec tes affaires.

Zoe pria pour que tout se passe bien. Dès que sa sœur allait mal, elle se comportait de façon irrationnelle, parfois dangereuse pour elle.

Shena hocha la tête. Pendant qu'elle préparait ses affaires, Zoe descendit informer sa mère.

La compagnie Blackwell Wealth Management avait informé tous ses employés que ceux qui le désiraient pouvaient prendre leur semaine, tant que le problème des transports ne serait pas résolu. Zoe décida d'en profiter ; elle mettrait à profit ce congé supplémentaire pour aider sa famille. Shena aimait venir chez elle. Cela l'aiderait peut-être à changer d'état d'esprit. Quant à elle, cela lui donnerait l'occasion de comprendre ce qui se passait avec les médicaments de sa sœur. Au vu de sa crise d'aujourd'hui, elle avait dû une fois de plus renoncer à les prendre.

Quand elles furent prêtes à partir, Zoe demanda à Shena si elle avait pensé à prendre ses médicaments.

— Je n'en ai plus. De toute façon, je n'en ai pas besoin.

Zoe se retint de lui faire des reproches. En cet instant, cela ne servirait à rien, sauf à déclencher une nouvelle crise. Elle irait chez le médecin avec elle, et il lui prescrirait une nouvelle ordonnance. Ce ne serait pas la première fois...

Durant le trajet en voiture, Shena ne parla pas. Cela laissa à Zoe l'occasion de réfléchir. Et malgré les sujets de préoccupation qui lui encombraient l'esprit, elle pensa à Ethan.

La situation présente la confortait dans son opinion : continuer à le voir serait néfaste. Que se passerait-il, une fois qu'il aurait un aperçu de sa réalité familiale ? Serait-il encore épris d'elle ?

À la maison, elles grignotèrent ce qu'elles avaient acheté en route. Shena demeurait peu loquace. Plus tard, elle s'endormit sur le canapé.

Après l'avoir couverte d'un plaid, Zoe se retira dans sa chambre. Dans la salle de bains, elle se contempla dans le miroir. Ses yeux trahissaient la fatigue due au manque de repos de ces derniers jours. Ethan et elle avaient vraiment peu dormi !

De nouveau elle pensa à lui. Certaines de ses pensées la faisaient palpiter de contentement, d'autres l'effrayaient.

— À quoi tu joues ? se demanda-t-elle à haute voix.

Son histoire avec Ethan lui faisait du bien. Elle était surprenante, audacieuse et bien sûr, très divertissante. Mais il fallait y mettre un terme. Combien de temps seraient-ils en mesure de cacher leur aventure ? Quelqu'un finirait par la découvrir. Ethan aurait alors de graves ennuis, et cela embarrasserait toute sa famille. Quant à elle, elle perdrait son emploi. Malgré ses sentiments naissants, malgré tout le plaisir qu'ils s'étaient donné et pouvaient encore se donner, elle devait mettre un terme à cette situation dangereuse.

C'était décidé, elle en informerait Ethan quand elle le reverrait au travail. Elle ébaucha plusieurs scénarios dans sa tête. Elle ne perdrait pas de temps ; dès son arrivée, elle l'inviterait à venir dans son bureau et lui expliquerait pourquoi ils devaient interrompre leur liaison.

Elle profita de son congé pour aller chez le médecin en compagnie de Shena, de façon à s'assurer qu'elle sortirait avec une ordonnance. Elle se rendit même à la pharmacie avec sa sœur pour acheter les médicaments et lui fit prendre le premier cachet en sa présence.

Le vendredi, elle dut se rendre au bureau. Ethan lui avait dit qu'il y passerait dans la matinée et qu'il souhaitait la voir. Ce serait l'occasion de lui parler. De plus, elle devait vérifier quelques points de son dossier en cours.

Elle arriva de très bonne heure. Elle se sentait à cran. Même s'ils avaient échangé des textos, elle n'avait pas vu Ethan depuis qu'il l'avait raccompagnée chez elle, après l'ouragan. Une partie d'elle-même attendait avec impatience le moment de le revoir tout en sachant que leurs retrouvailles seraient tendues. Lui expliquer qu'ils ne devaient plus se voir en dehors des heures de travail serait une épreuve, elle le savait. Dans son bureau, elle alluma son ordinateur, mais eut du mal à examiner le contenu des mails qu'elle avait reçus. Agacée, elle se frotta les tempes en murmurant :

— Concentre-toi, bon sang !

Peine perdue. Il s'avérait impossible de chasser Ethan de son esprit. Adoptant alors une autre technique, elle s'efforça de trouver les mots qu'elle emploierait pour lui faire connaître sa décision de rompre.

En vue de cet entretien elle s'était vêtue de façon beaucoup plus classique et discrète que d'habitude, un tailleur-pantalon noir avec un chemisier noir et blanc, et des chaussures confortables.

Derrière sa porte close elle entendait les bavardages des

quelques employés qui, n'ayant pas de problèmes de transport, n'avaient pas arrêté de travailler. Quand Ethan venait ici, il n'arrivait en général pas avant 10 heures. Son horloge murale indiquant à peine 9 heures, elle avait du temps devant elle.

Au moment où cette pensée la rassurait, elle entendit sa voix. Elle se raidit. Il était là !

Très vite elle entendit trois petits coups tapés à sa porte. Au lieu de répondre, elle demeura immobile. Il frappa de nouveau, tout en prononçant son nom. Comme d'habitude, sa voix profonde lui donna des frissons.

— Un instant, répondit-elle enfin.

Elle se redressa, rectifia sa tenue et prit une profonde inspiration. Puis elle avança lentement vers la porte.

— Bonjour Ethan, dit-elle d'une voix accueillante. Je suis contente que tu sois ici de bonne heure, il faut que je te parle.

Elle regagna rapidement sa table de travail.

— Cool, dit-il en refermant la porte derrière lui.

Elle entendit la clé tourner dans la serrure.

Aussitôt, il la rejoignit, la prit dans ses bras et l'embrassa. Un baiser passionné et sauvage.

— Ça m'a manqué, murmura-t-il.

Au ton enjôleur de sa voix, Zoe sentit son cœur s'emballer. Avant qu'elle dise quoi que ce soit, il l'embrassa de nouveau. Elle accueillit ce long baiser sans protester. Il l'attira tout contre lui. À ce contact brûlant, elle se sentit fondre.

Quand leurs lèvres se séparèrent, elle dut reprendre sa respiration. Elle effleura ses lèvres déjà gonflées de baisers.

— Ethan, dit-elle enfin sur un ton de reproche.

— Ne t'inquiète pas, j'ai fermé la porte à clé, répondit-il en la picorant de baisers.

Puis il s'assit sur une chaise en face du bureau.

Elle avait besoin de quelques minutes pour se remettre. Les choses ne se passaient pas comme elle les avait prévues.

— Ethan, répéta-t-elle d'un ton calme en s'asseyant sur sa chaise.

— Attends ! dit-il en levant une main. Tu sais qui est Leah Cartwright, n'est-ce pas ? Que penses-tu d'elle ?

— Bien sûr que je la connais, elle est étonnante. Pourquoi ?

— Tu aimerais la rencontrer ?

— Pardon ? De quoi tu parles, Ethan ?

— Elle vient au Barkleys le week-end prochain pour faire une conférence et signer son nouveau livre. Un ami m'a donné quelques entrées de VIP. Après la conférence, nous pourrons la rencontrer en coulisses.

Zoe ouvrit la bouche et la referma. Elle admirait Leah Cartwright depuis des années. Elle n'était pas du genre groupie, mais cette femme-là était différente. Elle avait régulièrement regardé son talk-show et lu tous ses livres. Quand elle avait appris sa venue à New York, elle avait voulu assister à sa conférence, mais le prix exorbitant des billets, des centaines de dollars, l'en avait dissuadée.

Et Ethan lui proposait... d'aller à sa conférence ? Et de la rencontrer ? C'était... C'était un miracle ! Non seulement cela lui permettrait d'écouter et de voir cette femme d'exception, mais en plus elle aurait l'immense honneur de lui parler.

— Attends ! protesta-t-elle pourtant.

— Qu'est-ce qu'il y a ? demanda-t-il, étonné. Je croyais te faire plaisir. L'occasion s'est présentée et j'ai tout de suite pensé à toi. Mais si tu refuses d'y aller, pas de problème ! J'aurai quand même envie de passer du temps avec toi ce week-end. Il y a quelques endroits hors des sentiers battus où j'ai envie de t'emmener.

Zoe soupira. Elle aussi mourait d'envie de passer du temps avec lui hors des sentiers battus. C'était la dérangeante vérité.

Elle aimait vraiment bien Ethan. Mais que se passerait-il si elle tombait vraiment amoureuse de lui et s'ils devaient rompre ? Elle souffrirait bien plus que si elle arrêtait tout sur-le-champ. Si elle coupait les ponts tout de suite, elle s'éviterait bien des déceptions futures.

Pourtant, comme lui, elle avait envie de beaucoup plus...

Elle secoua la tête.

— Zoe ? dit-il d'un ton inquiet.

— Dans quoi nous lançons-nous, Ethan ?

— Nous nous amusons, c'est tout, tu te souviens ? Mais je ne veux pas te forcer.

Le regard d'Ethan se voila un peu, et il reprit :

— Pense à la conférence de Leah Cartwright, et fais-moi connaître ta réponse. D'accord ?

Elle le regarda quitter son bureau, puis elle laissa tomber sa tête entre ses mains en gémissant.

Ce n'était pas aujourd'hui qu'elle allait le quitter…

15

Ethan ouvrit et referma plusieurs fois tous les placards de la cuisine, ainsi que le réfrigérateur. Zoe et lui avaient épuisé la plupart des réserves. Ils en étaient à présent réduits aux condiments et au peu d'articles congelés. Après un week-end hors normes, passé à faire l'amour, la faim le tenaillait. À son réveil, il ne doutait pas que Zoe éprouverait la même sensation.

Dès qu'ils s'étaient mis à faire l'amour, ils n'avaient plus songé à la nourriture, satisfaisant leur faim de façon beaucoup plus délectable.

Au bout du compte, il sortit du congélateur un demi-pain, fit griller quelques toasts qu'il tartina de beurre de cacahouètes et de gelée. Puis il prépara deux tasses de café.

De retour dans sa chambre, il la trouva vide. L'eau de la douche coulait dans la salle de bains. Il déposa le plateau sur une des tables de chevet, et se dirigea vers la fenêtre. La vue donnant sur l'East River était de loin la plus spectaculaire de l'appartement.

Zoe émergea de la salle de bains, et sa beauté le frappa, comme toujours. Elle avait plus ou moins dompté ses cheveux avec ses doigts et ne portait que ses sous-vêtements et un T-shirt à lui, beaucoup trop grand mais qui lui allait à merveille. Lui ne portait que son boxer-short. S'asseyant au bord du lit, il tapota la place vide à côté de lui.

— J'ai préparé le petit déjeuner.

— Beurre de cacahouètes et gelée, comment savais-tu que j'adorais ça ? demanda-t-elle en lui souriant.

— Je suis un homme exceptionnel, répondit-il, très sérieux. Et surtout... c'est tout ce qu'il nous reste !

Elle éclata de rire et le rejoignit sur le lit.

— Parfait, assura-t-elle. On va se régaler !

— Alors on y va.

Il tendit une assiette à Zoe, songeur. « C'est tout ce qu'il nous reste », avait-il dit ? Ce « nous » lui était venu tout seul... Tout en mangeant, ils regardèrent les dernières nouvelles de la situation à la télévision. Depuis les intempéries du week-end précédent, beaucoup d'habitations et d'entreprises n'avaient toujours pas d'électricité. Aujourd'hui, les ponts et tunnels étaient de nouveau en service, ainsi que quelques rames de métro, certaines demeuraient fermées à cause d'inondations. Toutefois, il était toujours difficile de circuler à cause d'arbres déracinés.

Le téléphone d'Ethan sonna.

— Excuse-moi, dit-il en se dirigeant vers la salle de séjour.

C'était Carter, et Ethan ne tenait pas à lui dévoiler sa relation avec Zoe pour le moment.

— Quoi de neuf ? demanda-t-il.

— Tout va bien. Et toi ?

— Ça va aussi. Aujourd'hui, je vais vérifier mes succursales, j'espère que tout ira bien. D'après ce que je sais, il y a beaucoup d'arbres abattus un peu partout, Long Island a été durement frappé. Et pour toi ?

— Pas trop de mal, heureusement. Quelques pannes de courant.

— Tant mieux...

— Tu es toujours à New York ?

— Oui, mais comme je te l'ai dit, je vais à Long Island aujourd'hui.

— Dans quel état est ton équipe ?

Ethan regarda en direction de sa chambre et sourit.

— Tout va bien, répondit-il. Certains ont eu plus de chance que d'autres, mais pas de problème majeur.

— Pareil de mon côté.

À ce moment-là, Zoe éternua. Ethan couvrit précipitamment son téléphone, dans l'espoir que son frère n'ait rien entendu.

— Bien ! dit-il un peu plus fort. Je prends une douche rapide et je file à Long Island.

— Tu as fait la grasse matinée, à ce que je vois...

Ethan ne fit aucun commentaire.

— On s'appelle plus tard, dit-il seulement.

Il mit fin à la conversation avant que Carter s'aventure à poser des questions.

Dans la chambre, Zoe était assise au même endroit, au téléphone avec sa mère. Rassemblant les assiettes et les tasses vides, il les emporta dans la cuisine pour la laisser discuter tranquillement. Quand il l'entendit dire au revoir, il revint vers elle, dans l'espoir de faire l'amour avec elle une dernière fois.

Appuyé au chambranle de la porte, il demanda :

— Je peux te parler quelques secondes ?

— Bien sûr.

Il vint s'asseoir à côté d'elle sur le lit.

— J'ai beaucoup aimé le temps passé avec toi, ces deux week-ends, et j'aimerais continuer à te voir, dit-il. Je ne veux pas de gêne entre nous, alors ne donnons pas à notre intimité une allure sérieuse, et ne divulguons pas ce qui se passe entre nous. On s'amuse. On passe du bon temps ensemble, vraiment.

— On peut le dire de cette manière, en effet..., fit-elle remarquer en désignant les draps froissés.

Tous deux éclatèrent de rire.

— Ne te sens pas obligé de t'assurer que je vais bien, reprit-elle. Je suis une grande fille. Nous étions tous les deux conscients de ce que nous faisions. Ça nous a plu. En revanche, ne prolongeons pas une situation qui n'aboutira à rien.

Ethan se raidit. Il n'avait pas aimé sa dernière remarque. Il n'avait pas l'habitude d'être rejeté, dans aucun domaine.

Il chercha ses mots avec soin avant de reprendre :

— Je t'aime beaucoup, Zoe. Pour dire la vérité, tu m'as attiré dès le premier jour où tu as mis le pied dans mon bureau pour ton premier entretien. J'ai résisté par professionnalisme, mais après ce que nous avons vécu, je me rends compte que je ne veux pas que tout ça se termine trop vite.

Les épaules de Zoe s'affaissèrent.

— Ethan, tu es mon patron… Ne te trompe pas, je te trouve terriblement attirant. Moi aussi, je me suis sentie attirée par toi, et ce dès le premier entretien. Mais je ne veux rien mettre en danger. Je t'aime bien, c'est sûr, mais j'aime aussi beaucoup mon emploi, et je ne veux pas le perdre. Ni perdre le respect de mes collègues. Je…

Il l'interrompit en posant un doigt sur ses lèvres.

— Amusons-nous ensemble, dit-il, c'est tout ce que je demande. Quand cela ne nous amusera plus ou que cela deviendra risqué, nous arrêterons. Comme tu le dis toi-même, nous sommes adultes, nous établirons les frontières à ne pas dépasser. Et dans le strict respect de ces limites, nous pouvons encore passer du bon temps ensemble. Ce sera notre secret. Jamais je ne ferais quoi que ce soit qui mette ta carrière en danger.

Désignant les draps froissés, il demanda en souriant :

— Tu veux me faire croire que tu n'as pas passé du bon temps ? Tu peux honnêtement affirmer que tu ne veux pas que ça continue ?

Elle laissa échapper un petit rire et soupira.

— Tu n'agis pas bien, Ethan. Tu rends tout très difficile.

— Rien n'est difficile. Tout cela restera entre toi et moi. Quand nous serons lassés l'un de l'autre, nous arrêterons et, je l'espère, resterons amis. Nous sommes deux adultes consentants. Qu'en penses-tu ?

Elle ne répondit pas tout de suite.

Il le savait, elle tournait le pour et le contre dans sa tête, envisageant toutes les possibilités. En attendant sa réponse, il retint son souffle.

— Je mentirais si je disais que je ne veux pas continuer avec toi, Ethan. J'aime le temps que nous passons ensemble.

Marquant un temps d'arrêt, elle ferma les yeux un instant avant de reprendre :

— J'aime beaucoup être avec toi. C'est juste que… je ne veux pas que toi ou moi ayons des problèmes. Ma carrière a de l'importance pour moi et…

Elle marqua une nouvelle pause, puis soupira.

— D'accord, murmura-t-elle. Tu as gagné…

C'était tout ce qu'il avait besoin d'entendre ! Elle désirait autant que lui qu'ils poursuivent leur relation secrète. Il se jura de profiter au maximum de leur temps commun, sachant qu'une fois leur liaison terminée, il ne lui resterait plus que des souvenirs.

Réprimant un cri de victoire, il prit Zoe dans ses bras et l'emporta dans un long baiser profond, la fit rouler sur le lit de façon à ce qu'elle sente son érection. Elle glissa aussitôt sa main dans son boxer et le caressa amoureusement.

Il gémit sous la caresse mais s'y arracha, le temps de prendre un préservatif dans le tiroir de la table de chevet.

Zoe le lui prit des mains, déchira l'emballage avec fièvre et le déroula lentement le long de son sexe dressé comme un totem. S'allongeant sur elle, il attisa son désir en éparpillant des baisers ardents depuis sa bouche jusqu'à son ventre, jusqu'à ce qu'elle n'y tienne plus, exige qu'il la pénètre. Quand il plongea en elle, il eut l'impression de sceller un pacte qu'ils ne pourraient jamais rompre.

Ils adoptèrent plusieurs positions, des rythmes différents, donnant du plaisir à l'autre de toutes les manières possibles.

Il avait appris les caresses qui faisaient perdre la tête à Zoe, savait comment la faire gémir, se tordre de plaisir. Lui dire des mots tendres à l'oreille rendait son intimité humide. Il lui disait qu'elle était belle, la remerciait du bien qu'elle lui faisait. Elle lui répondait avec la même ferveur, lui avouait à quel point elle aimait le sentir en elle.

Il savait aussi reconnaître l'approche de son orgasme. Il le sentait monter en elle, savait comment la conduire jusqu'au pic de la félicité. Ignorant quand ils se retrouveraient, il s'efforça de prolonger ce moment le plus longtemps possible.

Alors il ralentit le rythme de ses va-et-vient, laissant un peu de temps à Zoe – et à lui ! – pour reprendre son souffle. Se retirant d'elle, il la goûta entre les jambes, la lécha de sa langue, la titilla. Il la conduisit jusqu'au délicieux moment de la reddition totale, puis s'arrêta.

Alors il la pénétra de nouveau, soucieux de la conduire au plaisir ultime tout en maîtrisant sa propre excitation. Mais c'était trop demander.

Emportée par le plaisir, Zoe le saisit par les hanches, l'attirant plus profondément en elle. Elle l'enserra dans son fourreau brûlant jusqu'à ce qu'il n'y tienne plus. Il explosa en longs spasmes. Elle s'unit à lui dans le même apogée. Le cœur d'Ethan battait à tout rompre. Zoe haletait. Accrochés l'un à l'autre, leurs corps s'envolèrent d'un même élan.

Il retomba sur elle dans un cri.

Haletants, épuisés, heureux, ils restèrent enlacés, les yeux fermés.

Ethan souriait. Zoe était son secret chéri. Un secret auquel il resterait fidèle aussi longtemps qu'il le pourrait.

16

Le coup de fil de Zoe qui acceptait d'aller à la conférence de Leah Cartwright avec lui enchanta Ethan. Cette femme avait quelque chose de particulier. Sans bien comprendre pourquoi, il n'avait aucune envie de laisser passer sa chance. En sa compagnie, il se sentait bien, même s'il n'aurait pas dû.

Jusqu'à maintenant, il avait réussi à garder son aventure avec elle secrète, et il ferait tout pour que cela continue. Peut-être finirait-il par avoir des ennuis, mais en attendant, il souhaitait voir où les mènerait leur histoire. Tant qu'ils feraient attention, ils ne risquaient rien.

Pour l'instant, le chauffeur se déplaçait sans problème dans les rues du quartier de Zoe, mais dès qu'ils atteindraient le centre de Brooklyn, la circulation deviendrait intolérable. Ne voulant pas être coincé dans les bouchons, ni avoir du mal à se garer, il avait commandé une voiture avec chauffeur pour les conduire à la conférence et les ramener. D'abord ils dîneraient dans le restaurant d'un ami. C'était un endroit sélect, peu connu du grand public. Il ne craignait pas d'y rencontrer Carter, qu'il avait appelé en début d'après-midi pour connaître ses projets pour la soirée.

Le chauffeur se gara en face de chez Zoe, et Ethan alla frapper à sa porte.

Zoe lui ouvrit, radieuse, un peu plus maquillée qu'au bureau, ses lèvres attirantes en diable. Son tailleur bleu électrique élégant, ses chaussures roses et son sac assorti lui donnaient cette touche de classe audacieuse qui n'appartenait qu'à elle.

— Tu es superbe ! s'exclama-t-il en lui souriant.

— Merci.

Dans la rue, il lui tendit la main. Elle regarda autour d'elle et hésita à accepter son invite.

Jusqu'à présent, leur liaison s'était déroulée à l'intérieur.

— Nous n'avons personne à craindre, dans ce quartier, dit-il pour la rassurer.

— Je suppose, répondit-elle avec un haussement d'épaules.

Ethan s'arrêta de marcher et se tourna vers elle.

— Merci d'avoir accepté de venir, dit-il. Je suis content que tu aies changé d'avis. Nous allons passer du bon temps ensemble, promis. Et dès que cela nous lassera, nous arrêterons tout.

— Et si nous ne cessons pas de nous amuser ? Et si cela nous entraîne plus loin ?

Ils se regardèrent sans un mot.

— Eh bien nous aviserons à ce moment-là, répondit-il. J'imagine que nous reviendrons à une relation de travail classique. Cela aura été notre secret, et nous n'éprouverons pas de rancune, comme il se doit entre deux adultes consentants.

Zoe le fixa d'un air peu convaincu.

— D'accord, murmura-t-elle.

— Alors en attendant, concentrons-nous sur la partie festive !

— D'accord, répéta-t-elle, comme pour mieux se convaincre de ce qu'elle acceptait.

La circulation était dense, à cette heure de la journée, mais les embouteillages avec Zoe à ses côtés furent une joie pour Ethan.

En pénétrant dans le prestigieux restaurant français, il salua son ami Jacques, qui les conduisit à une table surplombant l'eau et leur offrit une bouteille de vin. Puis, une fois son ami parti, il se tourna vers Zoe et lui sourit, heureux de la soirée qui s'annonçait.

— J'ai oublié de te demander comment allait ta famille, dit-il.

Pourquoi détournait-elle la tête ?

Elle observa quelques secondes de silence avant de porter son verre de vin à ses lèvres et de répondre :

— Tout le monde va bien, merci. Pas d'inondation ni de coupures de courant.

— Vous habitez tous près les uns des autres ?

— Oui. Nous ne sommes pas nombreux.

Comme elle se plongeait dans la lecture de la carte, il n'insista pas. Elle n'aimait visiblement pas parler de sa famille.

Le serveur revint vers eux avec quelques amuse-gueules.

— Prêts à commander ? demanda-t-il avec un charmant accent français.

Ethan consulta rapidement la carte, qu'il connaissait presque par cœur, pendant que Zoe dictait son choix au serveur.

Ce dernier parti, il s'enquit :

— Tu es déjà allée à Paris ?

— Non, pas encore. Paris est sur ma liste de voyages, comme tant d'autres pays.

— Dans quels pays n'es-tu jamais allée ?

— À part l'Amérique du Nord, je ne suis allée que dans les îles au large de l'Amérique du Sud. Et toi ?

— J'ai visité tous les continents, sauf l'Antarctique.

— C'est là que j'ai le moins envie d'aller. Trop froid ! s'exclama-t-elle en riant.

— Quels autres pays se trouvent sur ta liste ?

— Tous ! Il va falloir que tu augmentes mon salaire pour que je puisse satisfaire ma curiosité !

— Ah, je vois à quoi tu emploies tes primes ! Si nous gagnons la compétition avec les autres branches de Blackwell, nous aurons tous les deux davantage d'argent pour voyager.

— En parlant de ça... Nous ne sommes pas censés parler boutique ce soir, mais je pense que nous pourrions mettre en place des sessions d'information qui rendraient service à nos clients actuels et futurs, et cela pourrait aussi nous apporter de nouveaux contrats.

— Intéressant... Développe.

Elle exposa son idée en détail.

— Bravo ! C'est une idée brillante, dit-il, quand elle eut terminé.

— Je crois que cela nous distinguera des concurrents à l'intérieur et à l'extérieur de la compagnie, et cela montrera à tout le monde le soin particulier que nous accordons aux services et aux valeurs. L'ensemble de notre secteur a tellement changé, nous avons perdu la touche personnelle avec nos clients. Je pense que cela leur plairait.

Ethan tourna cette proposition dans sa tête quelques instants avant de reprendre :

— L'idée me plaît. Mettons cela au point dès lundi matin. Prévoyons à quoi ressembleraient ces sessions. Nous pourrions les mettre en route progressivement avec toute l'équipe, branche par branche, sur tout notre territoire et voir si ça porte ses fruits.

— Ne le dis pas à Carter. Si mon idée fonctionne, cela nous offrira un avantage sur les autres régions, et alors nous gagnerons à coup sûr.

Il éclata de rire.

— J'aime bien ta façon de penser !

Au cours du dîner ils parlèrent encore business, chaque idée nouvelle les remplissant d'énergie. Ethan aimait la passion de Zoe pour son travail. Elle confirmait sans cesse sa valeur. Il avait choisi la meilleure.

Certes il aimait parler travail avec elle, mais il avait envie de revenir à eux. Après tout, ils pouvaient parler affaires du lundi au vendredi, de 9 heures à 17 heures. En revanche le temps qu'il avait avec Zoe ce soir n'appartenait qu'à eux. Et il tenait à cette intimité avec elle.

Leur dîner fut aussi délectable que prévu.

Il régla l'addition, laissant un gros pourboire au serveur, puis ils rejoignirent la voiture qui les attendait et se dirigèrent vers le Barkleys.

Dans la voiture, Ethan prit la main de Zoe qui ne refusa pas, cette fois. Il mourait d'envie de beaucoup plus mais se retint. Zoe valait mieux que la plus débridée des sexualités.

Parvenus au Barkleys, il l'aida à sortir de la voiture, mais lui lâcha la main tandis qu'ils empruntaient le long chemin qui menait à l'entrée principale, puis se dirigeaient vers la porte des VIP. Ils y furent accueillis avec une grande courtoisie. Le visage de Zoe demeurait calme, mais Ethan la savait excitée.

Il salua leur hôte, son collègue Colin, un homme grand, musclé et chauve, doté d'yeux bleus lumineux.

— Colin, voici Zoe Baldwin, dit-il. Elle dirige la branche de Garden City de Blackwell Wealth Management.

— Ravi de faire votre connaissance, Zoe, répondit Colin en lui serrant la main avec vigueur.

— Ravie aussi. Merci pour l'invitation.

Souriant avec chaleur à Ethan et Zoe, il les dirigea vers le buffet.

— Profitez de tout, et après la conférence, nous irons rencontrer Mme Cartwright, leur dit-il. Veuillez m'excuser, je dois vous laisser.

Ethan regarda Zoe s'émerveiller discrètement de ce qui l'entourait. Des petits-fours raffinés occupaient tout un buffet à droite de la pièce. En face, un autre buffet offrait toutes sortes de salades. Un troisième était garni de desserts, tous plus alléchants les uns que les autres. Sans oublier, bien sûr, les vins et le champagne à profusion.

Sortant du restaurant, ils se contentèrent d'un ou deux gâteaux et d'une coupe de champagne, tout en se mêlant aux autres personnes que Colin avait invitées.

Puis on annonça le début de la conférence, et quand Leah parut sur l'estrade, Zoe lui consacra toute son attention.

Du coin de l'œil, Ethan observa avec amusement l'adoration quasi enfantine qu'elle vouait à son idole.

À la fin de la conférence, Zoe poussa un long soupir. Avait-elle retenu son souffle pendant une heure et demie ? se demanda Ethan.

— Il faut que je boive quelque chose, dit-elle.

C'étaient les premiers mots qu'elle prononçait depuis le début de la conférence.

Il laissa échapper un petit rire.

— Tu vas bien ? demanda-t-il.

— C'était formidable ! Cette femme est exceptionnelle. J'ai besoin de boire un verre pour me calmer avant de la rencontrer.

— À ton service ! Qu'est-ce qui te ferait plaisir ?

— Du champagne.

Il revint quelques instants plus tard avec deux coupes.

— La conférence t'a plu, me semble-t-il. Qu'en as-tu pensé ?

Elle sembla chercher ses mots un instant, but une gorgée de champagne, réfléchit encore.

— Elle était si… si… incroyablement vivante, réelle et terre à terre, répondit-elle enfin. J'avais l'impression que nous pourrions être amies. Je me voyais bien m'asseoir à table avec elle. Elle est si brillante, c'est incroyable ! Merci encore, Ethan.

— Oui, elle a été claire et brillante.

— Et tu as vu ses chaussures ? Il faut que je m'achète les mêmes ! Je ne peux sans doute pas me les offrir, ajouta-t-elle en riant, mais je peux au moins les essayer !

Ethan se promit de se renseigner sur ces chaussures pour les lui offrir, afin de voir s'épanouir sur son visage le sourire qu'il aimait tant.

— Tout le monde va bien ? lança Colin de sa voix forte.

Plusieurs « oui ! » fusèrent.

— Eh bien, allons à la rencontre de notre invitée d'honneur, dit-il.

Ethan prit la main de Zoe, et les invités triés sur le volet suivirent Colin et ses assistants jusqu'à ce qui ressemblait à un salon derrière la scène.

Ethan nota que Zoe cherchait des yeux Leah Cartwright. Quand elle l'aperçut, elle demeura bouche bée quelques secondes, avant de vite refermer la bouche.

Leah remercia tout le monde de sa présence puis, après avoir bu un verre d'eau, elle s'installa dans un fauteuil et tint de brèves conversations avec ceux qui se présentaient à elle.

Quand arriva le tour de Zoe, Ethan resta en retrait pour la laisser discuter avec son idole. Un photographe prit quelques clichés, puis Zoe demanda à Ethan de prendre une photo avec son téléphone. Elle lui fit signe de les rejoindre, Leah et elle, mais il déclina poliment. Partager ce moment lui aurait plu, mais il jugea plus prudent de ne pas paraître sur ces photos avec Zoe. De plus, il voulait laisser à Zoe le loisir de profiter pleinement de son moment privilégié.

Leah et Zoe clôturèrent leur entretien par quelques selfies et se quittèrent en se donnant une accolade.

— Jamais je n'oublierai cet événement, merci Ethan, murmura Zoe, émue.

— C'est grâce à Colin.

— Tu as raison. Mais comme tu aurais pu amener quelqu'un d'autre à cette conférence, je te remercie de m'avoir choisie.

Pour ponctuer son propos, elle lui déposa un petit baiser sur la joue. Le geste était plus amical que sensuel, mais Ethan sentit une étincelle de désir s'allumer dans son ventre.

Ce simple baiser ravivait l'envie qu'il avait d'elle. Même la tenir par la main lui faisait de l'effet ! Toute la soirée ils avaient veillé à ne pas se frôler, mais avec ce baiser, elle avait déclenché la passion qui couvait en lui. L'air de la pièce lui parut soudain plus chaud. Il regarda autour de lui pour voir si quelqu'un leur prêtait une attention quelconque. Cela ne semblait pas être le cas.

— Tu es prête à partir ? demanda-t-il.

Le regard de Zoe se chargea de désir.

— Bien sûr, répondit-elle.

La même envie semblait s'être emparée d'elle.

Après avoir rapidement remercié Colin, Ethan appela le chauffeur pour lui donner rendez-vous à l'entrée des VIP. Ils s'engouffrèrent précipitamment dans la voiture, se regardèrent dans les yeux et éclatèrent de rire.

Leur désir devenait palpable, il pulsait dans l'air comme les battements d'un cœur. Ils entremêlèrent leurs doigts. Puis leurs mains se mirent à explorer le corps de l'autre, ils s'embrassaient fiévreusement, se touchaient, se caressaient, s'empoignaient. L'excitation d'Ethan était à son comble, les lèvres de Zoe avaient le goût du paradis, sa bouche était douce comme un nuage, il avait une envie forcenée de la pénétrer.

Incapable de juger combien de temps s'était écoulé, il releva la tête et regarda par la vitre. Ils étaient arrivés devant chez Zoe. Il respira profondément, tentant de contenir la tension sexuelle accumulée en lui. Il ne voulait pas que la nuit s'achève dans cette voiture, mais c'était à Zoe de décider.

— Tu viens… chez moi ? demanda-t-elle dans un souffle.

— Si tu… en as envie.

— Je le veux, crois-moi.

Il sortit précipitamment de la voiture et frappa à la vitre du chauffeur.

— Vous pouvez partir, lui dit-il. Bonne nuit et merci.

Prenant Zoe par la main, il l'entraîna d'un pas vif vers la porte d'entrée.

À l'intérieur, leurs lèvres se joignirent de nouveau. Zoe referma la porte avec son pied, il mit le verrou. Leurs bouches ne se quittaient pas. Elle lui enleva sa chemise, il défit la fermeture de sa jupe, la fit glisser le long de ses jambes. Elle défit la ceinture de son pantalon. Tous les deux tiraient, arrachaient les vêtements de l'autre, les laissant tomber à terre.

Ethan recula, laissant un espace de quelques centimètres entre eux. Sa respiration était hachée. Il mourait d'envie de faire l'amour à Zoe tout de suite mais il voulait avant tout admirer sa beauté. Il la contempla de la tête aux pieds. Le corps de Zoe était magnifique, sans aucun défaut à ses yeux. Peut-être sa beauté l'aveuglait-elle, mais chaque fois qu'il avait l'honneur de la voir nue, il éprouvait le même enchantement. Même ses imperfections étaient parfaites !

Zoe le regardait de la même façon, admirant ouvertement chaque partie de son corps. Puis elle lui passa une main derrière le cou, referma son autre main sur son érection dressée, et l'attira contre lui. Il se laissa faire avec ivresse.

Leur baiser fut sauvage. N'y tenant plus, il la souleva du sol, la porta jusqu'à la table de la salle à manger et l'y allongea.

Avant même qu'il la caresse de nouveau, Zoe gémit.

De ses lèvres il traça une traînée de feu sur sa peau caramel, depuis ses lèvres jusqu'à ses genoux. De son côté, elle prit son membre dressé entre ses mains et le guida en elle. Négligeant caresses et titillements, elle allait droit au but. Et il adorait ça.

Il ne rentra pas chez lui, cette nuit-là.

Ni la suivante.

17

Ethan avait complètement bouleversé le monde de Zoe. Elle en voulait toujours plus, et il s'efforçait de la satisfaire. Au cours des réunions de management, ils s'évitaient. En dehors des heures de bureau, ils passaient toutes les nuits ensemble, ainsi que la plupart des week-ends.

Ces dernières semaines, elle avait passé tellement de temps avec lui qu'elle se sentait coupable de négliger un peu sa famille.

Elle avait donc pris quelques jours pour consacrer un peu de temps à sa mère et à sa sœur. Des journées difficiles, au cours desquelles elle avait dû conduire Shena chez son médecin. Elle appelait de ses vœux le moment où sa sœur maîtriserait sa maladie maniaco-dépressive pour redevenir accessible au raisonnement et à l'amour de ses proches.

Ne pas aller travailler avait signifié… ne pas voir Ethan. Les textos qu'ils échangeaient ne suffisaient pas. Il lui manquait terriblement. Il la stimulait en tout. Son esprit, son corps, son cœur… Jamais elle n'était sortie avec un homme tel que lui. Jamais son corps n'avait eu faim d'un homme à ce point. Au simple son de sa voix, elle tressaillait de désir.

Elle mettait tout cela sur le compte de la nature secrète de leur relation. C'est ce qui rendait leurs rendez-vous si excitants.

Ils passaient des week-ends au lit, et d'autres à faire des expériences romantiques. Comme le jour où un des amis cuisiniers d'Ethan leur avait concocté un merveilleux dîner dans son grand restaurant, le soir de son jour de fermeture hebdomadaire. La plupart des gens attendaient des semaines pour obtenir une réservation, mais eux avaient bénéficié du restaurant rien que pour eux un lundi soir. Après le dîner, ils avaient dansé, puis ils étaient rentrés et avaient fait l'amour jusqu'à l'aurore. Le lendemain au bureau, Zoe en avait encore le vertige !

Elle aurait voulu que leur « bon temps », comme il disait, dure toujours, et priait pour que personne ne découvre le pot aux roses. De toute façon, elle comptait bien profiter de sa liaison avec Ethan aussi longtemps que possible. Avec un peu de chance, la fin de leur histoire ne serait pas trop douloureuse, espérait-elle. Elle reconnaissait volontiers son attachement grandissant à Ethan, mais devant certains impératifs, cela ne suffirait pas.

Ils se connaissaient de mieux en mieux. Étant si souvent avec lui, elle remarquait à quel point il cherchait à plaire à son père. Il travaillait dur et semblait penser qu'il n'en faisait jamais assez. Pourtant, ils avaient beau discuter de tout, jamais elle ne révélait la vérité totale sur son milieu social ni sur la maladie mentale de sa sœur. Sa vie offrait un tel contraste avec l'existence dorée d'Ethan… Comment leur relation pourrait-elle survivre ?

Elle chassa cette question de son esprit et se concentra sur son dossier.

Son portable sonna, la faisant sursauter.

— Salut…

La voix de son amant lui fit battre le cœur. Elle ne l'avait pas encore vu, depuis qu'elle avait repris le travail.

— Bonjour, répondit-elle.

— Comment va ta mère ?

— Bien. Merci.

Tout à coup elle se sentit coupable d'avoir menti à Ethan sur la cause de son absence au bureau. Au lieu de lui parler de l'état mental de sa sœur, elle lui avait dit devoir conduire sa mère pour des examens médicaux.

— Tu me manques, dit-il.

Elle jeta un coup d'œil à la porte ; elle était fermée, personne ne pouvait l'entendre.

— Toi aussi tu me manques, avoua-t-elle.

— Si tu veux bien, j'aimerais t'emmener pour une petite excursion, pour te montrer à quel point tu me manques.

Elle eut un petit rire nerveux.

— Où ? demanda-t-elle.

— Surprise.

— OK. Quand ?

— Ce soir. Je passe te prendre, et te ramène chez toi dimanche soir.

— Tu es impossible ! Où allons-nous ?

— Juste quelque part pour passer du bon temps ensemble. Je t'aiderai à faire ta valise, pour être sûr que tu prennes les vêtements adéquats.

— *Pardon ?* s'exclama-t-elle en riant. Mais tu m'emmènes où, exactement ?

— Je serai chez toi à 18 heures pile, dit-il en raccrochant.

Elle regarda son téléphone puis son ordinateur. Encore six heures avant de revoir le beau visage de son amant. Comme ça lui paraissait long...

Prenant une profonde inspiration, elle tenta de réfléchir.

Le coup de fil d'Ethan l'avait totalement déconcentrée. Pourtant, elle devait à tout prix finir de préparer les sessions d'information prévues. L'idée qu'elle avait suggérée quelques semaines plus tôt se révélait très fructueuse. Ils avaient déjà tenu trois sessions sous forme de réception, offrant à leurs clients vins français et buffets délicats. Avec pour résultat des relations plus solides avec les clients existants et de nouveaux contrats à la clé.

Zoe passa quelques minutes à s'éclaircir les idées, puis se concentra sur son ordinateur et reprit son travail.

À la seconde où l'horloge indiqua 17 heures, elle quitta son bureau. À 18 heures, elle attendait Ethan, assise sur son canapé, un verre à la main pour elle, un autre pour lui sur la table basse.

Quand il frappa à la porte, elle lui ouvrit et lui tendit son verre. Entre quelques gorgées d'alcool ils échangèrent des baisers ardents. Puis Ethan la prit par la main. Quelques instants plus tard, ils étaient au lit, se prouvant à quel point ils s'étaient manqué. Ensuite, ils s'effondrèrent dans les bras l'un de l'autre, incapables de bouger.

— Il faut partir, marmonna Ethan au bout d'un moment.

Repoussant paresseusement les draps emmêlés, il se leva.

— Allez, debout paresseuse !

Elle aurait préféré rester au lit, mais elle obéit, non sans râler, pour la forme. Ethan la prit par la main, la conduisit sous la douche, où ils firent une nouvelle fois rapidement l'amour.

De retour dans la chambre, elle sortit une valise et choisit quelques vêtements pour ces deux jours. Ethan lui recommanda de prendre un manteau chaud, des gants, une écharpe, des bottes… et un maillot de bain ! Elle était perdue, mais Ethan ne lui donna aucun indice.

Une heure plus tard, ils se trouvaient dans une salle d'attente de l'aéroport JFK, prêts à monter à bord d'un jet privé.

Elle n'avait jamais fait pareille expérience. La salle d'attente était pourvue de rafraîchissements et de fauteuils capitonnés. Rien à voir avec les files d'attente et les sièges en plastique des terminaux ordinaires !

Ethan lui tenait la main. Cela ressemblait si peu à leurs sorties habituelles, où ils agissaient comme deux bons amis ou collègues de travail, pour tromper les témoins éventuels. Et, ma foi, elle trouva cela très agréable. Décontractée, elle s'autorisait à jouir de l'expérience réjouissante que lui offrait Ethan Blackwell. Elle s'habituait à ce qu'un homme organise les choses pour elle, et s'étonnait de la confiance qu'elle lui accordait.

Elle n'avait pas conscience de s'être endormie sur l'épaule d'Ethan, jusqu'au moment où il la réveilla.

Elle le suivit le long d'une passerelle jusqu'à un avion à l'intérieur beige et aux canapés en cuir disposés le long des parois de la carlingue. Quelques chaises entouraient des tables en bois ciré. Leur hôtesse les accueillit avec un grand sourire.

Ethan s'assit sur un des canapés, et fit signe à Zoe de le rejoindre. L'hôtesse leur offrit des boissons et disparut.

Quelques minutes plus tard, l'avion décollait. Ethan mit de la musique douce.

— Vas-tu enfin me dire où nous allons ? demanda-t-elle.

— Dans un des endroits de ta liste de pays à visiter.

— Tu plaisantes ? Lequel ?

— Tu verras. Maintenant, repose-toi, car après l'atterrissage, il n'y aura pas beaucoup de temps pour le repos.

Renonçant à en apprendre plus, elle posa sa tête sur l'épaule d'Ethan. Était-il concevable qu'elle passe le reste de sa vie avec lui ?

— Bienvenue en Islande !

Zoe cligna plusieurs fois des yeux. Elle s'était endormie et venait d'être réveillée par une voix. Mais où était-elle ?

— Nous y sommes, dit Ethan.

— Où ça ?

— En Islande.

Elle bâilla et se souvint avoir pris l'avion avec Ethan. Puis elle se redressa lentement sur le canapé.

— Je croyais rêver, murmura-t-elle en s'étirant.

— Bienvenue dans la réalité ! Il est temps de quitter cet oiseau.

Elle se leva et sourit à Ethan. Quoi qu'il ait préparé pour elle, elle se sentait prête à le vivre. Ces souvenirs seraient précieux, après la fin de leur liaison. Envisager l'avenir de la sorte rendait beaucoup moins déprimante cette fin inévitable.

Une voiture les attendait sur le tarmac.

— Nous sommes vraiment en Islande ? s'enquit-elle.

— Bien sûr !

— Mon Dieu, Ethan !

— Tu disais que tu avais envie de voyager. L'Islande n'est qu'à cinq heures d'avion, l'idéal pour une escapade d'un week-end.

— Et l'avion ?

— Un ami nous le prête. Il m'était redevable.

Zoe s'engouffra dans la luxueuse voiture. Tenant la main d'Ethan elle regardait par la vitre, hypnotisée.

— C'est la première fois que tu viens ici ? demanda-t-elle.
— Non, mais ce sera la meilleure.
— Pourquoi ?
— Parce que j'y suis avec toi, répondit-il d'un ton calme.
— Tu me passes de la pommade, là.
— Pas du tout, je suis sérieux. Très sérieux.

Elle lui lança un regard suspicieux. Il ne souriait pas. Déstabilisée, elle reporta son regard vers l'extérieur, gravant chaque image de leur parcours en voiture. Tout était si nouveau pour elle...

Leur hôtel était luxueux. Après les formalités d'usage, ils furent conduits dans une chambre dont la superficie dépassait celle de sa maison tout entière ! nota Zoe, abasourdie. Des lignes simples mais élégantes, un décor raffiné, de larges baies, tout offrait une sensation de confort accueillant. Elle s'émerveilla de l'eau à leurs pieds, et de la crête enneigée des montagnes au loin.

— Qu'est-ce que c'est que cette eau ? s'enquit-elle.
— Le Lagon Bleu.
— Vraiment ?
— Vraiment. Tu as faim ?

Confortablement installé sur le canapé, Ethan parlait d'un ton nonchalant, tandis qu'elle, elle se sentait au comble de l'émerveillement.

— Je suis vraiment en Islande ! s'exclama-t-elle. Dans un magnifique hôtel qui surplombe le Lagon Bleu ! Et toi tu agis comme si nous étions dans ton appartement au-dessus de l'East River ! Ethan ! Tout ça est incroyable !

Bondissant sur lui, elle le chevaucha et le couvrit de baisers. Ethan se mit à rire.

— Tu es vraiment unique, lui dit-elle.
— J'aime voir ton sourire ravi.

Elle plongea son regard dans le sien et l'embrassa de nouveau. La passion rugissait en elle, elle s'apprêtait à faire l'amour avec Ethan Blackwell, dans une chambre immense qui surplombait une eau bleu laiteuse. Jamais elle n'aurait pensé vivre cela un jour...

Ethan lui fit l'amour avec une attention pleine d'amour.

Elle se réveilla quelques heures plus tard, encore persuadée de vivre un rêve.

— Mets ton maillot de bain sous tes vêtements, mais couvre-toi bien, lui conseilla-t-il. On sort.

— Tout ce que tu voudras, répondit-elle, encore grisée.

En compagnie d'Ethan, c'était Noël tous les jours !

— Nous commençons par le Lagon Secret, annonça-t-il.

Elle n'en avait jamais entendu parler mais elle s'enthousiasma comme une gamine.

Une navette les emmena d'abord faire un tour des paysages les plus stupéfiants qu'elle ait jamais vus, avant de se rendre au lagon. Elle s'étonna de la froideur de l'atmosphère et de l'eau fumante du lagon.

Ils se déshabillèrent, ne gardant que leur maillot.

Ethan entra dans l'eau et s'y enfonça jusqu'au cou. Zoe, elle, prit le temps de savourer l'instant. Qui sait si une telle opportunité s'offrirait à elle de nouveau ? Elle entra à son tour dans l'eau, un pied après l'autre. Une merveilleuse sensation de chaud l'envahit, et elle s'immergea progressivement.

Se rapprochant d'Ethan, elle posa un rapide baiser sur ses lèvres, puis tous les deux batifolèrent dans l'eau chaude comme des enfants pendant une bonne heure.

— Tu n'as pas faim ? demanda-t-elle au bout d'un moment.

— Ça dépend de quoi.

Elle l'éclaboussa en riant.

— Mauvais garçon ! Ce sera peut-être le dessert, mais pour l'instant j'ai besoin de *vraie* nourriture !

Ils sortirent du lagon, se séchèrent, s'habillèrent et se restaurèrent au café le plus proche.

Puis ils se rendirent en excursion, voir un des volcans de la région.

Leur week-end s'égrena en un tourbillon de visites de toutes sortes. Leur seul temps libre, c'était la nuit, qu'ils occupèrent en faisant l'amour, encore et encore.

Ils rentrèrent à New York le dimanche soir, épuisés. Cela ne les empêcha pas de faire une nouvelle fois l'amour et de s'endormir dans les bras l'un de l'autre.

Ethan se leva à minuit pour rentrer chez lui. Zoe ne voulait pas qu'il parte. Connaissant son emploi du temps chargé de la semaine à venir, elle ne le reverrait pas avant jeudi, à la réunion des managers à Manhattan.

Il la quitta en l'embrassant avec passion.

— Repose-toi, lui dit-il en se dirigeant vers la porte.

Il lui manqua aussitôt, et elle ne réussit pas à se rendormir tout de suite.

Ce week-end, elle avait eu la sensation de vivre un rêve éveillé, mais en fait ce n'était pas cela du tout. Entre Ethan et elle, il s'agissait d'un secret. Elle avait une liaison avec son patron. Cette situation faisait l'objet de shows télévisés et de romans à scandale. Certains jours, cela lui paraissait amusant, mystérieux, excitant. D'autres fois, comme en ce moment, cela lui paraissait... injuste. Jamais elle ne pourrait vivre avec Ethan. Et en sortant avec lui en cachette, elle pouvait perdre son emploi, alors que son salaire contribuait à aider sa famille. Et que penseraient ses collègues ? Ils ne la respecteraient plus. Et pourtant, en dépit de toutes ces bonnes raisons, elle redoutait la fin de sa liaison avec Ethan.

Autant se l'avouer, elle était maintenant profondément attachée à Ethan. Elle s'était aventurée sur ce chemin plus loin qu'elle ne l'aurait cru possible. Il y avait tant à aimer chez cet homme... Son esprit, sa bonté, son intelligence, son bon sens. Elle aimait son charisme, perceptible dès qu'il entrait dans une salle. Et puis il était beau au-delà des mots, avec un corps d'athlète qu'elle adorait. Il savait prendre du bon temps, et par-dessus tout, il était prévenant. Il l'écoutait, pesait chaque mot, retenait ce qui avait de l'importance.

Jamais elle ne s'était rendu compte auparavant de l'importance de ces qualités à ses yeux. Elle n'avait rencontré aucun homme aussi plein d'égards. Il dépassait de loin les hommes qu'elle avait connus.

Elle n'osait pas encore envisager son amour pour Ethan. Cependant elle était en train de tomber profondément amoureuse. Dans leur histoire extravagante, il n'existait qu'une alternative : soit mettre fin à leur liaison, soit être découverts à plus ou moins brève échéance.

Laquelle de ces deux situations serait la pire ?

18

— Tu viens à la réunion ? demanda Carter au téléphone.

Pris au dépourvu, Ethan répliqua vivement :

— Bien entendu, quelle question !

— Tu n'es pas facile à joindre, ces derniers temps. Que se passe-t-il ?

— Rien. J'ai juste eu beaucoup à faire.

— À faire avec Zoe ? lança Carter d'un ton moqueur.

Ethan faillit freiner sur l'autoroute. Il tenta de reprendre ses esprits en catastrophe.

— Pourquoi cette question ? rétorqua-t-il.

— Allez, mon vieux ! Je sais quand quelque chose ne va pas. Samedi dernier, je suis allé chez toi, ta voiture était là, mais pas toi. Il était tard. Je t'ai appelé au téléphone, tu n'as pas répondu et tu ne m'as rappelé que le lendemain. Et quand nous nous téléphonons, tu n'as pas beaucoup de temps à me consacrer, sauf au bureau. Ce week-end, je t'ai appelé plusieurs fois et je suis tombé directement sur ton répondeur.

— Qu'est-ce qui te fait croire que tout ceci a un rapport avec Zoe ?

— Simple constatation. Je crois que tu es ferré. Tu ne te caches pas bien, mon vieux.

— Ne sois pas ridicule ! Je sais ce que je fais, ne te tracasse pas pour moi.

— Si c'est le cas, pourquoi papa m'a-t-il interrogé à votre sujet, après le premier meeting de management ?

Ethan eut le sentiment qu'une pierre lui tombait dans l'estomac.

— Quoi ? s'exclama-t-il.

— Ne te fais pas de souci, je t'ai couvert. Je lui ai assuré qu'il ne se passait rien.

— Merde !

— Tu n'as pas besoin de me cacher les choses, je te soutiens. Sois prudent quand même, avec les autres.

— Merci Carter, on se voit à la réunion.

Ethan eut envie de faire demi-tour, mais c'était trop tard, il se trouvait déjà à la sortie menant chez Zoe. Ils avaient prévu de se rendre ensemble à la réunion. Maintenant, cela ne lui semblait plus une très bonne idée. Et il ne fallait en aucun cas qu'ils repartent ensemble. Il dirait à Zoe qu'il devait rester à Manhattan pour d'autres réunions. Elle rentrerait chez elle de son côté, et personne ne les verrait sortir de la réunion ensemble.

En quel honneur son père avait-il questionné Carter à leur sujet ? Quelle erreur avait-il commise pour susciter ainsi sa méfiance ? Il passa en revue ses faits et gestes, à la recherche d'une imprudence. Autant Zoe et lui profitaient l'un de l'autre sans tabous en privé, autant en public ils se montraient très prudents, en particulier au travail.

L'esprit encombré de mille questions, il se gara devant chez elle. Zoe lui ouvrit la porte comme d'habitude, et le tira dans la maison par sa cravate. Puis, l'entourant de ses bras, elle prit ses lèvres pour un long baiser.

— Tu m'as manqué, murmura-t-elle en parsemant son visage de petits baisers.

— Toi aussi, répondit-il sans parvenir à masquer son stress.

Alertée, elle se recula et l'observa avec attention.

— Quelque chose ne va pas ? demanda-t-elle.

— La tension du travail, c'est tout.

— On perd du terrain par rapport aux autres équipes ? s'enquit-elle aussitôt. Pourtant les sessions d'information ont porté leurs fruits, ça ne fait pas de doute.

— Ce n'est pas ça... Carter, Dillon et moi devons rencontrer mon père après notre réunion de ce matin.

Mentir lui brûlait les lèvres, un nœud se formait dans son estomac. Il détestait agir de la sorte.

— Que de travail, pauvre chéri. Rejoins-moi ici après, je t'aiderai à te décontracter, ajouta-t-elle en l'embrassant.

— Bonne idée.

Il avait besoin de temps pour réfléchir.

Zoe prit son sac à main et ses clés.

Il se força à sourire, à se dégager de son angoisse.

Le trajet en voiture fut tranquille, Zoe ne parlait pas beaucoup, lui laissant l'occasion d'évacuer sa tension.

Toutefois il se sentait coupable de gâcher leur moment ensemble à cause de son anxiété. Il lui prit la main sans rien dire. Elle la serra avec chaleur. Il lui était reconnaissant de ne pas chercher à le faire parler. Il avait besoin de temps pour trouver les mots justes.

La réunion débuta comme d'habitude, conversations à bâtons rompus autour d'un café et de bagels. Puis Bill réclama le silence et annonça les résultats de chaque territoire. L'équipe d'Ethan caracolait en tête.

Tous les yeux se tournèrent vers Zoe, qui exposa le principe et les résultats des sessions d'information mises en place dans leur secteur.

— Pour conclure, dit-elle, c'est un succès sur toute la ligne, avec des conséquences directes sur l'expansion de nos branches. Et, ajouta-t-elle avec un sourire malicieux, tous les clients ont apprécié la qualité de nos vins et de nos buffets !

Ethan était fier de son équipe, et plus particulièrement de Zoe, dont c'était l'idée novatrice. Il se surprit à la contempler en se félicitant de l'atout qu'elle représentait pour la compagnie.

Quand il croisa le regard de Carter, ce dernier le fixait, levant discrètement un sourcil. Ethan soupira.

Il avait hâte que la réunion se termine pour pouvoir réfléchir. Trop de choses virevoltaient dans sa tête, rendant la concentration quasi impossible. Il sentait le regard de Carter posé sur lui. Peut-être celui de son père aussi ? Il pensait trop et échafaudait des hypothèses sans fondement.

La réunion terminée, il s'apprêta à partir. Il avait presque oublié le mensonge qu'il avait servi à Zoe au sujet d'une réunion entre Carter, Dillon et lui, avec leur père. Comme d'habitude, les directeurs s'en allèrent en discutant les uns avec les autres. Ces réunions étaient les seuls moments où ils se rencontraient vraiment. Certains d'entre eux décidèrent de déjeuner ensemble avant de rejoindre leurs bureaux respectifs.

Ethan s'attarda avec Carter et leur père, tandis que Dillon retournait à Westchester où il avait un rendez-vous avec un gros client potentiel.

— Ethan, je peux te parler ? demanda Bill.

Le son de la voix de son père l'alerta. Il avala sa salive avec difficulté et se retourna.

— Bien sûr, papa. Qu'y a-t-il ?

— Carter, s'il te plaît, laisse-nous seuls un instant.

— Pas de problème. Ethan, préviens-moi avant de partir pour que nous réglions la question.

— Entendu, répondit Ethan.

Carter et lui n'avaient aucune question à régler. Il s'agissait juste de leur code habituel pour dire « on en parle après ». Si Bill lui parlait de Zoe, il aurait besoin d'en discuter avec son frère.

— Assieds-toi, fils, dit Bill.

Au ton de son père, Ethan sentit son estomac se serrer. Il s'assit, les mains croisées sur la table pour les empêcher de trembler.

— Tout va bien à Long Island ? s'enquit son père.

— Bien sûr. Ça marche même très bien, comme tu viens de l'entendre. C'est enthousiasmant.

— Ce n'est pas ce qui m'inquiète.

Ethan retint un soupir et demanda :

— Qu'est-ce qui t'inquiète, papa ?

— Je n'irai pas par quatre chemins. Est-ce qu'il se passe quelque chose entre Zoe et toi ?

Ethan sentit les secondes s'égrener entre la question de son père et sa réponse. Il ne voulait pas ajouter un mensonge à celui qu'il avait déjà proféré aujourd'hui.

Il mit un peu trop de temps pour répondre.

— Ethan, reprit son père d'un ton amer, nous avons déjà abordé ce sujet. Tu sais ce que je pense de ce genre de choses. Nous avons mis en place une politique stricte à ce propos, pour de bonnes raisons. Blackwell ne peut se permettre de voir son nom de nouveau sali, si jamais ton aventure avec cette femme se découvre. Tu te souviens de ce que nous avons subi, à l'époque ? Tu es la dernière personne avec laquelle je m'attendais à avoir cette conversation ! Deux fois, qui plus est ! Tu veux tout mettre en danger ? Même ton avenir professionnel ?

Son père se leva, le visage crispé de colère. Après avoir fait les cent pas dans la pièce, il se rassit lourdement.

— Elle n'en vaut pas la peine, décréta-t-il. Elle n'est pas du même monde que toi.

— Euh... Excusez-moi...

Ethan et son père se retournèrent d'un bloc en entendant la voix de Zoe.

— Désolée de vous interrompre, dit-elle. J'ai oublié mes dossiers sur la table.

Au ton altéré de sa voix, Ethan comprit. Elle avait entendu les propos de son père. Et surtout sa dernière phrase...

— Je vous en prie, faites, dit Bill en souriant.

Son sourire semblait sincère, mais Ethan connaissait son père.

— Excellente prestation, tout à l'heure, la félicita Bill.

— Merci, répondit-elle sèchement.

Rassemblant ses affaires en hâte, elle quitta la salle sans s'attarder.

— Bonne journée, dit-elle sans un regard.

Après son départ, Ethan sentit l'angoisse le gagner.

— Je m'attends à ce que tu règles cette situation, fils.

Sur ce, son père se leva et enfila sa veste, signe que l'entretien s'achevait.

— Je comprends, répondit Ethan. Jamais je ne mettrais notre compagnie en péril.

Après une courte pause, il ajouta cependant :

— Zoe est une partenaire professionnelle exceptionnelle et une femme étonnante. Elle sera une chance inouïe pour l'homme qui aura la chance qu'elle le remarque.

Son père n'aimerait pas sa réponse, mais il ne pouvait laisser passer sa condamnation de Zoe sans la rectifier.

Bill haussa les épaules, peu sensible à son argument.

— Règle ce problème, ordonna-t-il. Et fais-le sans que Blackwell fasse la une des journaux et des télévisions. Au revoir, fils.

Après le départ de son père, Ethan voulut se lever, mais il en fut incapable. Il demeura assis, encore sous le choc de ce court moment tout à fait désagréable qu'il venait de passer.

La façon dont son père avait rabaissé Zoe le mettait en colère. Il était aussi furieux contre lui-même d'avoir perdu le contrôle de la situation, d'avoir laissé les choses aller trop loin. D'autre part, l'idée de devoir mettre un terme à sa relation avec Zoe le bouleversait.

À partir de quel moment avait-elle commencé à entendre leur conversation ? Cela avait dû la heurter, la blesser profondément. Il l'avait compris à la façon dont elle était entrée dans la pièce et en était ressortie, à sa façon distante de leur souhaiter une bonne journée. Sans même leur accorder un regard.

À quoi ressemblerait leur prochaine conversation ? Ce serait sans nul doute la fin officielle de leur relation.

Mais pouvait-il la laisser sortir de sa vie, au point où ils en étaient ?

19

Quand le nom d'Ethan s'afficha de nouveau sur l'écran de son portable, Zoe hésita. Il l'avait appelée tout l'après-midi et le soir mais elle n'avait pas répondu. Une bonne nuit de sommeil l'aiderait certainement à trouver les mots et la force d'affronter ce qui arrivait.

Mais au réveil, elle s'était retrouvée dans le même état que la veille.

Un mug de café dans une main, son portable dans l'autre, elle arpentait sa petite cuisine.

Voilà, le prévisible s'était produit.

Pourquoi avait-elle permis à la situation d'en arriver là ? Pourquoi avait-elle succombé au charme de son patron ? Elle maudissait le jour où elle avait accepté de se réfugier chez lui, le soir de l'ouragan. Mais avait-elle eu le choix ?

Elle mit son téléphone sur vibreur et le posa sur la table. Elle avait besoin de temps avant de parler à Ethan. Il ne venait pas au bureau aujourd'hui, ce qui lui donnait un peu de latitude. Elle avait accepté cette aventure secrète tout en sachant qu'elle marchait sur un fil. Elle ne regrettait rien ; le temps passé avec Ethan s'était révélé merveilleux et enrichissant. Le gong de fin de partie venait de sonner, et le plus difficile s'annonçait : mettre un terme à leur liaison.

Dans le passé elle avait eu quelques aventures passagères, et quand la nouveauté se fanait, chacun poursuivait son chemin, sans rancune. Mais cette histoire-ci était différente. Ethan était différent.

Le moment venait de se retirer. Le pourrait-elle ? Elle n'en avait pas envie, en tout cas. Et comment travailler avec Ethan, dorénavant ? Et avec Bill, après les propos qu'il avait tenus à son sujet ? Elle n'était pas de leur monde ! Elle le savait déjà, la famille Blackwell ne l'accepterait jamais. Mais les mots de Bill la mettaient dans une rage folle. Pour qui se prenait-il ? Jamais elle n'aurait pensé entendre cela de sa bouche. Il lui semblait tellement... bienveillant et ouvert d'esprit. Elle s'était trompée.

Se laissant tomber sur une chaise, elle se prit la tête entre les mains.

À quel moment Ethan et elle avaient-ils fait un faux pas ? Ils avaient pourtant observé la plus grande prudence. Se comportaient-ils de façon trop familière, quand ils étaient avec les autres ?

Cette liaison était de toute façon une mauvaise idée dès le départ, et maintenant son cœur était impliqué. N'ayant pas encore parlé avec Ethan, leur rupture n'était pas officielle, mais son cœur se brisait déjà.

Elle avait peu dormi, la nuit dernière. En désespoir de cause, elle s'était levée très tôt. Elle disposait encore de deux heures avant de se rendre au bureau. Pour tuer le temps, elle se prépara un petit déjeuner complet, avec des œufs, du bacon, des toasts. Quand elle cassa le premier œuf dans sa poêle chaude, l'odeur l'écœura.

Jetant l'œuf pourri dans la poubelle, elle en cassa un autre, mais l'odeur lui donna de nouveau des haut-le-cœur. Elle jeta la boîte d'œufs entière et en prit une autre en vérifiant la date de consommation. Au moment de casser un nouvel œuf, l'odeur l'assaillit encore. Elle atteignit de justesse la salle de bains et vomit dans le lavabo.

De retour dans la cuisine, elle jeta le carton d'œufs et sortit le lait du réfrigérateur. Comme d'habitude, elle ouvrit la bouteille et la sentit. Cette fois-ci, elle n'eut pas le temps d'atteindre la salle de bains et vomit dans l'évier.

— Mais qu'est-ce qui se passe ?

Dans la salle de bains, elle se lava les mains et se brossa une nouvelle fois les dents. En se regardant dans le miroir, une révélation la frappa soudain comme un coup de tonnerre.

Et si elle était enceinte ?

Non, c'était impossible.

Lors de sa première année à l'université, elle avait ressenti de violentes douleurs à l'aine. On l'avait opérée en urgence. Le coup fatal lui avait été asséné dans la foulée : elle ne pourrait pas avoir d'enfants. Elle en avait pleuré pendant des jours.

Alors, pourquoi ces nausées ?

Elle envoya un mail à Ethan et à son bureau pour annoncer son retard, donnant comme excuse la santé défaillante de sa mère. Elle pensa d'abord aller acheter un test de grossesse, mais préféra téléphoner à son médecin. Par chance, il pouvait la recevoir dans la matinée.

À 10 heures du matin, elle entendit les mots qu'elle ne pensait jamais entendre :

— Mademoiselle Baldwin, félicitations ! Vous êtes enceinte !

« Félicitations » ? Le mot vibra à ses oreilles. Elle ne trouva rien à dire.

Le sourire du Dr Brown disparut.

— Si vous ne voulez pas...

— Je souhaite garder cet enfant, l'interrompit-elle. Je suis juste un peu surprise. On m'avait dit que je ne pourrais pas devenir mère.

— Je comprends.

— Je suis enceinte de combien ?

— Neuf semaines. Il va falloir suivre cette grossesse de très près, elle est à risque, vous vous en doutez. Nous verrons au fur et à mesure. Vous devrez peut-être rester couchée. Prenons déjà un rendez-vous pour la semaine prochaine.

Puis le Dr Brown lui tapota l'épaule en ajoutant :

— Tout ira bien, vous verrez. Je vous prescris des vitamines, prenez-les régulièrement.

— Merci docteur.

Elle quitta le cabinet médical dans un état second.

Cela n'aurait jamais dû arriver. Une ou deux fois, Ethan et elle avaient oublié la prudence, mais la plupart du temps ils utilisaient des préservatifs. Ils n'avaient jamais agi comme un couple établi, ils n'en avaient eu l'intention à aucun moment. Cependant ils se vouaient une fidélité sans faille, ni l'un ni l'autre n'avait d'autre partenaire.

Enceinte...

Le mot tourbillonnait dans sa tête comme un oiseau inconnu. Les émotions se bousculaient en elle. Elle se sentait tour à tour incertaine, en colère, blessée, déstabilisée. Et plus que tout, excitée. Excitée à l'idée d'avoir un bébé. Un bébé qu'elle n'aurait jamais dû avoir, selon les médecins qui l'avaient opérée. Et puisque cette occasion presque miraculeuse ne se reproduirait sans doute pas...

Elle garderait le bébé d'Ethan.

20

— Ethan ! Qu'est-ce que tu fais là ? s'exclama Zoe.

Jetant un regard circulaire autour d'elle, elle le fit entrer.

— Tu ne réponds ni à mes coups de fil ni à mes textos, répondit-il. Tu vas bien ? Ta famille aussi ?

Il examina le salon de Zoe comme pour y déceler les réponses aux questions qu'il se posait en boucle depuis trois jours.

— Je t'ai envoyé un mail, dit-elle.

— Au sujet du travail, ça ne compte pas. Ça fait des jours que j'essaie de te joindre. Que se passe-t-il ? Je sais que tu as entendu les propos désobligeants de mon père à ton sujet.

Zoe se dirigea vers la cuisine. Il la suivit.

— Ma famille va bien, répondit-elle. Merci de poser la question.

— Tout cela est la faute de mon père. Il a eu tort, je suis désolé.

Elle haussa les épaules.

— Nous avions dit que nous vivrions notre histoire tant que ce serait une fête. Eh bien, la fête est finie, murmura-t-elle.

— On arrête tout comme ça, sans en parler ?

L'indifférence de Zoe l'inquiétait.

— Que sommes-nous censés faire ? rétorqua-t-elle. Nous savions que cela arriverait à un moment ou à un autre.

Il ferma les yeux un instant pour se calmer.

— C'est *vraiment* ce que tu veux ? reprit-il.

Détournant le regard, elle murmura :

— Parce que j'ai le choix ?

— Écoute, reçois mes excuses à la place de celles de mon père. Jamais il n'aurait dû dire ce qu'il a dit. Il craint juste que Blackwell Wealth Management soit traîné dans la boue à cause de potentielles accusations de harcèlement. C'est moi qui l'ai déçu, pas toi.

— C'est pour ça que nous n'avons pas d'autre choix que la rupture.

— Je ne veux pas mettre un terme à notre relation !

Voilà ! Il l'avait dit.

Zoe se laissa tomber sur une chaise, leva les yeux au ciel et gémit.

— Ethan, nous n'avons pas le choix. Jamais je ne mettrai en danger Blackwell. C'est la meilleure expérience professionnelle de ma carrière. J'aime toute l'équipe, j'aime le travail que j'y accomplis, mais...

Elle se tut.

— Mais ?

— Nous sommes sur une mauvaise pente, répondit-elle. Je tiens au respect de mes collègues pour ce que j'apporte à l'entreprise, et non parce que je suis la petite amie du patron. Je veux le respect de mon patron, et du patron de mon patron. Si ton père est au courant, qui d'autre le sait ? Ce n'est qu'une question de temps avant que tout le monde se mette à parler dans notre dos. J'ai travaillé dur pour faire mes preuves, je ne peux croire que j'aie mis tout cela en danger.

— Nous ferons plus attention, et je parlerai à mon père. Il finira par comprendre.

— Ton père a raison. Nous venons de deux mondes différents. Pour toi, cet épisode ne sera pas grand-chose, mais moi, je serai toujours associée au scandale. Nous savions ce que nous faisions, maintenant nous en subissons les conséquences. Donne-moi quelques jours et je trouverai un autre poste quelque part.

Le sang d'Ethan ne fit qu'un tour.

— Quoi ? Tu veux donner ta démission ? Ce n'est pas un peu disproportionné, ça ? s'exclama-t-il.

— Tu ne comprends décidément pas mon point de vue...

— Alors explique-moi. Mon père a découvert notre relation, mais nous sommes deux adultes consentants !

— C'était une liaison, c'est différent.

— Une liaison ? Aucun de nous deux n'est marié, que je sache ! Il n'y a pas eu trahison !

— Alors pourquoi nous cachions-nous ? Je couchais avec mon patron. Ça sent le scandale, que tu le veuilles ou non.

— Qui se préoccupe de l'avis des gens ?

Zoe bondit sur ses pieds.

— Moi ! Je ne suis pas une Blackwell, moi ! Personne ne me pardonnera un tel faux pas ! Ma famille ne possède pas une entreprise de dimension nationale. Ma carrière tient à un fil.

Se laissant retomber sur sa chaise, elle murmura :

— Je n'arrive pas à croire que je me sois mise dans ce pétrin...

Ethan s'accroupit devant elle.

— Je te comprends et je suis désolé, mais pas question de cesser de nous voir à cause du qu'en-dira-t-on, décréta-t-il d'une voix douce mais ferme. Occupons-nous de ce que *nous* pensons l'un de l'autre. Je sais que je suis un privilégié, mais je veux te garder dans ma vie.

— Désolée, Ethan. Il y a beaucoup plus de choses en jeu dans cette affaire que tu ne le crois.

Ethan ferma les yeux et respira profondément.

À cet instant, le téléphone de Zoe sonna. Il se releva et arpenta la pièce à grands pas.

— Salut maman, dit Zoe en décrochant. *Quoi ?* Appelle vite le 911, je te retrouve à l'hôpital ! Je pars tout de suite.

Agitée, le visage anxieux, elle se tourna vers Ethan.

— Excuse-moi, je dois partir, dit-elle d'une voix tremblante.

Ethan ne savait que faire. Offrir son aide ? Elle la refuserait. Dépassé, il la suivit jusqu'à la porte.

— Je peux faire quelque chose ? demanda-t-il quand même.

— Non, mais merci de proposer, répondit-elle en prenant ses clés et en ouvrant la porte d'entrée.

Elle plongea son regard dans le sien et ajouta :

— Je tiens à toi, mais je ne peux plus rien pour nous. J'en suis navrée, crois-moi.

Les yeux fermés, elle l'embrassa sur les lèvres. Un baiser doux, lent. Qui sonnait comme le dernier... Puis elle le serra contre elle quelques secondes. Un adieu.

Il se sentit perdu.

Gâté par la vie, il était habitué à obtenir ce qu'il voulait.

Et il voulait Zoe.

Il s'arrangerait avec son père. Certes il détestait le décevoir. En remerciement de tout ce que cet homme avait fait pour lui, il lui avait toujours offert le meilleur de lui-même.

Aujourd'hui, deux options opposées le déchiraient : la loyauté envers son père ou la loyauté envers son propre cœur.

Mais quelle différence cela faisait-il, maintenant que Zoe ne voulait plus prendre le risque de poursuivre leur relation ?

21

Shena avait fait une crise. Selon le médecin, c'était un effet secondaire du dernier médicament prescrit pour son syndrome bipolaire. Zoe se sentait coupable d'avoir poussé sa sœur à essayer ce nouveau remède. Après une nuit épuisante aux urgences, on avait installé Shena dans une chambre, et elle dormait enfin.

Zoe et sa mère étaient auprès d'elle.

Depuis qu'elle avait abandonné Ethan sur le pas de sa porte, Zoe ne lui avait pas donné de nouvelles. S'éclipsant de la chambre sur la pointe des pieds, elle lui envoya un texto.

Désolée d'être partie si vite. C'était une urgence familiale. Tout va bien maintenant, mais j'ai besoin d'une journée supplémentaire pour régler quelques problèmes.

Elle fit aussi parvenir un message à Bella, au bureau, pour l'informer de l'urgence familiale. Sa collègue savait sa mère en mauvaise santé, elle ne poserait pas de questions.

Son téléphone vibra. C'était la réponse d'Ethan.

Désolé de cette mauvaise nouvelle. Content que tout aille mieux. Prends le temps qu'il te faut. Besoin d'aide ? Je suis là.

Elle le remercia. Tout irait bien.

Elle n'était pas habituée au nouveau ton simplement cordial de leurs échanges. La nature joyeuse et sensuelle de leurs textos avait disparu… Cela lui fit mal.

Malgré tout, elle était convaincue de prendre la bonne décision. Elle trouverait un autre emploi et élèverait seule son enfant.

Tout d'abord, elle n'avait plus rien d'une étudiante vulnérable. En conséquence, elle refusait de subir le dédain et le mépris du père d'Ethan envers ses origines modestes. Dans ces conditions, continuer à travailler chez Blackwell deviendrait insupportable.

De plus, quand ils découvriraient sa grossesse, les choses empireraient, et il n'était pas question pour elle de subir les propos désagréables de la famille Blackwell à son sujet et à celui de son enfant.

Jamais elle n'avait envisagé d'être une mère célibataire. Simple employée, sa propre mère avait lutté pour éduquer ses deux filles adolescentes, quand elle s'était retrouvée seule, mais elle, grâce à sa carrière en évolution ascendante, elle aurait moins de problèmes que sa mère.

La première chose à faire, chercher un nouveau travail.

Elle détestait cette perspective. Elle aimait travailler chez Blackwell, où son salaire avait grimpé de façon inespérée. Mais elle pouvait escompter trouver un poste dans une entreprise ayant la même éthique professionnelle que Blackwell.

Elle vérifia son profil sur LinkedIn, y apporta les modifications nécessaires et remarqua le post de Robert Richford. Après la conférence, quelques mois plus tôt, elle était entrée en contact avec lui sur les réseaux sociaux, ainsi qu'avec quelques autres participants. La compagnie Richford accomplissait les mêmes activités financières que Blackwell, à quelques différences près.

Elle se rendit sur le profil de Robert et lui adressa un bref message, expliquant qu'elle était à la recherche d'opportunités. À sa grande surprise, il lui répondit sur-le-champ, l'invitant à passer à son bureau, ou à prendre un café pour en discuter.

Elle n'en crut pas ses yeux ! Elle lut le court message plusieurs fois.

Si elle décrochait un poste chez Richford Financial, elle n'aurait plus à dissimuler sa grossesse. Plus vite elle quitterait Blackwell, mieux ce serait.

Après un échange de messages, ils prirent rendez-vous pour cet après-midi même, après 13 heures.

Elle posa une main sur son ventre. Un bébé… Elle allait avoir un bébé. Le moment venu, sa mère serait la première informée. Sa grossesse était à risque, mais elle ferait tout pour faire naître son enfant en bonne santé.

Elle retourna dans la chambre de sa sœur. Sa mère, qui somnolait sur une chaise quand elle était partie, était à présent réveillée.

— Maman, je dois rentrer chez moi et me préparer pour aller travailler. J'ai une réunion cet après-midi.

— Vas-y, ma chérie. Je t'appelle si quelque chose ne va pas.

— Je reviens après la réunion, promit Zoe en l'embrassant.

Rentrée chez elle, elle appela Willena.

— Tu veux déjà quitter Blackwell ? s'étonna celle-ci.

— Je t'expliquerai plus tard. Je voulais juste que tu me parles de Richford Financial avant mon entretien avec Robert. Je ne m'attendais pas à ce qu'il me reçoive si vite.

— C'est une entreprise importante, mais Blackwell offre de meilleures perspectives parce que c'est une boîte en pleine expansion. À mon avis, tu ne devrais pas donner ta démission. Il s'est passé quelque chose ?

Zoe ferma les yeux un instant et décida de tout lui avouer. Jamais son mentor ne l'avait jugée.

— Je vois, dit Willena. Fais ce que tu crois devoir faire. Tiens-moi au courant de l'entretien, je vais téléphoner pour leur glisser un mot.

— Merci infiniment.

En raccrochant, Zoe affûta ses arguments en vue de l'entretien, et fit quelques photocopies de son curriculum vitæ.

Arrivée chez Richford Financial, elle fut reçue presque tout de suite.

Après qu'ils se furent serré la main, Robert lui indiqua un siège. Elle jeta un regard discret au bel espace luxueux qui l'entourait.

— Comment vont les choses, chez Blackwell ? demanda-t-il avec courtoisie.

— Pas mal du tout. Mais il y a des changements en cours, et cela m'a donné envie d'assurer mes propres options. Je souhaiterais rejoindre une firme où je pourrais rester et grimper les échelons. J'ai vu votre intervention sur LinkedIn et cela m'a donné envie d'en savoir plus. Vous êtes en très bonne place, sur le marché.

— C'est exact. Je vois que vous avez fait vos recherches. Parlez-moi de vous.

Zoe lui exposa ses études et sa carrière montante. De son côté il lui parla de son propre chemin professionnel. Peu à peu, la conversation prit un tour plus personnel.

— J'aime votre tournure d'esprit, mademoiselle Baldwin. Je pense que vous seriez un véritable atout pour l'équipe de Richford, si cela vous intéresse.

— Cela m'intéresse énormément.

Elle n'en croyait pas ses oreilles. D'ordinaire, il fallait des semaines d'entretiens pour décrocher un job dans sa branche !

— Quand pouvez-vous commencer ? s'enquit-il.

— Il serait élégant que je donne deux semaines de préavis à mon patron.

— Parfait. Vous commencerez donc dans trois semaines.

Dans sa joie, elle oublia presque de mentionner le plus important.

— Je... J'attends un enfant, ajouta-t-elle. Pour le moment cela ne se voit pas, mais il va naître cet été. Je comprendrais si cela vous...

— Ce n'est pas un problème. Félicitations.

La nouvelle ne le troublait pas plus que ça ?

— Merci monsieur Richford. J'ai hâte de commencer.

— Moi aussi, répondit-il avec un sourire.

L'entretien achevé, elle retourna à l'hôpital. En chemin, elle téléphona à Willena pour l'informer de son embauche chez Richford.

Shena était réveillée mais groggy. Zoe envoya sa mère se reposer et resta avec sa sœur.

Les choses avançaient, songea-t-elle. Pas dans la direction qu'elle aurait aimée, mais elles avançaient.

Il ne restait plus qu'à trouver les mots pour informer Ethan de son départ.

À cette perspective, elle sentit son cœur se briser.

22

Ethan essayait de se débarrasser de son désir pour Zoe, sans y parvenir. Son absence laissait un grand vide dans son existence.

Au fil des semaines, il s'était habitué à communiquer avec elle plusieurs fois par jour, par téléphone et par texto. Le soir, ils faisaient la cuisine à tour de rôle, chez lui ou chez elle. La moitié du temps ils se réveillaient tôt le matin dans les bras l'un de l'autre, et filaient chez eux avant de se rendre au bureau séparément. Ils avaient passé des heures entières à parler, rire, jouer aux cartes, échanger sur le plan professionnel.

Mais tout cela avait brusquement pris fin.

Pour pallier le manque de Zoe, il travaillait encore plus dur, sans que cela comble le vide. La jeune femme accaparait toujours ses pensées. Il la voulait de retour dans sa vie.

Son père lui avait demandé plusieurs fois comment il gérait la situation. Il avait pu lui répondre honnêtement que Zoe et lui ne se voyaient plus, mais les mots l'avaient étouffé.

Zoe l'évitait au maximum.

Quant à lui, il passait le moins de temps possible dans la branche où elle travaillait.

Mais aujourd'hui, il était obligé de s'y rendre. Il fallait faire le point sur leurs résultats et préparer la prochaine session d'information. Jusqu'à maintenant, il s'était toujours vanté d'être maître de ses émotions dans le domaine professionnel. Ce temps paraissait révolu.

Sur le parking de l'entreprise, il resta un moment dans sa

voiture, rassemblant ses forces avant sa rencontre avec Zoe. Il ne l'avait pas vue depuis plusieurs jours, et sa brève visite chez elle ne s'était pas déroulée selon ses vœux. L'urgence familiale qu'elle avait dû affronter ne leur avait pas permis d'aller au bout de leur discussion. Depuis, ils n'avaient échangé que pour le travail. Il la comprenait, elle ne voulait pas être l'objet des commérages autour de la machine à café.

En revanche, lui se moquait pas mal du qu'en-dira-t-on. Il voulait la faire rire et sourire de nouveau, mêler son corps au sien, renouveler leurs conversations stimulantes, politiques, financières et amoureuses.

Sans renoncer à tout cela, il estimait pourtant devoir donner à Zoe de l'espace. Il imaginait très bien l'impact que les paroles de son père avaient eu sur elle. Cependant il ne croyait pas un instant que tout ce qu'ils avaient partagé ces derniers mois ne représentait plus rien pour elle. Elle avait fait preuve d'un grand courage en le quittant.

En pénétrant dans les bureaux, il salua tout le monde comme d'habitude et se dirigea vers son propre bureau.

La porte de celui de Zoe était fermée.

Il alluma son ordinateur et se plongea dans les cours de la Bourse. Puis il choisit quelques documents dont il aurait besoin pour la réunion. Enfin il ouvrit sa boîte mail pour lire son courrier, mais rien ne se gravait dans son esprit. Il ne pensait qu'à Zoe. Au bout d'un moment, il se leva. La réunion commencerait dans un quart d'heure, il avait besoin d'un café.

Ouvrant sa porte pour se rendre à la machine à café, il entra en collision avec Zoe. Le mug qu'elle tenait à la main se renversa sur sa chemise.

Il recula vivement, tirant sur sa chemise brûlante et trempée.

Zoe écarquilla les yeux.

— Oh ! désolée ! Je venais te prévenir que Carter te cherche. Il m'a demandé de voir si tu étais dans ton bureau. Ça te brûle ? J'ai des lingettes rafraîchissantes dans mon bureau, viens.

Trop heureux de l'aubaine, il la suivit. Tandis qu'elle sortait ses lingettes d'un tiroir, il ferma la porte derrière lui.

— Il faut que nous parlions, dit-il.

— Pas maintenant.

— Quand alors ?

Les lingettes en main, Zoe ferma les yeux et inspira profondément.

— Pas maintenant, répéta-t-elle. S'il te plaît.

— Je passerai chez toi ce soir.

— D'accord. Tu prendras tes affaires personnelles au passage.

Reprendre ses affaires ? Pas question, ce serait trop définitif.

Il se rapprocha lentement d'elle. Il voulait l'embrasser, goûter ses lèvres douces, l'attirer dans ses bras. Elle ne pouvait pas rester de marbre, après tout ce qu'ils avaient vécu.

Elle ne bougea pas, avala sa salive avec difficulté, se mordillant la lèvre. Il voyait sa poitrine se soulever. Elle évitait son regard.

De toute évidence, il la troublait encore, songea-t-il, satisfait. Rien n'était perdu, donc. Il résista encore au désir de l'embrasser.

Le souffle court, Zoe ne disait toujours rien.

— Ce soir, dit-il.

— Ce soir, murmura-t-elle après s'être éclairci la gorge.

Poussé par une force inconnue, il se pencha alors vers elle.

Elle ne montra aucun signe de résistance.

Il posa doucement ses lèvres sur les siennes. Comme elle ne reculait pas, il l'embrassa. Un doux baiser. Quand il se redressa, elle avait les yeux fermés.

— À ce soir, répéta-t-il.

En quittant le bureau de Zoe, il souriait. Elle ne lui avait pas résisté.

Peut-être que ce soir, ils reprendraient leur aventure là où ils l'avaient laissée ?

23

Zoe consulta son portable. Encore un texto d'Ethan. La veille au soir, elle avait annulé leur rendez-vous au dernier moment. Après le baiser du matin, elle ne se sentait pas capable de le rencontrer. Un jour ou l'autre elle devrait l'affronter, mais pas tout de suite. Elle avait préparé sa lettre de démission, sans se résoudre à la lui donner. Trop difficile.

Elle avait envisagé une rupture nette. Pour cela, éviter Ethan était la meilleure solution. Mais ce fichu baiser… Ce doux baiser lui avait rappelé à quel point il lui manquait. Et maintenant, assise dans la salle d'attente de son médecin, elle se sentait incapable de lire son texto et d'y répondre. Elle le ferait en rentrant chez elle.

Elle regarda à la dérobée le couple assis en face d'elle. L'homme avait posé la main sur le ventre rond de sa femme. Tous les deux semblaient au comble du bonheur.

Cette scène tendre et intime l'attrista. Son histoire ne ressemblerait jamais à la leur. Elle serait une mère célibataire.

Elle avait pensé ne pas informer Ethan de sa grossesse, mais ce n'était guère possible. À moins de déménager, elle ne pourrait cacher longtemps son état. Elle le lui annoncerait donc en temps voulu, sans rien attendre de lui. Bien au contraire, elle prouverait à la famille Blackwell qu'elle était tout à fait capable, *malgré ses origines modestes*, de s'occuper toute seule de son enfant. L'offre généreuse de Richford Financial lui en assurait largement la possibilité matérielle.

Elle ne s'était pas attendue à se sentir si seule dans cette salle d'attente… Si seulement la situation était différente, Ethan serait venu avec elle à cette consultation.

À dire vrai, elle avait peur. Elle savait déjà que sa grossesse serait à risque, avec à la clé une obligation de rester allongée. Mais c'était sa seule chance de porter un enfant à terme.

Son désir de garder ce bébé ne devait pas avoir de conséquences pour Ethan, et elle le lui expliquerait bien. Lui qui voulait continuer leur liaison, le voudrait-il encore en la sachant enceinte ?

Mettre une employée enceinte au cours d'une liaison clandestine ne serait pas du goût de la famille Blackwell. Elle avait raison de démissionner, et si…

Une infirmière la tira de la dérive de ses pensées et la dirigea vers une salle d'examen. Elle se sentit toute petite et bien seule. Le Dr Brown arriva quelques instants plus tard. Après les politesses d'usage, il l'examina.

— Tout semble aller bien pour le moment, dit-il enfin. Mais ne prenons aucun risque. Je souhaite vous voir toutes les deux ou trois semaines. Et au troisième trimestre, une fois par semaine. Avez-vous des questions ?

Des questions ? Elle en avait des dizaines ! Elle les énuméra une à une au médecin, qui les écouta avec une gentillesse patiente et y répondit en détail, ce qui la rassura un peu.

— N'oubliez pas de prendre les vitamines que je vous ai prescrites, et jamais l'estomac vide.

En reprenant sa voiture, elle s'arrêta dans une pharmacie pour acheter un nouveau flacon de vitamines. En route, son téléphone vibra. Un autre texto d'Ethan. Elle le lirait à la maison.

De retour chez elle, elle laissa tomber son sac à main au pied du canapé, prit dans la cuisine quelques biscuits à grignoter, avala ses vitamines et se planta devant la télévision. Shena allant un peu mieux, elle n'avait pas prévu de passer la nuit chez sa mère.

En entendant la sonnette de sa porte d'entrée, elle comprit

qu'elle s'était assoupie. Le manque de sommeil de la veille avait eu raison d'elle. Elle se leva pour aller ouvrir.

C'était Ethan. La veille elle l'avait évité, ce soir il lui faudrait l'affronter.

— Salut, dit-il avec précaution en demeurant sur le pas de la porte. Je t'ai envoyé... plusieurs textos.

— Je sais. Entre.

Elle retourna s'asseoir sur le canapé et l'invita à en faire autant.

— Désolée pour ta chemise, dit-elle.

— Il n'y a pas de quoi. Moi aussi, je suis désolé pour... le baiser d'hier.

Elle ne le regrettait pas un instant. Simplement, pour sa santé mentale, cela ne devait pas se reproduire.

— Nous devons discuter de ce qui nous arrive, dit-il.

— Je croyais que nous avions tout dit.

— À cause de ton urgence familiale, nous n'avons pas terminé notre conversation. Comment va ta mère, au fait ?

— Elle va bien, merci.

— Je sais que tu étais en colère. C'est pourquoi je nous ai laissé un peu de temps pour réfléchir, chacun dans notre coin. Conclusion : tu es un atout considérable pour Blackwell, et plus que tout, je ne veux pas te perdre.

Zoe hésita. Elle n'avait pas prévu que ce qu'elle allait dire serait aussi difficile.

— Ethan... J'ai accepté un autre travail.

Il la regarda comme si elle l'avait giflé.

— Pardon ? Pourquoi ?

— Parce qu'il le fallait, répondit-elle le plus calmement possible. Je te remettrai ma lettre de démission demain.

Ethan ouvrit la bouche mais aucun son n'en sortit. Il nageait visiblement en pleine confusion et ne savait pas de quel côté se diriger.

— Où vas-tu travailler ? demanda-t-il enfin.

— Richford Financial.

À ces mots, le visage d'Ethan se décomposa littéralement.

— Tu plaisantes ? s'exclama-t-il. Quoi que tu fasses, ne va pas chez Richford !

— J'ai déjà accepté leur proposition.

— Je n'y crois pas.

Il bondit sur ses pieds et arpenta la salle de séjour. Puis, se laissant retomber sur le canapé à côté d'elle, il lui prit les mains.

Ce contact embrasa Zoe.

— Ne fais pas ça, je t'en prie, murmura-t-elle.

— Richford, c'est le dernier endroit où tu dois aller, décréta-t-il d'une voix altérée. Le *dernier*.

Il prit une profonde inspiration avant de poursuivre :

— Écoute-moi bien. Je ne veux plus que nous nous cachions. Tu n'es pas une passade pour moi, ni une liaison scandaleuse. Je veux rester avec toi. Et toi, ose dire que tu n'éprouves rien pour moi ?

Elle laissa sa tête retomber contre le dossier du canapé. Inutile de mentir. Cependant, tout en luttant contre ses larmes, elle affirma :

— J'ai pris ma décision, Ethan, et je ne reviendrai pas dessus.

— Bon, dit-il d'une voix solennelle en se levant.

Le cœur broyé, elle évitait de le regarder en face. Le chagrin qu'il éprouvait menaçait d'ébranler sa décision. S'il l'embrassait de nouveau, elle savait qu'elle était perdue...

Tout à coup, elle vit qu'il fixait son sac avec attention. En le posant près du canapé, tout à l'heure, il s'était renversé, et le flacon de vitamines qu'elle venait d'acheter avait roulé sur le tapis. Trop tard pour dissimuler l'étiquette...

— Zoe... Tu... tu es... enceinte ?

Incapable de répondre, elle le regarda sans un mot.

— Es-tu enceinte ? répéta-t-il d'une voix étouffée.

— O... oui, balbutia-t-elle.

Le souffle court, il recula comme si quelqu'un venait de le pousser.

— Ne t'en fais pas, dit-elle enfin, je ne te demande rien. Tes parents n'ont rien à craindre. Ni de moi ni de mon enfant.

— *Ton* enfant ? s'exclama Ethan. C'est aussi *mon* enfant,

non ? Tu allais partir et avoir ce bébé toute seule ? Tu ne me l'aurais pas dit ?

— Ta famille ne...

— Cela n'a rien à voir avec ma famille ! Cela nous concerne, nous ! Tu portes mon enfant. Je vais avoir un enfant, conclut-il d'une voix radoucie, avec un sourire ébloui.

Zoe l'observa avec étonnement ; sa réaction la troublait.

— Depuis combien de temps le sais-tu ? demanda-t-il.

— Quelques jours.

— Mais pourquoi ne pas me l'avoir dit tout de suite ?

Elle ne put retenir ses larmes plus longtemps.

— Parce que nous ne sommes pas du même monde, murmura-t-elle. Je ne veux pas que mon enfant soit traité comme un paria parce que son grand-père paternel ne trouve pas sa mère assez bien. Mon enfant mérite d'être aimé et respecté. Je sais ce que signifie le rejet, et je préfère élever mon enfant seule que de le voir traité de moins que rien.

En cet instant, elle ressentait la vieille douleur de l'abandon de son propre père.

— Zoe ! Oh ma chérie..., murmura Ethan en la prenant dans ses bras.

Elle éclata en sanglots contre son torse.

— Jamais je ne permettrais que cela vous arrive, à toi et à notre bébé, dit-il. Tu crois que les Blackwell forment une famille parfaite ? Il n'en est rien ! Ne me prive pas d'être le père de notre bébé.

Elle fut incapable de parler. Elle éprouvait une folle envie de le croire, mais...

— Zoe, j'ai des sentiments profonds pour toi.

La regardant au fond des yeux, il murmura :

— Je t'aime. Personne ne vous fera de mal, à toi et à notre bébé.

Zoe sentit la tête lui tourner...

Ethan venait-il vraiment de lui déclarer son amour ?

24

Il allait être père ! Cette pensée consumait Ethan depuis qu'il avait quitté Zoe, la veille. Cela l'emballait et l'effrayait à la fois. Fonder une famille, il l'avait envisagé pour plus tard. Mais qu'importe !

Serait-il un bon père ?

Pas un instant il ne doutait que Zoe ferait une bonne mère. Ses grandes qualités, son intelligence, sa beauté, sa détermination, elle transmettrait tout cela à ses enfants. Grâce à ses explications de la veille, il la comprenait mieux. Lui aussi, il connaissait la brûlure du rejet et de l'abandon. C'est la raison pour laquelle il se trouvait chez Richford Financial, un peu inquiet quant à la tournure que prendrait cet entretien. La dernière fois qu'il était venu voir Robert, cela ne s'était pas passé selon ses vœux.

— Bonjour, dit-il à la réceptionniste. Je voudrais voir Robert Richford.

— Vous avez rendez-vous ? demanda la jeune femme.

— Non, mais dites-lui qu'Ethan Blackwell désire le voir et que c'est urgent.

— Un instant, je vous prie.

Son appréhension avait disparu ; il avait attendu assez longtemps pour avoir cette conversation, le moment était venu.

— Suivez-moi, dit la réceptionniste en lui souriant.

L'abandonnant devant une porte ouverte, elle lui souhaita une bonne journée.

Ethan s'avança. Robert Richford se tenait debout derrière un grand bureau en acajou, qu'il contourna pour lui tendre la main.

Ethan hésita un instant avant de la serrer.

L'invitant à s'asseoir, Robert lui sourit.

— Tu as l'air en forme, dit-il.

— Merci, mais je ne suis pas venu pour recevoir des compliments.

— Qu'est-ce qui t'amène, fils ?

— Ne m'appelle pas comme ça ! Je viens à propos de Zoe Baldwin.

— Ah ! Je me réjouis de la compter bientôt dans mon équipe.

— Pourquoi l'as-tu embauchée ?

— Parce qu'elle est une candidate de talent, son parcours professionnel est impeccable. Mais qu'est-ce que cela…

— C'est toi qui l'as sollicitée ?

— C'est un interrogatoire ? rétorqua Robert qui commençait à s'énerver. Je n'ai pas cherché à voler un talent à Blackwell, en tout cas. De quoi s'agit-il, fils ?

Cette fois, Ethan ne releva pas ce petit mot tendre ; au contraire, il ressentit une certaine… émotion.

— Zoe est un très bon élément, je regrette de la voir partir, répondit-il.

— Je comprends.

— Et j'ai d'autres questions. J'ai besoin de connaître toute la vérité.

— Maintenant ?

— Oui. Et je veux l'entendre de ta bouche. J'étais jeune, la première fois que je suis venu, et tu as refusé de me recevoir.

— Tu as parlé à tes parents ?

— C'est de toi que je veux entendre la vérité.

Robert se dirigea vers la fenêtre et regarda dehors.

— J'ai eu tort, dit-il enfin. Nous avons eu tort. Cela a été un moment de faiblesse et de mauvais jugement.

Ethan ne fit aucun commentaire ; il attendit la suite.

— Ton père, ta mère et moi étions amis, reprit Robert. Tes parents ont commencé à avoir des problèmes de couple. Ta mère, que je connaissais depuis très longtemps, a pris l'habitude de se confier à moi. Et, de fil en aiguille, quelque chose s'est noué entre nous. Je me suis attaché à elle plus qu'amicalement. Moi aussi, j'avais des problèmes avec ma femme. Nos problèmes, joints à des émotions violentes, nous ont conduits, ta mère et moi, à faire la plus grosse bêtise de notre vie.

Après avoir pris une profonde inspiration, Robert poursuivit :

— Mon mariage s'est terminé par un divorce. Ton père et ta mère ont eu la chance de pouvoir arranger les choses. Il a fallu du temps pour que nous reconnaissions la possibilité que tu sois de moi. Je n'arrêtais pas de demander, je voulais savoir.

Ethan écoutait attentivement. Il ne connaissait que des bribes de cette histoire. Bill refusait d'en parler, lui certifiant qu'il était son fils et qu'il l'aimait. Quand il était adolescent, sa mère avait reconnu avoir eu une liaison avec Robert mais avait refusé d'en dire plus.

— Il s'est passé des années avant que je sois sûr que tu étais mon fils, reprit Robert. Avant que Bill et Lydia veuillent bien le reconnaître. À ce moment-là, ils s'étaient réconciliés, tu pensais que Bill était ton père, il s'occupait très bien de toi. De mon côté j'avais fondé une nouvelle famille. Nous pensions que personne ne saurait jamais rien. C'est à cette époque que tu m'as rendu visite, à l'adolescence.

Robert se rassit et demeura silencieux un long moment.

— J'avais signé des papiers, Bill était légalement ton père, poursuivit-il. Je ne pouvais rien te dévoiler, c'est pour cela que je ne t'ai pas reçu. Je redoutais ta visite depuis longtemps, et je me suis souvent imaginé ce que tu devais ressentir.

— C'est ma mère qui me l'a avoué. Je l'ai harcelée après avoir surpris une conversation entre Bill et elle. J'ai fouiné. Je comprenais assez de choses pour savoir que Bill n'était pas mon vrai père.

Ethan sentit quelque chose se dénouer en lui. Pendant toutes ces années, il s'était cru rejeté par Robert. Il découvrait maintenant une réalité plus complexe. Une partie de cette histoire lui échappait encore. Il devait parler à Bill.

— Merci, dit-il en se levant.

Il avait obtenu ce pour quoi il était venu. Que dire de plus ?

Comme il se dirigeait vers la porte, Robert l'interpella :

— Ethan ! Pourquoi viens-tu maintenant ?

— Je vais être père, répondit-il en se retournant.

— Sans pouvoir me manifester, je t'ai toujours suivi dans l'ombre, fils, dit Robert d'une voix enrouée. Je suis fier de toi.

Ethan hocha la tête sans un mot et quitta le bureau. Il était soulagé de cet entretien, presque heureux. Le voile qui obscurcissait sa relation avec Bill venait de se déchirer. Il était sûr que tout irait mieux, à présent.

Après le travail, il se rendit chez ses parents. À cette heure-ci, sa mère ne serait pas à la maison, et il voulait parler à Bill en tête à tête. Ils arrivèrent ensemble.

— Salut, fiston ! dit Bill en sortant de sa voiture.

— Il faut que nous parlions, répliqua Ethan en le suivant dans la maison.

— Ah ? Tout va bien, j'espère ? Je nous sers un whisky ?

— C'est au sujet de Robert Richford.

Bill sursauta, puis il remplit deux verres de scotch et ils s'installèrent dans son bureau.

— Allons droit au but, proposa Ethan. Je t'écoute.

Bill le fixa un instant avant de hocher la tête.

— J'ai pardonné son aventure à ta mère, dit-il. Je l'aimais, et je l'aime toujours de toute mon âme. Après l'orage, nous avons décidé de rester ensemble, et cela voulait dire t'accepter dans ma vie comme mon propre fils.

Bill but une gorgée de whisky avant de reprendre :

— À l'époque, je construisais mon entreprise, je n'étais pas souvent à la maison, ta mère se sentait seule, j'imagine. Au bout du compte, pour ne pas compliquer les choses, nous avons décidé de supprimer Robert de la photo.

— Pour sauver la face.

— Tu as le droit de le penser. Mais tu *es* mon fils, Ethan. Je n'ai jamais voulu faire une différence avec tes frères et ta sœur.

— Pourtant j'ai senti une différence.

— Si c'est le cas, je t'en demande pardon.
— Personne n'est parfait.
Après un silence, Bill demanda :
— Qu'est-ce qui t'a poussé à soulever ce sujet maintenant ?
Ethan savait que cette question était inévitable, et il s'y était préparé. Ce qu'il allait dire blesserait sans doute son père, mais il devait aller de l'avant.
— Zoe est enceinte, dit-il. Je tiens énormément à elle. Je veux que tu le saches et le respectes.
Un silence s'installa entre eux.
Ethan finit son verre et se leva.
— Nous en reparlerons plus tard, dit-il. Là, je dois partir.
Bill ne disait toujours rien. Comment prenait-il la nouvelle ?
— Merci, papa, dit Ethan.
Bill se leva à son tour et le serra contre lui. D'abord surpris de cette marque de tendresse inhabituelle, Ethan s'abandonna à cette étreinte.
— Je t'aime, mon fils, dit Bill d'une voix rauque.
— Moi aussi, papa.
— Et je respecte ta décision.
En quittant la maison, Ethan se sentit beaucoup plus léger qu'il ne l'avait été depuis de nombreuses années. Zoe et lui n'auraient plus besoin de se cacher, ni de cacher la grossesse.
Il avait imaginé tant de choses, pour ses parents, sans en avoir confirmation avant aujourd'hui. Il avait fait plusieurs tentatives auprès de sa mère, mais cela semblait si douloureux pour elle qu'il n'avait pas osé insister. La visite qu'il avait rendue à Robert à l'adolescence l'avait brisé. Robert refusant de lui parler, il s'était cru rejeté. Bien que Bill l'ait traité comme le reste de la fratrie, savoir qu'il n'était pas son fils biologique lui donnait l'impression d'être à part.
Alors que rien ne l'y obligeait, Bill lui avait ouvert les bras. De sorte que toute sa vie, Ethan avait tout fait pour ne pas être un poids pour lui. D'où son constant désir de lui plaire.
Comment aurait-il pu savoir que tout cela était un arrangement orchestré entre Robert et ses parents ? Il avait de la

compassion pour sa mère, pour le sentiment de culpabilité qui pesait sur elle. Jusqu'à ce jour, elle était la seule personne avec laquelle il avait parlé de tout cela.

Ces questions sans réponses l'avaient hanté pendant des années. Cependant, devenir père le poussait à connaître la vérité. Il le devait à son enfant.

Il arriva chez Zoe à la nuit tombante. Elle l'accueillit avec un gentil baiser sur la joue. Ce n'était pas l'accueil passionné habituel, mais déjà bien mieux que la distance qu'elle avait instaurée entre eux ces jours derniers.

— J'ai quelque chose à te dire, déclara-t-il en l'entraînant vers le canapé.

25

Zoe n'en croyait pas ses oreilles. Elle qui avait cru les Blackwell parfaits, simplement parce qu'ils étaient riches ! En fait ils ressemblaient à toutes les familles, avec leurs mauvais moments et leurs secrets honteux.

Elle lisait la peine dans les yeux d'Ethan au fur et à mesure qu'il lui dévoilait le secret de famille qui avait empoisonné son existence pendant des années.

Elle l'écouta sans l'interrompre. Quand elle fut assurée qu'il avait terminé, elle le serra dans ses bras en refoulant ses larmes. Ils demeurèrent ainsi enlacés un long moment, comme si leur vie en dépendait.

— Et maintenant ? demanda-t-elle enfin.

— Si tu veux bien, nous allons élever notre enfant ensemble.

Le cœur de Zoe s'épanouit de bonheur. Mais pour que la transparence soit totale, elle entreprit de lui parler de sa propre famille. Elle n'avait jamais revu son père depuis qu'il les avait abandonnées, sa mère, sa sœur et elle, donc aucune réconciliation n'avait été possible. Elle lui parla aussi de la santé mentale de Shena, et enfin lui avoua que normalement, elle n'aurait jamais dû avoir d'enfant.

— Ce bébé est un miracle, alors ! s'exclama Ethan.

Tous les deux éclatèrent de rire.

— Ma mère, ma sœur et moi sommes une famille très unie, dit-elle. Nous avons nos problèmes, nos luttes, mais nous représentons tout les unes pour les autres. Je n'ai pas honte de ma famille.

— Tu as bien raison, lui assura-t-il en lui caressant la joue. Tu sais, quand je t'ai dit que je t'aimais, l'autre soir, j'étais sérieux.

Zoe sentit ses yeux se brouiller de larmes. Ils avaient passé des mois ensemble, jour et nuit. Ces derniers temps, elle avait essayé de protéger son cœur et son bébé, mais elle connaissait déjà depuis quelque temps l'ampleur de ses propres sentiments.

— Je t'aime aussi, Ethan, murmura-t-elle.

Le baiser passionné qu'ils échangèrent scella leur déclaration d'amour de la plus belle des façons.

— Nous allons bâtir une maison merveilleuse pour notre famille, déclara Ethan. Nous devons annoncer la nouvelle à nos parents, et nous le ferons ensemble.

Au comble du bonheur, Zoe hocha la tête.

Sa mère et sa sœur seraient ravies, elle le savait. Mais elle doutait encore de l'accueil que lui réserveraient les parents d'Ethan...

Ils s'embrassèrent de nouveau.

— Tu m'as manqué, soupira-t-il entre deux baisers.

— Prouve-le-moi, répliqua-t-elle d'un air mutin.

Ethan la souleva pour la porter dans la chambre, et lui prouva longuement à quel point il était heureux de la retrouver.

26

Zoe était inquiète, et cela l'empêchait d'apprécier pleinement la route spectaculaire qui menait chez les parents d'Ethan.

Une riche et belle demeure de style colonial se dressait maintenant devant eux, imposante et accueillante à la fois. Elle en eut le souffle coupé. Les Blackwell vivaient vraiment là ?

— Oh ! quelle magnifique maison ! s'exclama sa mère.

— Elle est immense, renchérit Shena.

Sa sœur était dans un de ses bons jours, ce qui soulageait grandement Zoe.

Sortant de la voiture, Ethan aida Laura et Shena à en descendre, puis il prit Zoe par la main pour se diriger vers la maison.

La porte s'ouvrit avant qu'il ait le temps de sonner.

— Bonjour mon chéri ! s'exclama une petite femme aux cheveux poivre et sel.

Ethan embrassa sa mère et lui présenta Zoe.

— Voyons voir cette belle jeune femme, dit Lydia.

Après avoir regardé Zoe de la tête aux pieds, elle se tourna vers son fils avec un sourire entendu.

— Tu sais choisir une femme, toi !

Tout le monde éclata de rire. La glace était rompue.

— Je suis ravie de vous rencontrer, madame Blackwell, dit Zoe.

— Moi aussi, répondit Lydia en lui ouvrant les bras.

Puis, se tournant vers Laura, elle la salua avec chaleur.

— Je vois de qui tient la jolie Zoe ! dit-elle.

Laura sourit et lui présenta Shena.

Lydia fit entrer tout le monde dans la maison.

Une nouvelle fois, Zoe fut impressionnée par l'élégant escalier double qui menait à l'étage. Une maison comme on n'en voyait que dans les films !

— Salut Zoe ! s'exclama Carter en faisant son apparition.

Un homme grand qui ressemblait à Ethan le suivait de près. Lincoln, le frère aîné, sans doute. À leur suite arriva une jolie jeune femme, deux jeunes enfants pendus à ses basques.

Presque toute la famille était réunie dans le hall d'entrée, y compris Ivy, la sœur d'Ethan. Lydia faisait les présentations, tout le monde s'embrassait.

Quand Bill apparut, Zoe retint son souffle. Sa haute stature en imposait, mais elle s'interdit de baisser les yeux.

Le père d'Ethan craqua le premier, et un petit sourire éclaira son visage.

— Venez ici, jeune demoiselle, dit-il en lui ouvrant les bras.

Son étreinte était chaude, et Zoe la lui rendit, tout en disant avec espièglerie :

— Vous ne me faites pas peur, vous savez !

Tout le monde éclata de rire.

— Bienvenue dans notre maison, poursuivit-il. Et vous devez revenir chez Blackwell, on y sent déjà l'impact négatif de votre départ.

— Papa..., intervint Ethan sur un ton de reproche.

— D'accord, on ne parle pas business aujourd'hui, marmonna Bill.

Puis, se penchant vers Zoe, il murmura, assez fort :

— Nous en reparlerons plus tard. Je vous paierai mieux qu'Ethan ne le faisait.

Tout le monde rit de plus belle.

Lydia et Ivy les conduisirent dans une grande pièce avec des baies coulissantes qui ouvraient sur un jardin paysager de toute beauté. Lydia distribua les flûtes de champagne. Laura accepta avec plaisir, Zoe et Shena déclinèrent poliment.

— J'ai entendu dire que vous êtes à l'origine d'une forte expansion de votre branche, dit Lydia à Zoe. Félicitations, ajouta-t-elle en levant sa flûte dans sa direction. Et, au fait... Je crois savoir que vous avez entendu mon mari dire à votre sujet des choses désagréables à entendre.

Zoe se figea.

— Ne vous en faites pas, poursuivit Lydia. Il ne pense pas ce qu'il dit. Quand nous nous sommes rencontrés, il venait d'une toute petite ville de Caroline du Sud. Il m'a traitée de pimbêche des villes. Je lui ai rétorqué qu'il n'était qu'un plouc des champs. Ça a été le coup de foudre, vous voyez ! conclut-elle en riant.

Elle but une gorgée de champagne avant de reprendre :

— Notre premier appartement aurait tenu dans cette pièce. Nous nous sommes lancés dans la vie avec détermination. Cela nous a demandé beaucoup de travail, des luttes, et de la chance aussi. Nous avons grimpé les échelons ensemble, avant de créer notre propre entreprise. Je me suis retirée de Blackwell il y a quelques années. La finance finissait par m'ennuyer. Donc ne vous trompez pas au sujet de Bill. C'est un homme bon, qui veut le meilleur pour ses enfants. Simplement, de temps en temps il faut lui rappeler d'où il vient !

Une dame d'un certain âge annonça que le brunch était servi.

— Merci, Mélanie. À table, tout le monde !

Tous s'installèrent autour d'une grande table, couverte de plats plus délicieux les uns que les autres.

À la fin du repas, les conversations allaient bon train, chaleureuses et aisées.

Carter leva soudain son verre de vin et porta un toast.

— Félicitations à Ethan, qui a gagné la compétition entre nos trois équipes ! Bravo à ton équipe de Long Island ! Tu mérites amplement ton nouveau poste.

— Merci, répondit Ethan avec fierté.

— Hourra ! s'écria toute la famille.

— Je suis fier de toi, fils, renchérit Bill. Félicitations au nouveau vice-président de Blackwell Wealth Management !

— Un discours ! s'écria Ivy en tapotant sur son verre avec son couteau.

— Tout ce que j'ai à dire, dit Ethan d'un ton faussement

dramatique, c'est... Carter, où sont mes nouveaux clubs de golf et ma voiturette dernier cri ?

Toute la famille éclata de rire.

— Plus sérieusement, reprit-il, je veux remercier Carter. C'est un excellent compagnon de travail et un président de branche avisé. Papa et maman, merci de m'avoir enseigné l'art de monter une affaire solide. Vous êtes mes mentors, au travail et à la maison. Zoe, c'est grâce à toi que j'ai gagné. Sans tes excellentes idées, Carter et son équipe nous auraient peut-être botté le train ! Et... J'ai d'autres annonces à faire. *Nous* avons d'autres annonces, corrigea-t-il en regardant Zoe.

Lui prenant la main, il l'attira contre lui.

— Papa, voilà qui te fera plaisir. Zoe a accepté de revenir chez nous, au poste de vice-présidente de la branche de Long Island que je libère.

— Bienvenue, Zoe ! s'exclama Bill en levant son verre. Vous êtes douée pour la négociation, à ce que je vois, et ça me plaît !

Zoe se mit à rire.

— Vous savez tous que Zoe et moi sommes ensemble depuis un certain temps, reprit Ethan. Nous avons eu le coup de foudre l'un pour l'autre, et avons construit notre relation en même temps que nous avons coopéré à l'expansion des bureaux de Long Island. Je suis heureux de confirmer que notre branche, ainsi que notre relation intime, prospère. Nous avons eu des hauts et des bas, mais nous en avons tiré des leçons inestimables.

Il regarda ses parents, assis en face de lui, et poursuivit :

— Nous nous sommes aperçus que nous ne sommes pas parfaits, mais nous sommes parfaits l'un pour l'autre.

— Parfaitement imparfaits, approuva Zoe en lui caressant le bras.

— Comme c'est charmant, déclara Ivy. On m'a changé mon têtu de frère ! Zoe, je ne te remercierai jamais assez !

Zoe rougit sous le compliment et, après avoir jeté un coup d'œil vers Ethan, dit :

— Il était important de réunir nos deux familles pour vous annoncer la nouvelle.

— Maman, dit Ethan avec un signe de tête.

Lydia se leva de table et fit un clin d'œil à Zoe avant de disparaître.

Zoe nageait en pleine confusion. Ils étaient censés annoncer l'arrivée de leur bébé. Que faisait Ethan ?

Lydia revint avec une grosse boîte de chez Tiffany entourée d'un large ruban blanc, qu'elle posa devant Ethan.

La perplexité de Zoe atteignit son comble. De toute évidence, il ne s'agissait pas d'un écrin contenant une bague.

Ethan lui tendit la boîte en souriant.

— Ouvre-la, lui dit-il.

Défaisant le paquet, elle y découvrit un hochet en argent massif. Émue, elle laissa échapper un petit rire.

— Nous..., commença Ethan.

— ... attendons un enfant, enchaîna Zoe.

Les yeux de Laura s'illuminèrent. Lydia souriait, même si elle était manifestement déjà au courant. Bill regarda sa femme, puis son fils, puis Zoe, et applaudit.

— Un tout nouveau Blackwell dans la famille ! Félicitations ! s'exclama-t-il, rayonnant.

Laura et Shena se levèrent pour serrer Zoe dans leurs bras.

— Encore une chose, ajouta Ethan. Nous allons peut-être avoir deux nouveaux Blackwell dans la famille.

Reprenant la boîte, il sortit de sous le hochet un gros diamant étincelant.

Zoe n'en avait jamais vu de pareil. Ses yeux s'embuèrent.

— Oh ! Ethan..., murmura-t-elle.

Il mit un genou en terre.

— Zoe Baldwin, acceptes-tu de devenir ma femme ?

— Mon Dieu, Ethan, oui, trois fois oui ! Je serai ton épouse pour toujours !

Il se releva et la serra contre lui avec ferveur.

Ils se trouvaient dans une salle emplie de membres de leurs

deux familles, mais en cet instant précis, Zoe était seule au monde.

Seule dans les bras de l'homme avec lequel elle allait passer le reste de sa vie.